Chères lectrices,

Une année se termine, une autre commence bientôt…

Afin que vous affrontiez cette période avec le sourire, je vous propose une belle sélection de livres optimistes et généreux qui s'inscrivent parfaitement dans l'esprit de Noël : un vrai conte moderne, « L'enfant du miracle » dont le titre à lui seul résume la profondeur et l'intensité dramatique (Amours d'Aujourd'hui N° 850). Un superbe roman d'amour, « Le refuge de la tendresse », récit d'une passion brisée qui renaîtra, renforcée et embellie à la simple annonce d'un enfant à venir (N°851). Une aventure insolite et troublante qui met en scène une citadine en quête d'absolu et un homme farouche et solitaire : « L'improbable rencontre » (N°849). Et pour compléter cette sélection, un quatrième titre, « L'homme conquis », histoire — sur fond de suspense — d'un homme qui a perdu le goût de vivre et le retrouve grâce à… l'amour !

L'amour ! Vedette incontestée de vos romans Harlequin, omniprésent dans vos cœurs et qui va, j'en suis certaine, illuminer vos soirées de fêtes et ne plus vous quitter tout au long de l'année.

Bonne lecture et joyeux Noël à toutes !

La responsable de collection

Le refuge de l'amour

FAY ROBINSON

Le refuge de l'amour

AMOURS D'AUJOURD'HUI

Cet ouvrage a été publié en langue anglaise
sous le titre :
MR. AND MRS. WRONG

HARLEQUIN®

est une marque déposée du Groupe Harlequin
et Amours d'Aujourd'hui®
est une marque déposée d'Harlequin S.A.

Photo de couverture :
© GLAMOUR INTI / AGE / HOA-QUI

1.

Jack arriva à l'improviste un jeudi soir.

En entendant les pneus de sa voiture crisser sur le gravier du chemin, Lucky sortit sur la terrasse du bungalow et s'apprêta à l'accueillir, une fois de plus. Car depuis quatre mois que Jack avait quitté le domicile conjugal et loué un appartement en ville — alors qu'ils n'avaient célébré leur mariage qu'à peine un an auparavant —, il avait utilisé toutes sortes d'excuses pour la revoir. Il avait d'abord prétendu avoir égaré chez elle sa deuxième arme de service. Puis ce fut son ballon de basket, sa chemise préférée… Quel prétexte allait-il donc inventer cette fois ? se demandait Lucky.

— Waouh ! s'écria-t-il, à peine sorti de sa voiture. Mais qu'as-tu donc fait à tes cheveux ?

— J'ai tout coupé, comme tu vois, répondit Lucky.

— Quel changement ! C'est incroyable !

Lorsqu'il fut arrivé près d'elle, Lucky éloigna d'un geste un moustique attiré par la lumière. Bizarrement, les insectes ne s'en prenaient jamais à elle. Sans doute était-ce parce que, comme tous les habitants de ce coin de l'Alabama sur les bords de la Black Warrior River, elle les avait acceptés comme faisant partie intégrante de son environnement.

Mais Jack n'était pas de cet avis et détestait les insectes, qui le lui rendaient bien. Elle lui tendit donc l'anti-moustique qu'elle gardait constamment à portée de main, sur le rebord d'une fenêtre. Il était constitué d'une décoction d'herbes et d'alcool, une recette dont elle avait hérité de son grand-père en même temps que le bungalow et 40 hectares de terres, treize ans plus tôt.

Dévissant le couvercle du récipient, Jack en renifla le contenu. Avec un haut-le-cœur, il trempa ses doigts dans le liquide huileux et s'humecta le cou, le visage et les bras. Il portait ses vêtements de travail et, après une journée de dur labeur, sous une chaleur étouffante, il paraissait épuisé. Sa cravate était défaite, et les revers de son pantalon maculés de terre et de brins d'herbe. Il avait également besoin d'un bon rasage, pensa Lucky.

L'arme qu'il portait d'habitude devait sans doute être rangée dans la boîte à gants de sa voiture, car son holster d'épaule était vide. Ce dernier à lui seul suffisait néanmoins à lui donner un air inquiétant.

D'ailleurs, tout ce qui tournait autour de Jack était d'une certaine façon inquiétant, mystérieux même, y compris son passé, qu'il évoquait rarement. Si, au début de leur relation, cela avait contribué à séduire Lucky, ces questions sans réponses ne faisaient plus naître en elle, ces derniers temps, que de l'agacement.

— Alors, que s'est-il passé avec tes cheveux ? lui demanda-t-il.

— Je ne sais pas ce qui m'a pris. J'ai eu tout d'un coup envie de changer radicalement de coiffure.

Trois nuits auparavant, en pleine dépression à cause de leur mariage qui battait de l'aile, elle avait en effet soudain décidé — après les avoir portés pendant une éternité jusqu'à la taille — qu'elle en avait assez de ses cheveux longs. Elle avait commencé à les couper toute seule au ciseau. Puis un coiffeur avait fini le travail le lendemain matin, essayant tant bien que mal de réparer les dégâts. Ses grandes mèches avaient désormais laissé place à de petites boucles brunes.

— C'est plutôt moche, non ? lui dit-elle.

— Non, ce n'est pas mal du tout. Sur le coup, cela m'a surpris car cela te change vraiment, mais ça te va bien.

Lucky laissa échapper un soupir d'exaspération. Elle n'aurait jamais pu imaginer que cela pouvait plaire à Jack, sinon peut-être ne l'aurait-elle pas fait.

— Cal prétend que j'ai l'air d'avoir été frappée par la foudre, lui dit-elle.

Il eut un petit rire.

— Tu veux que j'aille lui donner une correction de ta part ? demanda-t-il.

— Non, idiot, répondit-elle, réprimant un sourire.

— Bref, dis-moi ce qui t'amène aujourd'hui ?

— Je dois avoir oublié mes gants de boxe quand j'ai emporté mes affaires, répondit Jack. Je n'arrive pas à remettre la main dessus.

Faisant à peine semblant de croire à ce mensonge, elle lui fit signe de la suivre à l'intérieur.

— Rentrons. Le temps se rafraîchit.

— Tu n'aurais pas une bière ?

— Il doit m'en rester une au réfrigérateur.

La pièce principale du bungalow comportait une cuisine ouverte et un lit d'appoint, bien utile lorsque les nuits étaient trop chaudes et que la petite chambre devenait un véritable four. Le vieux ventilateur accroché au plafond faisait un bruit assourdissant, mais ne brassait pratiquement pas d'air.

Les trésors de Lucky — des plumes d'oiseaux, des carapaces de tortues, des fossiles, des peaux de serpents et divers objets qu'elle avait trouvés dans les bois et les marais alentour — couvraient les murs et pratiquement chaque surface disponible. Des photographies jonchaient le canapé et les chaises.

— C'est un véritable capharnaüm ces temps-ci, dit Lucky en s'excusant.

— Est-ce que les choses ont jamais été rangées ? demanda Jack, se dirigeant vers la cuisine.

— Tu exagères ! La prochaine fois, si tu me préviens avant de venir, j'aurai le temps de mettre un peu d'ordre.

— Comme si cela pouvait changer quelque chose. Tu devrais plutôt brûler ou jeter une partie de ta collection. On se croirait dans un musée, ici.

Il ouvrit le réfrigérateur et entreprit de fouiller à l'intérieur, à la recherche d'une bouteille de bière. Il fit soudain un bond en arrière.

— Bon sang ! Il y a un animal mort là-dedans !

Oh, oh. Voilà un petit détail qu'elle avait oublié.

— C'est une loutre, dit simplement Lucky.

— Mais que fait-elle dans le réfrigérateur ?

— La pauvre bête s'est noyée dans un de mes pièges à poissons. Je l'ai mise là en attendant de l'enterrer décemment.

Il se retourna, l'air incrédule.

— Tu veux organiser des funérailles à une loutre ?

— Mais non, pas des funérailles, Jack. Je me sens simplement un peu responsable de sa mort, et j'ai décidé de lui confectionner un petit cercueil.

— Quoi qu'il en soit, des animaux morts n'ont rien à faire dans un bac à légumes.

— La prochaine fois que j'achèterai un poulet, je m'en souviendrai, ironisa Lucky.

— Je ne plaisante pas. Des trucs comme ça n'ont pas leur place dans une maison, et tu le sais aussi bien que moi.

A ces mots, elle se promit de ne pas le laisser entrer dans la salle de bains. Il aurait assurément une attaque s'il voyait ce qu'elle avait mis dans la baignoire.

— Ne nous disputons pas, s'il te plaît, lui demanda-t-elle.

— D'accord. Tu es libre de faire ce que tu veux chez toi, après tout.

Il claqua la porte du réfrigérateur.

— Finalement, je pense que je me passerai de bière jusqu'à l'enterrement, déclara-t-il avec une grimace de dégoût.

Lucky se retint de répliquer.

Jack fit quelques pas et son regard s'arrêta sur les clichés éparpillés sur le canapé.

— Que font là toutes ces photographies ?

— Leigh m'a demandé d'en encadrer deux ou trois pour les accrocher dans son nouveau bureau, maintenant que Papa n'y est plus.

— En parlant de ton père, je suis étonné qu'il prenne sa retraite si sereinement. Il a l'air vraiment content.

— Tu as vu Papa dernièrement ?

— Oui. Lui, Cal et moi, nous avons joué au golf l'autre jour. Je ne l'ai jamais trouvé en si bonne forme. Il semble beaucoup plus reposé qu'avant.

— J'imagine qu'il est soulagé de pouvoir se concentrer sur sa rubrique hebdomadaire et de laisser Cal et Leigh gérer le journal à sa place. Ce ne sont pas des débutants, et cela fait déjà deux ans que Leigh s'occupe de la partie éditoriale. Je pense qu'elle ne devrait pas tarder à être officiellement nommée à ce poste.

Lucky prit quelques-unes des photographies.

— J'aime beaucoup celles des colibris. Le reflet du soleil dans l'eau est aussi très réussi. Et que penses-tu de celle-ci ? C'est M. Byrd, le vieil homme qui fabrique de la limonade au drugstore Turner.

— Elle est très belle, répondit Jack.

Il en choisit une autre parmi celles qu'elle avait développées l'après-midi même.

— Je n'en dirais pas autant de celle-là. Qu'est-ce que c'est ? demanda-t-il.

— C'est une cigale des marais. Elles sont en pleine période des amours.

Jack prit d'autres photographies en main et les étudia cette fois de plus près.

— Elles sont vraiment étonnantes, dit-il, la faisant sourire. Il est dommage que les gens ne voient que les photos que tu prends pour le journal. Si seulement tu avais ton propre studio…

Le sourire de Lucky s'effaça.

— Ne commence pas, Jack, l'interrompit-elle.

— Allons, Lucky. Au moins réfléchis-y. Tu pourrais montrer à tout le monde ce que tu sais vraiment faire. Tu aurais la possibilité de planifier ton propre emploi du temps et tu ne serais pas obligée de travailler si tard. Je n'aime pas te savoir sur la route en pleine nuit, dans ces coins déserts.

— Mais je ne m'éloigne jamais de plus de quelques kilomètres de la ville ! Et je ne pourrais pas gagner ma vie en travaillant à mon compte. Il faudrait que je paie le loyer du studio, l'équipement, que j'installe une chambre noire et que j'achète des produits pour développer mes pellicules…

— C'est bon, j'ai compris.

— Et il faudrait également que j'embauche quelqu'un pour répondre au téléphone et gérer mes rendez-vous.

— J'ai dit que j'avais compris, répéta Jack.

— De plus, je peux prendre des photos personnelles aussi souvent que je le souhaite, et Papa me laisse me servir du laboratoire photo du *Register* pendant des heures sans que cela me coûte un dollar. Ce serait une folie de renoncer à ce travail et à tous ces avantages.

Il se prit la tête entre les mains, comme il le faisait chaque fois qu'une discussion tournait court.

— J'ai dit « d'accord ». Tu as raison.

— Alors arrête s'il te plaît de revenir sans cesse sur la question.

— Je ne le ferais pas si ton activité ne te mettait pas régulièrement dans des situations dangereuses. Mais ton nom a déjà été cité dans deux de mes affaires cette semaine. Que faisais-tu par exemple au beau milieu de cette dispute conjugale près de l'avenue Carter, lundi après-midi ?

— C'était une pure coïncidence. J'étais venue prendre des photos chez cette femme quand son ex-petit ami est arrivé complètement ivre et a essayé d'enfoncer la porte.

— Ne comprends-tu pas que des situations comme celle-là pourraient un jour te coûter la vie ? Que se serait-il passé s'il avait eu une arme ?

— Mais, Jack ! J'étais là pour sa collection de poupées ! Comment aurais-je pu prévoir ce qui allait arriver ? Tu as l'air d'insinuer que je vais au-devant des ennuis.

— Il m'arrive effectivement de le penser, parfois. J'ai l'impression que le danger t'attire.

Elle s'apprêtait à répondre, mais y renonça.

Non, elle ne voulait plus aborder ce sujet. Et surtout pas avec lui. Elle exerçait un métier qu'elle adorait et qui la comblait en tout point, et il avait tort d'essayer de lui dire ce qu'elle devait ou ne devait pas faire.

Elle croisa donc les bras et se tut. Jack essaya de poursuivre la discussion, mais elle ne réagit pas. Las, il abandonna et changea enfin de sujet.

Il lui parla des factures qu'il fallait payer. Elle le questionna à son tour au sujet de la chienne qui l'avait lâchement abandonnée et avait préféré aller vivre avec lui. Ils discutèrent du temps, se demandèrent s'il allait pleuvoir le lendemain.

La conversation s'enlisait et ils évitaient à dessein les sujets houleux. Au moins ne se querellaient-ils pas.

Lorsqu'ils eurent épuisé toutes les banalités, ils se mirent à se fixer en silence.

— Eh bien…, finit-il par dire, se grattant distraitement le crâne.

— Eh bien…, répondit-elle, mal à l'aise.

Elle regardait ailleurs, incapable de croiser son regard sans se sentir stupide. Ses joues rougirent peu à peu. Car sans qu'il ne l'ait clairement énoncé, Lucky connaissait le but réel de la visite de Jack, et elle savait qu'elle allait malgré elle céder cette fois encore à ses avances. Ils ne s'étaient jamais avoué qu'il s'agissait là d'un jeu, dont l'issue était toujours la même.

Peut-être… parce que la seule chose qu'ils avaient véritablement en commun était l'incroyable attirance physique qu'ils ressentaient l'un envers l'autre. C'était hélas la triste vérité, bien qu'elle se refusât à l'admettre.

La tension était palpable. Lucky s'appuyait d'un pied sur l'autre. Son pouls s'accélérait et son cœur battait si fort qu'elle pensait qu'il allait l'entendre. Une de ces nuits, elle lui refuserait ce qu'il était venu chercher, se répétait-elle.

Mais ce ne serait pas cette fois.

— Je pense que nous devrions chercher ces gants de boxe avant qu'il ne soit trop tard, lui dit-elle enfin, comme si de rien n'était. Où penses-tu les avoir laissés ? Dans le débarras ?

— Dans la chambre à coucher, je pense, répondit Jack.

Le visage de Lucky s'empourpra encore davantage. Il était nerveux ce soir, pensa-t-elle, car il avait sauté quelques-unes de leurs étapes convenues.

— Eh bien, allons voir, dit-elle en l'invitant à la suivre.

La chambre était minuscule, et le lit double la remplissait quasiment, sans laisser aucune place pour un autre meuble, hormis un coffre qu'elle avait chiné dans une brocante et dont elle se servait comme table. Une cavité dans un des murs faisait office de placard.

Elle fit mine d'y jeter un œil, puis s'agenouilla pour vérifier sous le lit à l'aide d'une lampe de poche.

— Je ne les vois pas. Tu es sûr de ne pas les avoir emportés avec toi ? demanda-t-elle.

Lorsqu'elle se remit debout, il s'approcha plus près d'elle et l'attira contre lui, l'enveloppant de ses bras.

— Maintenant que j'y pense, dit-il, se faisant plus pressant, je crois que si.

Jack s'était promis de ne plus retourner chez Lucky dans ces conditions, car cela ne faisait qu'aggraver la situation. Mais sa détermination l'avait abandonné à l'instant où elle était apparue sur le seuil de la porte.

A présent, tout proche d'elle, il emplit ses narines de cette odeur qui l'enivrait ; la peau de sa nuque dégageait un parfum mêlé à celui de la crème solaire dont elle s'était enduite dans l'après-midi. Il ne savait dire pourquoi, mais il trouvait cette odeur terriblement sexy.

C'étaient cependant les petits gémissements de plaisir qu'elle poussait quand il posait ses mains sur elle qui le faisaient réellement chavirer. Comme à cet instant précis. Ils sortirent de sa gorge pour venir attiser ses sens et firent s'évaporer le semblant de résolutions qu'il s'était faites avant de venir.

Il continuait de lutter alors qu'il la déshabillait, prenant son temps pour enlever son T-shirt et son soutien-gorge, embrassant tour à tour le creux de ses épaules et la ligne de bronzage que le soleil avait dessinée sur sa poitrine. De constitution plutôt fragile, sans beaucoup de formes, elle n'était pas pour ainsi dire un canon de beauté. Mais à ses yeux, elle possédait ce genre de grâce qui n'a nul besoin d'artifice.

Ses grands yeux bruns... son sourire furtif... sa voix rauque... attisèrent son désir.

Il s'assit sur le bord du lit et fit glisser son short le long de ses hanches fines et de ses jambes, jusqu'à ce que ne s'offre plus à sa vue qu'une culotte d'un bleu électrique. Il reconnaissait bien là les goûts excentriques de Lucky. Il la retira lentement et la laissa tomber sur le sol.

Le lit était trop petit, la pièce trop chaude pour être confortable et l'air, comme toujours, chargé d'humidité.

A l'extérieur, un remorqueur se dirigeait bruyamment vers l'un des ports fluviaux, faisant retentir sa corne de brume. Le pilote vérifiait sa position en braquant à intervalles réguliers un projecteur sur les bancs de sable parsemant le lit du fleuve. A chaque mugissement de la sirène, un rai de lumière traversait les rideaux et illuminait le lit.

Jack tenta de faire abstraction de ces éléments extérieurs tandis qu'il se dévêtait à son tour à la hâte, et attira Lucky plus près de lui.

Mais ses pensées ne le quittaient pas. Pourquoi diable ne pouvait-elle pas tenir à lui autant qu'à son satané fleuve ?! Il s'était attendu à ce qu'elle le suive lorsqu'il avait annoncé qu'il déménageait et qu'il avait loué un appartement en ville. Mais il s'était trompé. Elle lui avait préféré la boue, les poissons visqueux et les insectes bruyants.

Il se trouvait désormais au pied du mur. Il ne pouvait en effet se résoudre à quitter Lucky pour de bon, mais se refusait en même temps à faire marche arrière. Pourtant, quelle que soit sa décision, tout valait mieux que ce couple bancal qu'ils formaient.

Pour l'heure, le goût de ses lèvres et la délicatesse du grain de sa peau lui faisaient tout oublier. Leurs corps s'unirent dans un élan irrépressible, se mêlant sans relâche dans une délicieuse volupté.

16

Au moment où le remorqueur passa sous les fenêtres du bungalow, ils s'abandonnèrent dans une harmonie quasi parfaite tandis qu'un bruissement d'ailes d'insectes envahit la pièce. Lorsqu'il eut repris son souffle, il relâcha son étreinte et la fixa dans les yeux. Ils étaient sombres, impénétrables.

— Emménage dans mon appartement, la pria-t-il.

— Non, toi, reviens à la maison.

Ils s'étaient déjà échangé ces mots des centaines de fois.

— Ceci n'est pas une maison, Lucky. C'est une zone sinistrée. Lorsque nous nous sommes mariés, je n'ai jamais pensé que tu voudrais vivre ici de façon définitive.

— Mais, ma famille...

— Oh oui, je sais ! Pas la peine de me le rabâcher. Je connais tout cela par cœur.

Sa famille s'était installée sur cette rive en 1837, et les Mathison avaient depuis toujours vécu sur ces terres. Le bungalow actuel, construit par feu son grand-père, était une réplique presque exacte de celui de ses ancêtres, tout aussi décrépit et inconfortable.

Pour couronner le tout, lorsque arrivaient les pluies d'hiver, le fleuve enflait, parfois à un tel niveau qu'il menaçait d'inonder toute la région. Jack n'avait pas vécu assez longtemps à Potock pour assister à une telle catastrophe, mais il avait entendu les anciens en parler en ville, racontant la violence des crues.

Malgré tout cela, et même si elle savait qu'il ne se sentait pas bien ici, Lucky avait refusé d'aller vivre en ville, ne serait-ce qu'une partie de la semaine.

Jack lui avait alors suggéré de construire une autre maison — digne de ce nom, celle-là — un peu plus loin sur les rives du fleuve. Mais la terre ne valait pas grand-chose ici, et Lucky n'avait pu se résigner à vendre la sienne. Ils étaient arrivés à une impasse.

— Il va falloir que tu t'impliques davantage dans ce mariage si nous voulons avoir des chances de le sauver, lui dit-il.

— Que *je* m'implique ? s'écria-t-elle en se redressant.

Jack l'imita, appuyant les coudes sur ses genoux.

— C'est toi qui es parti au premier problème, dit-elle, son accent du Sud encore renforcé par l'indignation. C'est toi qui m'as quittée, Jack. Pas l'inverse.

— Je me suis senti comme un visiteur ici, ou bien comme l'un de tes spécimens, empaillé et posé sur une étagère.

— Je ne t'ai jamais traité de la sorte.

— Si, tu l'as fait. Après avoir tout abandonné à Pittsburgh, y compris ma carrière, pour venir vivre ici avec toi, j'ai toujours l'impression d'être le seul à faire des efforts. Tu vis comme tu le souhaites. Tu fais ce que tu veux. Je savais que le mariage comportait certaines concessions, mais je ne pensais pas que je serais le seul à en faire. Bon sang, nous sommes mariés depuis bientôt un an et tu signes toujours tes photos dans le magazine du nom de « Mathison » au lieu de « Cahill ». Comment penses-tu que je le prenne ?

— Il s'agit encore une fois de mon travail, n'est-ce pas ?

— Seulement en partie.

— Tu ne supportes pas que je le garde malgré tes critiques, admets-le.

— D'accord, je l'admets.

Mais il n'était pas question pour lui de s'en excuser. Il se faisait du souci pour elle, voilà tout. Elle allait par monts et par vaux à n'importe quelle heure du jour et de la nuit, et toujours seule. Et elle avait la fâcheuse habitude de se retrouver impliquée dans de sales histoires.

— Dis-moi si je me trompe, dit-elle. Tu hais mon travail. Tu hais ma maison. Tu hais mon style de vie. Je dois sans doute m'estimer heureuse que tu t'entendes si bien avec ma famille.

18

— Là, tu commences à devenir injuste.

— C'est toi qui n'es pas juste. Tu te plains de la façon dont je te traite, mais je ne peux pas te poser une seule question sur ton passé sans que tu ne te mettes dans une colère noire. Cela me rend folle.

— Tu sais l'essentiel. Mes parents sont morts dans un accident de voiture, et j'ai dû me débrouiller à peu près seul depuis l'âge de seize ans. Il n'y a rien à ajouter.

— Mais cela ne peut pas être si simple que cela. Et comment as-tu réussi à t'en sortir tout seul ? Tu n'as pas d'autre famille ?

— Personne qui compte réellement. Je n'ai qu'un cousin plus âgé avec qui j'ai vécu jusqu'à ce que je finisse l'école.

— Tu ne m'as jamais raconté cela. Pourquoi ?

— Parce que nous avons perdu contact. De toute façon, nous n'étions pas si proches. Il m'avait donné une chambre pour dormir et c'est tout. Je l'ai remboursé au moins au centuple en travaillant comme un fou dans sa quincaillerie après l'école et pendant les week-ends.

— Tu n'as pas de grands-parents ? Pas d'autres cousins ? Des oncles ou des tantes ? Il y a sûrement quelqu'un.

— Non. C'est l'armée qui m'a servi de famille après l'université.

— Comment s'est passée ton enfance ? Je trouve cela quand même bizarre que tu ne m'en aies pas parlé avant que ce soit moi qui te le demande. C'est comme si tu n'en avais pas eu. Tu ne parles même jamais de ta vie avant la mort de tes parents. Pourquoi ?

— Parce qu'il n'y a rien à raconter. Nous étions une famille tout ce qu'il y a de plus banale.

— Mais pourquoi…

— Essaie de te concentrer sur le présent, d'accord ? Rien d'autre n'a vraiment d'importance.

Elle se laissa aller sur le lit et secoua la tête.

— Tu vois ? Tu mets de nouveau fin à la discussion. Tu fais cela chaque fois, et je ne le supporte plus.

Des larmes lui vinrent aux yeux.

— Je suis angoissée par ce qui nous arrive, Jack. Nous ne faisons aucun effort pour nous rapprocher l'un de l'autre. On ne peut plus communiquer. Nous parlons, mais nous n'arrivons à résoudre aucun problème.

— Alors ne parlons pas.

— Il le faut pourtant. Il y a certaines choses que je dois te dire.

— Plus tard. Laisse-moi te prendre dans mes bras.

Il l'embrassa et se lova le long de son dos, le front pressé contre sa nuque encore tiède.

C'était toujours la même chose. Ils faisaient l'amour, elle s'emportait, elle pleurait, et il retournait à son appartement, plein de remords.

Il avait tenté de ne plus la revoir, mais il n'y arrivait pas. Il ne se passait pas une heure sans qu'il ne pense à elle. Et la nuit… Ses nuits étaient terribles. Dans l'obscurité, ses regrets revenaient le hanter ; les démons de son passé, les visages et les noms qu'il avait essayé d'oublier, refaisaient surface, et seul le contact torride des mains de Lucky sur sa peau parvenait à l'y soustraire.

Peut-être pourrait-il se faire une raison et revenir habiter dans le bungalow. Vivre avec elle, même dans ce trou sordide…

Ils restèrent ainsi un long moment, silencieux, jusqu'à ce que Lucky sèche ses larmes et que les battements de son cœur se fassent plus lents. Il voulut se dégager doucement de leur étreinte, mais elle le retint.

— Ne pars pas tout de suite, lui dit-elle sans ouvrir les yeux, la voix empreinte de sommeil.

20

— Je vais juste me rafraîchir. Tu me rejoins ?

Elle bâilla.

— Dans une minute.

A tâtons, il se dirigea vers la salle de bains, alluma la lumière, s'empara d'une serviette et s'approcha de la baignoire.

— Attends, Jack, non !

Il entendit le cri de Lucky à l'instant précis où il entrouvrait le rideau de douche.

2.

Dans la grisaille du petit matin, des policiers et des pompiers munis de gants de protection fouillaient le long de la voie de chemin de fer, leurs brassards jaunes se détachant nettement sur la couleur sombre du remblais.

Lucky était également sur place. Elle consulta son posemètre et vérifia l'angle de vue à travers le viseur de son appareil photo. Pour disposer de plus de recul, elle descendit avec précaution la pente menant à l'endroit où elle s'était garée à côté des véhicules de patrouille.

Avec la permission du chef des pompiers, elle grimpa ensuite en haut d'un des camions citernes et évalua de nouveau la scène. Sous cet angle, elle distinguait nettement mieux la voie ferrée, ainsi que l'un des éléments essentiels de la tragédie — le *Top Hat*.

C'était de ce bar qu'était vraisemblablement sortie la victime la nuit précédente, en état d'ébriété avancé. Elle avait décidé de marcher plutôt que de prendre sa voiture, et avait été fauchée par l'express de 3 heures en provenance de Birmingham. Lucky avait découvert le corps sans vie lorsqu'elle avait traversé la voie ferrée pour se rendre à son travail.

Enfin satisfaite du cadrage de la photographie qu'elle voulait prendre pour la Une de l'édition du dimanche, elle retint sa respiration et appuya à plusieurs reprises sur le déclencheur.

— Hé, Lucky, l'interpella à cet instant Deaton Swain, un des officiers de police qui inspectaient la voie. Tu es encore en train de jouer les acrobates ?

— Eh oui, Deaton, comme toujours, répondit-elle.

Il secoua la tête.

— Je sais, Lucky, tu ne cesseras jamais. Toi et moi, nous sommes trop vieux pour changer, n'est-ce pas ?

Lucky prit encore quelques clichés, puis redescendit du camion et glissa son matériel dans le sac qu'elle conservait dans le coffre de sa Buick.

Avec les deux rouleaux qu'elle venait de terminer et les photographies qu'elle avait prises la veille d'un potiron de douze livres lors du concours agricole régional, elle aurait de quoi s'occuper dans la chambre noire pendant toute la matinée.

Elle entendit alors Deaton qui gémissait derrière elle.

— Oh, comme j'en ai marre de tout ça !

Il lança ses gants par terre.

— Je m'en vais. Les autres s'en tireront très bien sans moi, lui dit-il en l'invitant à la suivre. Bon Dieu, j'ai horreur de ce genre d'affaire.

— A qui le dis-tu ! Je rêve de travailler sur une inauguration de monument ou une réunion municipale, lui dit Lucky. Au moins, il n'y a pas de cadavre à la clé.

Dean esquissa un sourire moqueur.

— Enfin, disons que c'est vrai dans la plupart des cas, se reprit-elle. Cette fois, c'était vraiment un hasard.

— Tu avoueras que cela devient pour toi une habitude. Combien de cadavres as-tu à ton actif cette année ? Trois ?

— Quatre, rectifia-t-elle.

Deaton sembla un instant perdu dans ses pensées.

— Tu te rends compte, Lucky, dit-il, c'est presque un record, même pour toi. Et tu en es à combien, au total ?

— A dix-sept. Dix-huit, si tu comptes celui que j'ai trouvé quand je ne travaillais pas encore pour le journal.

— Et en combien d'années ?

— En douze ans, répondit-elle.

Il secoua la tête.

— Je parie que le capitaine n'aime pas trop tout cela. Je me trompe ?

Non, il ne se trompait pas, mais elle n'avait aucune envie de parler de sa vie privée. Les gens jasaient déjà suffisamment au sujet de leur séparation.

— Où est-il ? demanda-t-elle, changeant de sujet. D'habitude, il est le premier à arriver sur les lieux.

— Il avait déjà reçu un autre appel, et s'est rendu sur place.

Cela tombait à pic, pensa Lucky. Après le fiasco qu'ils avaient connu la nuit dernière, au moins n'aurait-elle pas à le regarder en face ce matin.

Soudain, la Sedan banalisée de Jack arriva devant les barrières de police.

— Eh bien, quand on parle du loup, dit Deaton, avant de courir à sa rencontre.

Lucky prit une profonde inspiration pour se donner du courage, mais son estomac était déjà complètement noué.

Jack paressait toujours plus imposant lorsqu'il évoluait dans son cadre de travail. A sa vue, Lucky ressentait à la fois une joie inextinguible et une profonde tristesse. Elle avait passé trente ans sans ouvrir son cœur à quiconque, puis cet homme était apparu et le lui avait volé en quelques secondes.

Elle était célibataire, un statut auquel elle s'était résignée — pour ne pas dire qu'elle y prenait plaisir. Et voilà que d'un seul coup, sa vie avait changé. Elle s'était abandonnée dans

24

ce regard sombre et avait commencé à rêver au mariage et à la joie de se réveiller à ses côtés pendant les soixante-quinze prochaines années de sa vie.

Malheureusement, elle avait rapidement pris conscience que Jack était davantage intéressé par une idée abstraite du mariage que par le mariage lui-même.

Tandis qu'il s'approchait d'elle, il ne la quittait pas du regard. Même lorsqu'il parla à Deaton, il continua à la fixer.

— Swain, as-tu mis en place un périmètre de sécurité ? demanda-t-il.

— Oui, chef.

— Alors dans ce cas, comment se fait-il qu'un photographe de presse s'y promène ?

— Euh, mais c'est Lucky, balbutia Deaton.

— Je l'ai reconnue, dit sèchement Jack.

Le commentaire était si ridicule qu'elle se demanda comment il pouvait garder son sérieux.

Elle se racla la gorge.

— C'est moi qui ai appelé la police, Jack. J'étais déjà ici quand tes hommes sont arrivés.

Son expression ne changea pas, signifiant qu'il était déjà au courant de ce qu'elle lui disait.

— Attends-moi ici, lui ordonna-t-il. Je reviens dans une minute.

Il fit signe à Deaton de le rejoindre, et ils s'éloignèrent tous deux de quelques pas, puis s'arrêtèrent. La posture de Jack trahissait un parfait contrôle de soi alors qu'il écoutait le récit de l'accident et des procédures suivies par ses collègues depuis leur arrivée.

Il demanda à Deaton s'il avait fait appeler un médecin légiste.

— Non, lui répondit Deaton. Je n'en ai pas vu l'intérêt. La mort n'a rien de suspect et nous avons appris l'identité de la victime par Lucky. Il s'agit d'un vieux type du nom de Charlie Bagwell. Nous avons également retrouvé son portefeuille. Sa voiture est toujours garée sur le parking du *Top Hat* et elle a un pneu crevé. Je pense qu'il était trop soûl pour le changer la nuit dernière et qu'il a décidé de rentrer à pied. Sa maison ne se trouve qu'à environ deux kilomètres d'ici sur la route derrière la voie ferrée.

— Rassemble plutôt des preuves au lieu d'avancer des hypothèses gratuites, le sermonna Jack. Appelle le médecin légiste et fais récupérer les restes de ce pauvre type. Je ne voudrais pas que le croque-mort parte avec.

— Oui, chef.

— As-tu fait prendre des photos avant de toucher à quoi que ce soit ?

— Euh… non.

Quelques secondes passèrent avant que Jack ne reprenne la parole.

— Alors prends-les maintenant. Et filme aussi la scène et la voiture. Fais-la mettre en fourrière. Je veux également que tu envoies quelqu'un chez ce type pour que l'on s'assure qu'il est bien mort et qu'il n'est pas assis à sa table en train de prendre son petit déjeuner.

— J'irai moi-même, dit Deaton, partant sur-le-champ.

Jack se retourna et revint vers Lucky, le visage crispé par la colère. Il murmurait des mots inaudibles dans sa barbe.

— Si j'ai fait quelque chose de mal, j'en suis désolée, dit Lucky. J'ai grandi avec Deaton et la plupart des types de cette ville, alors ils ont l'habitude de me voir traîner avec mon appareil photo. Ils savent que je ne vais pas les gêner.

Jack secoua la tête.

— Ce n'est pas ta faute, lui dit-il. A-t-il pris ta déposition ?

— Oui.

Jack la regarda de plus près, et son expression se radoucit.

— Tu vas bien ? lui demanda-t-il. Tu as l'air très pâle.

— Ça va, merci, répondit Lucky.

Il passa doucement le dos de sa main sur sa joue.

— Tu sembles malade. Qu'est-ce qui ne va pas ?

— Ce doit être la vue de ce cadavre, j'imagine.

— Ce serait bien la première fois que cela te ferait quelque chose.

Elle haussa les épaules.

— C'est sans doute parce que je connaissais cet homme.

— Tu veux t'asseoir ?

— Non, ça va aller.

Elle pria pour que cela soit vrai. Pour rien au monde elle n'aurait voulu avoir la nausée. D'habitude, elle pouvait manger, boire, sentir ou regarder n'importe quel truc peu ragoûtant sans aucun problème. On ne pouvait exercer ce genre de travail sans un estomac en acier.

— Peux-tu me raconter ce que tu as vu ? lui demanda Jack. Ou peut-être préfères-tu venir me voir plus tard et faire une déposition officielle ?

— Tu sais, je n'ai pas vu grand-chose. Je suis passée par ici vers 6 heures en allant au bureau et j'ai jeté machinalement un coup d'œil à la voie ferrée. J'ai d'abord cru que le train avait encore heurté une vache ou un autre animal. Quand j'ai réalisé que c'était un être humain, j'ai aussitôt appelé la police.

— Es-tu sûre de l'avoir reconnu ?

— J'en suis certaine. Cet homme a coupé des arbres pour moi il y a quelques années, et je l'ai rencontré à plusieurs reprises depuis. Pas plus tard qu'hier après-midi, il a traversé la rue devant moi et m'a fait signe. J'ai remarqué sa chemise jaune ornée de flamants roses et de palmiers. Ta victime là-bas porte la même. Cela m'étonnerait qu'il y en ait deux comme cela dans le coin.

Elle lui dit comment prendre contact avec la fille de Bagwell, une amie d'école de sa sœur Shannon.

— Jack, je…

Elle hésita, se rappelant les paroles blessantes de Jack la nuit précédente.

— Je te jure que je ne fais pas exprès de me mettre dans ce genre de situations. Mais Deaton a dit que tu avais reçu un autre appel. Es-tu venu ici à cause de moi ?

— Pas complètement, mais je voulais m'assurer que tu allais bien. De plus, nous n'avons rien découvert sur l'autre affaire.

— De quoi s'agissait-il ?

— D'une alerte à la bombe à la fabrique de cartons. Probablement un farceur qui n'avait rien de mieux à faire ce matin. Le commissaire est là-bas, en train de mener l'enquête. Il m'appellera s'il a besoin de moi.

— Est-il au courant de mon appel ?

Jack acquiesça.

— Il m'a demandé quel effet cela faisait d'être marié à « la fiancée des cadavres ». C'est comme cela que les gens te surnomment.

Lucky laissa retomber ses épaules, de plus en plus abattue.

— Je sais, dit-elle.

— Les gars au boulot me taquinent au moins une fois par jour sur ton tempérament fougueux. Et au bureau du shérif, on lance des paris sur l'identité de ton prochain cadavre. J'ai entendu dire que les sommes pouvaient monter jusqu'à six cents dollars.

— J'ai aussi entendu ce genre de ragots.

— Je ne comprends pas. Pourquoi est-ce à toi que cela arrive ? Dès qu'il se passe quelque chose de louche, il faut que tu te trouves impliquée.

— Je suis tous les jours sur la route pour prendre des photos, et je me balade dans tout le comté. J'ai cent fois, voire mille fois plus de chance de tomber sur un accident ou un fait divers que n'importe qui d'autre. Ce n'est pourtant pas si difficile à comprendre, s'emporta Lucky.

— Tu crois ça ? demanda Jack.

— Bien sûr que je le crois.

Ils avaient déjà eu cette conversation une centaine de fois. Le plus drôle et le plus triste à la fois, était que ce qui les avait fait se rencontrer était maintenant sur le point de les séparer.

L'année précédente, elle s'était rendue à Pittsburgh avec sa sœur aînée Leigh pour servir de témoin au mariage de leur cousin. Lucky avait découvert un cadavre dans les toilettes de l'Holiday Inn dans lequel avait lieu la réception. Jack Cahill était l'inspecteur chargé de l'enquête.

Ils furent immédiatement attirés l'un par l'autre. Il lui fit aussitôt une cour effrénée, lui téléphonant presque chaque nuit. Ils se virent deux week-ends de suite, puis Jack vint à Potock pour rencontrer sa famille et prendre contact avec le département de police de la ville.

Lorsque le chef de la police, Rolly Akers, lui demanda si cela l'intéressait de venir s'installer définitivement et de prendre en charge la réorganisation du Service des enquêtes criminelles, il avait sauté sur l'occasion. Jack et Lucky s'étaient mariés neuf jours plus tard.

Et elle n'avait jamais été aussi heureuse de sa vie.

Jusqu'à ce que son mari découvre son côté quelque peu excentrique.

— Si tu n'étais pas parti comme un voleur la nuit dernière, lui dit-elle, tu aurais pu découvrir le cadavre toi-même.

— Excuse-moi si je n'aime pas trouver des serpents dans ma baignoire.

— Ils n'étaient pas venimeux.

— Et tu penses que ça change quelque chose ?

— Oui, cela change tout.

Elle lui expliqua qu'elle avait attrapé ces serpents de rivière pour les photographier, et qu'elle avait prévu de construire un enclos au bord de l'eau pour les y mettre dès le lendemain. Elle avait eu besoin de les laisser quelque part dans de l'eau en attendant, et la baignoire avait parfaitement rempli cet office.

— Ce n'est pas le moment de parler de nos problèmes personnels, la coupa Jack. J'ai du travail.

— Moi aussi, j'ai du travail.

— Je veux que tu me donnes ta pellicule. J'ai besoin des photos que tu as prises avant que mes gars n'arrivent.

— Je n'en ai pris aucune.

Il tendit sa main, paume ouverte.

— Allez, Lucky. Je n'ai pas le temps de plaisanter. Tu as pris au moins un rouleau de clichés avant d'appeler mon service. Je te connais. Je suis sûr que tu n'as oublié aucun détail.

— Je n'ai pas pris de photos ! protesta-t-elle.

Elle feignit d'être indignée, mais il lisait en elle comme dans un livre. Il claqua des doigts avec impatience.

— Donne-les-moi. Je ne rigole plus.

— Non ! Elles appartiennent au journal. Je vais avoir des ennuis si jamais Leigh l'apprend.

— Je vais simplement en faire faire des copies et te les envoyer.

— Non, c'est moi qui vais en faire des doubles et te les faire parvenir.

30

— Mais j'en ai besoin comme preuves.

— Et moi, j'en ai besoin pour l'édition de dimanche.

Il se frappa le front de la main.

— Quel besoin as-tu de me contredire chaque fois ?

Ses mots la blessèrent profondément, et il ne pouvait pas ne pas en être conscient. Elle hésitait entre la colère et le désespoir, et pencha cette fois pour le désespoir.

— Je ne pensais pas ce que j'ai dit, se reprit Jack.

— Si, tu le pensais, dit-elle d'une voix triste.

— Non, du moins pas de cette façon.

— Si, et c'est ce qui est à la base de tous nos problèmes. Tu m'as épousée en pensant que tout serait simple, que je serais très facile à vivre. Tu t'es imaginé une vie parfaite. Une maison, des enfants, un bon boulot, une femme sans histoires. Mais tu t'es alors aperçu que la femme que tu avais épousée ne collait pas avec tes rêves.

— C'est un raisonnement un peu simpliste.

— Peut-être, mais c'est la vérité.

— Je ne veux pas te contrôler, Lucky. Je veux juste te protéger.

— Non, tu veux me changer, car au fond, tu ne m'aimes pas réellement telle que je suis.

Elle se dirigea vers le coffre de sa Buick et fouilla dans son sac.

— Voilà tes photos, dit-elle, jetant la pellicule à ses pieds et refermant le coffre d'un coup sec.

Lorsqu'elle se dirigea vers la portière du côté conducteur, il tenta de la retenir, mais elle s'y opposa et monta dans la voiture.

— Attends, ma chérie, lui dit-il par la vitre ouverte.

— Le plus triste, c'est que je suis assez bête pour continuer à t'aimer.

— Je t'aime aussi. Il n'a jamais été question du contraire.

Elle n'avait aucune envie de répondre. S'il l'aimait, il ne l'aurait jamais quittée. Il l'aurait prise comme elle était. Elle démarra et enclencha la première.

— Ecarte-toi de là, si tu ne veux pas que je t'écrase.

Jack ne bougea pas.

— Va-t'en, ou bien je vais montrer à tous tes collègues que je peux être aussi folle qu'on le prétend.

Il fit un pas en arrière et leva les mains en signe de reddition. Lucky fit crisser ses roues sur le gravier, projetant un nuage de poussière derrière elle.

Elle n'avait pas encore atteint la barrière qui délimitait le périmètre de sécurité qu'elle éclata en sanglots, n'essayant même pas de dissimuler ses larmes aux yeux du policier en faction.

L'horloge du tableau de bord indiquait à peine 9 heures, mais la journée était déjà à classer parmi les pires de son existence. Elle sécha ses pleurs avec la manche de sa chemise et essaya de reprendre son calme, fouillant dans son sac à la recherche de lunettes de soleil.

Si elle arrivait au bureau avec les yeux rouges, il lui faudrait répondre à un milliard de questions, et elle ne pouvait le supporter pour le moment. Elle aurait préféré rentrer chez elle, s'asseoir au bord de l'eau le reste de la journée et s'apitoyer sur elle-même. Malheureusement, elle avait trop de travail.

Le plus difficile, c'est qu'elle allait devoir revoir Jack dans peu de temps. Car il faudrait environ deux heures avant que le laboratoire de la police ne fasse développer la pellicule et s'aperçoive qu'il s'agissait des clichés d'un potiron géant qu'elle avait pris la veille.

Le bâtiment qui abritait le *Register* était une ancienne fabrique de conserves construite vers 1870. Certains jours, Lucky pouvait d'ailleurs sentir l'odeur de saumure encore imprégnée dans les parquets.

Elle adorait chaque recoin de cet endroit, depuis les élégantes portes de l'entrée jusqu'aux murs de béton maculés de taches d'encre de la salle d'impression.

Elle aimait particulièrement le second étage, son domaine réservé. Il servait principalement pour le stockage, mais elle y possédait une chambre noire de bonne taille, une salle de bains et une verrière qui surplombait la rue. La lumière naturelle filtrée par les vitres dépolies produisait toujours un effet splendide.

Le bureau était déjà en pleine effervescence lorsqu'elle arriva. Elle avait appelé Leigh sur son téléphone mobile un peu plus tôt pour lui raconter l'affaire de l'accident de train et celle de l'alerte à la bombe. Poussant les portes d'entrée, Lucky se dirigea directement vers les escaliers, n'adressant qu'un signe au personnel du bureau et de la publicité, passant dans le hall devant les copies encadrées des Unes qui avaient fait date dans l'histoire du journal.

Sa favorite était la dernière. Cette édition spéciale du 5 juillet 1973 portait le bandeau suivant :

« *L'enfant sauvé des eaux* ». Elle avait lu cette histoire tant de fois qu'elle la connaissait par cœur. Le reporter avait écrit : « Un enfant de trois ans, tombé d'un bateau la nuit dernière, est resté plus de cinq heures dans la Black Warrior River. La petite fille a été repêchée dans le fleuve et ne souffre que d'une légère hypothermie, selon les médecins du *Riverside Community Hospital* qui l'ont examinée ce matin. Erin Renee Mathison, la fille cadette de l'éditeur Matt Mathison et de sa femme Ruth, habitant au 103 Brighton Street, a été sauvée des eaux à 3 h 45 près de l'usine à vapeur de Gorgas, à environ deux miles de l'endroit où elle était passée par-dessus bord. Le sergent Albert Cummings, de l'équipe de sauvetage du comté de Walker, a expliqué que l'enfant portait un gilet de sauvetage et qu'elle avait appris à nager. « C'est malgré tout un miracle qu'elle ne se soit pas noyée ou qu'elle n'ait pas été heurtée par un autre bateau », a déclaré M. Cummings, avant d'ajouter : « cette gosse est une miraculée. »

S'approchant du cadre, Lucky caressa doucement la vitre, comme elle le faisait chaque jour depuis qu'elle travaillait ici. Au fil des années, elle avait appris que le hasard faisait parfois bien les choses et qu'il fallait avoir confiance en sa bonne étoile.

De son bureau situé à côté des escaliers, Leigh appela Lucky dès qu'elle l'aperçut. Lucky s'arrêta, se retourna, et passa la tête par l'embrasure de la porte.

— Qu'y a-t-il ? demanda-t-elle.

— J'ai changé la Une pour toi, et j'ai besoin de trois ou quatre photos.

— Donne-moi une heure et tu pourras choisir les négatifs de celles que tu veux que je développe.

— Qu'est-ce que tu sais de cette histoire ? J'ai besoin d'un texte court.

Lucky entra dans le bureau et lui fit un résumé des événements que Leigh tapa directement à l'ordinateur. En général, ils ne pouvaient couvrir les nouvelles trop récentes et ainsi concurrencer les grands journaux. A part Leigh, ils ne disposaient que d'un seul autre reporter à plein temps.

Le *Register* couvrait en fait l'actualité et les événements locaux, jugés inintéressants par les quotidiens.

Ainsi, alors que d'autres journaux moins importants étaient rachetés par de grands groupes ou faisaient faillite, le *Register* remportait toujours un succès inégalé auprès de ses lecteurs grâce à des rubriques qui les touchaient directement — noms des concitoyens appelés sous les drapeaux, menus des écoles, portrait des nouveaux arrivants dans la région…

Plus encore que son père, excellent éditeur et directeur de la publication, Leigh avait un instinct aiguisé pour sentir ce que souhaitaient les lecteurs. Avec l'aide de Cal, qui avait terminé sa maîtrise de marketing l'année précédente, Leigh avait largement contribué à augmenter le lectorat et les bénéfices du journal.

Contrairement à eux ou à Shannon, Lucky n'était pas allée à l'université, mais ses photos ajoutaient au succès du journal, et elle n'en était pas peu fière.

— C'est tout ce que je sais, conclut Lucky. Si j'étais à ta place, je ne publierais aucun nom avant d'avoir la version officielle de l'affaire, car je peux me tromper, et je ne sais pas combien de temps cela va prendre à la police pour contacter sa famille.

— J'appellerai avant que nous mettions sous presse et je verrai si on peut publier le nom.

Leigh continuait à taper pendant qu'elle parlait, retravaillant déjà l'histoire de Lucky pour en faire son article.

— Si tu as besoin d'un coup de main, appelle Cal, dit-elle. Et tu peux aussi développer les pellicules qu'Eddie et moi avons laissées. Elles sont pour mercredi. Tire aussi les photos que tu as prises pour la rubrique « gastronomie ».

— D'accord.

— Qui est chargé de l'accident de train ? Est-ce le cow-boy qui tire plus vite que son ombre ?

Elle parlait de Jack. Lucky le comprit sans qu'elle ait besoin de le nommer. Leigh était la seule de la famille qui pensait que Lucky avait fait une erreur en épousant un homme

35

qu'elle ne connaissait que depuis quelques mois. Ses parents, sa grand-mère, Cal et Shannon l'adoraient tous.

L'opinion de Leigh était en fait fortement influencée par son pénible divorce prononcé quatre ans auparavant et le refus de son ex-mari de lui verser une pension alimentaire. Elle ne savait même pas ce qu'il était devenu. A ses yeux, tous les hommes étaient des monstres, et Jack ne faisait pas exception. Lucky ne prêtait donc plus attention à ses sarcasmes.

— Tu peux essayer de joindre Jack et voir s'il accepte de te fournir les informations qui te manquent, dit-elle à Leigh, mais je ne te promets rien.

— Je vais d'abord appeler le médecin légiste. Jack habite toujours en ville ? demanda-t-elle d'un air innocent.

— Pour l'instant, oui. Nous essayons de nous réconcilier.

— Ah oui ?

Elle s'arrêta de taper et fit pivoter sa chaise.

— Si c'est vrai, comment se fait-il que tu aies encore pleuré ce matin et que tu aies une tête de déterrée ?

Lucky enleva ses lunettes sombres, laissa tomber l'étui de son appareil photo par terre et s'assit dans un fauteuil situé de l'autre côté du bureau. Leigh et elle avaient huit ans d'écart, mais malgré cela, elles étaient très proches. Lucky ne pouvait rien lui cacher, contrairement à Cal ou à Shannon.

— J'ai peur que Jack et moi essayions de raccommoder quelque chose qui s'est définitivement brisé, lui dit-elle. Et je ne sais pas ce que je vais faire.

— J'ai bien compris que les choses n'allaient pas très bien entre vous.

Lucky lui parla de leur dispute et de l'échange des pellicules, la faisant rire aux éclats.

— Ce n'est pas drôle, dit Lucky. Mon mariage est véritablement en train de sombrer.

— Je suis désolée, excuse-moi. Tout de même, je donnerais n'importe quoi pour voir sa tête lorsqu'il va découvrir la supercherie.

— Je suis sûre que tu vas en avoir l'occasion. Nul doute qu'il va venir ici pour piquer une colère.

Cal entra dans la pièce, une boîte de beignets entre les mains.

— Qui va piquer une colère ? demanda-t-il, posant les gâteaux sur le bureau.

— Jack, dit Leigh, en prenant un de ses préférés, fourré à la confiture au citron.

— Le costaud ? Et pourquoi ?

— Lucky lui a joué un bon tour.

Et elle se mit à raconter l'histoire.

— Tu pourrais faire diversion quand il arrivera. Vous vous entendez si bien tous les deux.

Cal secoua la tête.

— Oh, non, je pense que je préfère rester en dehors de tout cela.

Il offrit un beignet à Lucky, mais elle repoussa sa proposition avec une grimace de dégoût.

— Tu as encore mal au ventre ? lui demanda-t-il. Tu as le teint plutôt vert ce matin.

Lucky secoua la tête, se leva d'un coup et pris son sac.

— Au ventre ? demanda Leigh. Je ne savais pas que tu étais malade.

— Je vais bien. Ce doit être une légère indisposition ou quelque chose comme ça.

— Une légère indisposition ? répéta Cal en insistant bêtement sur chaque mot. Mais cela fait une semaine que tu n'arrêtes pas de vomir ! Sérieusement… Tu devrais consulter un médecin et voir ce qui ne va pas. Tu sembles sur le point de rendre l'âme chaque fois que je te vois.

Leigh écarquilla les yeux et interrogea sa sœur du regard. Lucky préféra détourner les yeux.

— Fais faire un examen complet, ajouta Cal. Je me fais du souci pour toi.

Lucky lui envoya une bourrade dans les côtes.

— C'est gentil de t'inquiéter pour moi, mais je me sens beaucoup mieux. Quoi que j'aie pu avoir, c'est passé, désormais.

Elle se dirigea vers la porte.

— J'adorerais rester ici à bavarder toute la matinée, mais j'ai une montagne de pellicules qui m'attend. A tout à l'heure.

Elle passa la porte et se précipita vers les escaliers avant que Leigh ne puisse la questionner.

Dans la chambre noire, elle enfila un tablier et une paire de longs gants en caoutchouc. Elle s'assura de s'être bien protégée et vérifia que l'aération était en marche, puis mélangea les différents produits chimiques nécessaires au développement de ses films. Elle venait à peine de remplir une deuxième cuve de révélateur qu'elle entendit Leigh tambouriner à la porte qu'elle avait fermée à clé.

— Laisse-moi entrer. Il faut que je te parle, lui dit-elle.

— Je suis occupée. Reviens plus tard.

— Pas question. Ouvre la porte.

Lucky ne répondit pas.

— D'accord, dit Leigh après quelques secondes, tu vas m'obliger à appeler Jack et à lui demander ce qui se passe.

Lucky sentit qu'elle ne pouvait plus reculer.

— Attends une minute, j'arrive, dit-elle à Leigh.

Elle éteignit la lumière, plongea la pellicule dans le bac et referma celui-ci hermétiquement en tapotant le couvercle pour en chasser toutes les bulles d'air. Puis elle mit en route le minuteur.

— Tu peux rentrer maintenant, dit-elle en rallumant la lumière et en ouvrant le verrou de la porte.

— Est-ce que tu es enceinte ? lui demanda Leigh à brûle-pourpoint.

— Si je te disais que non, me croirais-tu ?

— Non.

— Alors oui, effectivement, je suis enceinte.

Leigh se laissa tomber sur un tabouret, apparemment sous le choc de cet aveu.

— Quand t'en es-tu aperçue ? lui demanda-t-elle.

— Il y a trois semaines, ou plutôt quatre maintenant.

Leigh s'emporta tout à coup.

— Un mois ! Tu le sais depuis un mois et tu ne m'as rien dit !

— Je voulais d'abord l'apprendre à Jack.

— Oh, mon Dieu, Lucky, et à combien de mois en es-tu ?

— Cela doit faire huit semaines, presque neuf. Je pense que ce doit être le basket-ball.

— Je te demande pardon ?

Elle repoussa la question d'un geste de la main.

— Rien. C'est… un jeu entre Jack et moi. Ça n'a pas d'importance.

— Et il ne sait toujours rien ?

— Pour l'instant, non. J'ai essayé de lui dire plusieurs fois, mais il nous est très difficile de parler de quoi que ce soit calmement depuis un certain temps.

En réalité, la nouvelle l'avait frappée comme un coup de tonnerre. Lucky avait été tellement prise au dépourvu qu'elle n'avait pas été capable de réfléchir posément à la façon de gérer cet événement. Elle avait toujours voulu un enfant, mais ce n'était vraiment pas le moment. Elle n'était même

39

pas mariée depuis un an, et Jack et elle vivaient désormais séparément.

— J'espère que Cal ne soupçonne rien. Si jamais il laissait échapper quelque chose…

— Il pense que tu es malade. Cela dit, il a raison, tu as vraiment mauvaise mine.

— A part ma tension qui est un peu élevée, rien ne cloche chez moi. La gynécologue m'a expliqué que les nausées matinales devraient bientôt passer. Elle m'a prescrit des vitamines et m'a conseillé de boire du thé au gingembre pour calmer mes douleurs de ventre. Mais elle a surtout insisté pour que je diminue mon stress. C'est drôle, non ? C'est le fait d'être enceinte qui me stresse !

— Ne devrais-tu pas éviter de respirer tous ces produits chimiques ? demanda Leigh.

— Non, il n'y a pas de problème. C'est la première chose que j'ai vérifiée. Tant que je ne me baigne pas dedans, ils ne sont pas nocifs, ni pour moi, ni pour le bébé. Et puis je prends toutes les précautions possibles.

— Je pense que nous devrions commencer à chercher quelqu'un pour te remplacer pour les photos et le développement. Je t'ai donné trop de travail ces derniers mois, avec Papa qui prend sa retraite et moi qui vais occuper bientôt le poste d'éditeur.

Lucky se doutait bien que Leigh allait lui dire quelque chose de ce genre.

— Non, ça va. Je n'ai pas besoin d'aide, dit-elle.

— Nous aurons de toutes façons besoin de quelqu'un pour te remplacer quand tu prendras ton congé, reprit Leigh. Nous pourrions engager un stagiaire ou une personne à mi-temps. Et tu auras sans doute envie de rester à la maison avec le bébé pendant quelques mois, peut-être même pendant la première année.

40

Lucky n'était pas en mesure de réfléchir à tout cela dans l'immédiat.

— Nous avons tout le loisir de voir cela en détail. Il sera toujours temps de résoudre ces problèmes lorsqu'ils apparaîtront.

— Et à propos de ton autre problème ? Ce bébé va tout changer pour Jack et toi.

— Je sais, et c'est ce qui m'inquiète. Je ne sais pas ce que nous allons faire.

— Lucky, si ton mariage ne marche pas et que tu n'es pas heureuse, pourquoi ne demandes-tu pas le divorce ? Il est tout à fait possible d'élever un enfant seule. Je le fais moi-même et je m'en sors plutôt bien. En fait, honnêtement, je pense même que tu t'en sortirais mieux sans Jack.

Lucky ne répondit pas. A cet instant, elle ne savait pas vraiment ce qu'elle désirait. Peut-être sa sœur avait-elle raison. Leigh s'en sortait sans doute mieux sans Keith qui avait vidé son compte en banque et était parti avec sa meilleure amie.

Mais Jack n'était pas Keith. Et malgré leurs disputes incessantes, Lucky l'aimait et ne voulait pas élever son bébé sans lui. De toutes façons, Jack ne le permettrait jamais. Il ne pourrait jamais supporter de vivre loin de son enfant.

Elle crut entendre un bruit. Elle referma alors vivement la porte, craignant que Cal ait suivi Leigh et qu'il ait pu entendre leur conversation.

— Si tu te fais du souci au sujet de Cal, sois tranquille, dit Leigh. Je l'ai chargé de menus travaux qui devraient lui prendre au moins une heure. Il adore se rendre utile et penser qu'il est indispensable à la vie du journal.

— Fais attention à ce que tu lui dis, Leigh. J'aurais préféré que tu ne saches rien avant Jack. Et si maman et grand-mère l'apprenaient, oh mon Dieu… toute la ville serait rapidement au courant.

Elle secoua le bac et vérifia le minuteur.

— Je pense que j'ai déjà donné matière à ragots pour une année entière.

— De toute façon, tu es si mince qu'il ne faudra pas beaucoup de temps avant que tu ne puisses plus dissimuler ton état. Tu ferais mieux de tout raconter à Jack le plus tôt possible.

— C'est ce que je vais faire, dit Lucky sans grande conviction.

— N'aggrave pas les choses en le laissant l'apprendre par quelqu'un d'autre.

— J'ai dit que j'allais le faire, d'accord ? Ce n'est pas la peine de me le répéter. Je vais le lui dire.

Sa décision était prise, mais elle appréhendait la réaction de Jack. Il allait certainement être fou de joie, et voudrait sans doute reprendre la vie commune avec elle. Mais ce ne serait que pour le bien du bébé, pas pour elle. Et si cela arrivait, elle ne pourrait plus jamais croire en ses sentiments.

Elle mit la main sur son ventre. Sa joie d'être bientôt mère était gâchée par son ressentiment. Bien sûr, elle désirait cet enfant. Mais en même temps, elle l'appréhendait de toutes ses forces. Car elle savait, sans nul doute possible, ce que déclencherait la nouvelle. Sa grossesse allait détruire le moindre espoir qui lui restait de sauver son mariage.

3.

Leona Harrison se tenait devant le portail et observait la demeure qui s'élevait au milieu du parc. Des volets blancs encadraient les fenêtres et des carillons accrochés sous les auvents tintaient au gré du vent. La peinture jaune de la façade de *Horizon House* et les fleurs multicolores bordant le chemin menant à l'entrée donnaient à l'endroit une impression de gaieté rafraîchissante.

Mais Leona avait appris que les murs, comme les visages, pouvaient dissimuler bien des secrets. Et si ceci était vrai de *Horizon House* et des habitants de Potock, cela s'appliquait également à l'homme que Leona était venue voir.

Son mari n'avait pas voulu venir, car il détestait Terrell, comme tout le monde en ville, d'ailleurs. Et parce qu'elle était la tante de Terrell et sa seule parente encore vivante, Leona faisait l'objet de leur part de la même répulsion. Vingt et un ans après la tragédie, certaines personnes traversaient encore la rue pour l'éviter.

Les citoyens de Potock l'avaient une fois pour toutes rangée dans la catégorie des « coupables » du seul fait de sa parenté avec Terrell, tout comme ils avaient décidé sans preuve que son neveu était un « tueur » sans qu'on ait jamais pu prouver sa culpabilité ni qu'aucun tribunal ne l'ait effectivement condamné.

Leona hésitait à appuyer sur le bouton de l'Interphone. Elle lutta contre l'envie de retourner à sa voiture pour rentrer chez elle. Mais la promesse qu'elle avait faite à sa sœur Margaret sur son lit de mort de veiller sur Terrell l'empêcha de faire marche arrière. Comme à regret, elle dit son nom et attendit qu'un gardien vienne la chercher pour la conduire à l'intérieur de la vaste demeure.

Terrell avait été transféré à *Horizon House* cinq semaines auparavant, après avoir vécu depuis l'âge de dix-sept ans dans un établissement pour adultes autistes à Huntsville.

Une fois par mois, elle avait consciencieusement effectué les 240 miles du trajet aller-retour pour lui rendre visite.

Cet endroit était plus agréable, mais son retour en ville avait ravivé les rancœurs. Les lettres anonymes injurieuses avaient recommencé, et deux nuits plus tôt, quelqu'un avait inscrit « assassin » à la peinture rouge sur la porte d'entrée de sa maison. Depuis l'arrivée de Terrell, *Horizon House* avait également fait l'objet de menaces téléphoniques.

Leona parla brièvement au directeur, puis se dirigea vers la salle commune dans laquelle Terrell passait le plus clair de ses journées à observer l'aquarium ou à dessiner. Ce jour-là, il avait sorti un chevalet et des crayons, ainsi qu'un assortiment d'encres de couleur, et était assis seul à l'une des tables rondes que les pensionnaires étaient autorisés à utiliser pour leurs activités.

Les années ne l'avaient pas épargné, et il paraissait beaucoup plus vieux que ses trente-huit ans. De profondes rides lui barraient le visage. Jadis, il avait été beau garçon, mais une légère calvitie se dessinait à présent sur le haut de son crâne, et ses tempes se parsemaient de gris.

Il sembla ne pas remarquer la présence de Leona lorsque celle-ci apparut, et prit une nouvelle feuille blanche qu'il plaça sur son pupitre.

— Bonjour, Terrell, lui dit-elle en s'asseyant à côté de lui. C'est tante Leona. Tout va bien ?

Elle n'attendait aucune réponse de sa part, et elle n'en reçut aucune. A sa connaissance, Terrell n'avait jamais prononcé un mot, mais il pouvait cependant émettre des sons, et Margaret lui avait raconté qu'enfant, il pleurait souvent toute la nuit, comme si la vie pour lui était trop difficile à supporter.

Le seul problème qu'il posait au personnel de l'établissement était dû à son hyperactivité. Parfois, il escaladait le mur d'enceinte et disparaissait, non pour fuir l'établissement, mais comme mû par une force irrésistible : celle qu'exerçait sur lui le fleuve, et ce depuis qu'il était enfant. Les années n'avaient pas émoussé la fascination qu'il éprouvait à son égard.

Tant que personne ne venait interrompre sa routine, ne déplaçait ses objets ou n'essayait de le toucher, il était tout à fait calme et apparemment satisfait de son existence. Il restait enfermé dans son monde de silence.

Il avait toujours été gentil et calme, et Leona n'avait jamais cru un seul instant qu'il ait pu tuer Eileen Olenick. Elle savait qu'il n'aurait jamais fait de mal à une mouche.

Mais à cause de l'éditorial que Matt Mathison avait rédigé à l'époque dans le *Register*, Leona n'avait pu convaincre personne de l'innocence de son neveu. En fait, c'était la plus jeune des filles Mathison — celle qu'on surnommait Lucky — qui avait réellement scellé le destin de Terrell, et ce en seulement quelques mots. Les gens s'étaient fondés sans réfléchir sur les peurs d'une enfant.

Leona sortit de son sac l'ouvrage sur lequel elle travaillait au point de croix, et se concentra sur le « S » de « Sweet Home » tandis qu'elle parlait. Terrell l'ignorait toujours, tout à son dessin.

Elle lui demanda s'il se souvenait de sa maison et, n'obtenant pas de réponse répondit à sa place :

— Bien sûr que tu t'en souviens. Ta maman t'emmenait souvent nous voir, Oncle Edwin et moi, et tu faisais de très beaux croquis. Tu avais déjà beaucoup de talent.

Un talent extraordinaire, comme ils l'avaient découvert peu à peu. C'était un génie, disait Mme Olenick, car il pouvait dessiner ou peindre n'importe quoi, même des choses qu'il n'avait vues qu'une fois, et ce avec une précision extrême.

Malheureusement, au lieu de le rendre heureux, c'est ce don qui avait été la cause de tous ses malheurs. Si seulement Mme Olenick ne l'avait pas pris sous son aile, sa vie aurait pu être totalement différente !

Mais il était trop tard à présent pour revenir en arrière et on n'y pouvait rien changer.

Elle resta avec lui une heure, comme à son habitude, puis remit son ouvrage dans son sac. Edwin allait vouloir déjeuner et elle devait encore acheter du pain à la boulangerie.

— Je vais revenir te voir bientôt, Terrell, lui dit-elle en se levant. Je t'apporterai des biscuits au gingembre la prochaine fois. Je sais que tu les aimes beaucoup.

Terrell prit son dessin, le posa sur la table, puis rangea son matériel dans un sac en plastique et se dirigea rapidement vers sa chambre de sa démarche si particulière. Il ne jeta pas un œil en arrière.

Leona fit le tour de la table et prit la feuille. Elle crut que son cœur allait s'arrêter sur-le-champ. Il avait fait le portrait d'Eileen Olenick, la représentant telle qu'elle était il y a vingt et un ans. Le portrait était si réaliste qu'on aurait dit une photographie et on aurait pu le qualifier de « vivant », à un détail près : son corps gisait dans une mare de sang.

Jack referma le classeur de l'affaire Bagwell et le repoussa vers la pile de dossiers qui ne cessait de grossir. Pour une ville de cette taille, Potock souffrait d'un nombre d'accidents et de délits disproportionné. Des cambriolages et des vols, la plupart du temps. Des scènes de ménage plus ou moins violentes. Tous les week-ends, un type soûl urinait en public, ou essayait de poignarder un de ses voisins.

Les affaires en cours — en plus de l'accident de train et de l'alerte à la bombe du matin — concernaient seize cambriolages, une arrestation pour port d'arme, deux cas de vandalisme et une demande de supplément d'enquête de la part des fédéraux sur un cas présumé de trafic d'objets d'art indiens.

Avec seulement cinq enquêteurs, y compris lui-même, et une juridiction regroupant 24000 habitants, la charge de travail de Jack était énorme. Il avait vraiment besoin de plus de personnel, et celui dont il disposait n'était pas suffisamment formé.

Jack était furieux. Même une toute nouvelle recrue n'aurait pas fait pire que Swain ce matin-là. Il aurait demandé sa mutation à la circulation s'il n'avait pas eu autant besoin de lui. De plus, Swain n'était pas le seul fautif.

Dans des cas comme celui-ci, Jack se demandait vraiment ce qu'il faisait à Potock, et comment il avait bien pu accepter de venir s'installer dans ce coin reculé de l'Alabama.

Sortant son stylo de sa poche, il entoura un numéro de téléphone sur son carnet. L'appel de Wes, son ancien chef à la Criminelle, avait été pour lui une surprise. Il avait décidé de prendre sa retraite à la fin de l'année et lui proposait d'occuper son poste.

Avec son entraînement et son expérience, ainsi que l'appui de son ancien supérieur, Jack aurait ses chances pour cette place dont il rêvait depuis qu'il était entré dans la police. Sauf qu'il n'était plus en mesure de la briguer.

Sa joie n'avait en effet duré que quelques secondes, jusqu'à ce qu'il pense à Lucky et à la façon dont elle prendrait la nouvelle. S'il n'avait pas pu la décider à quitter le bungalow, il n'aurait aucune chance de la persuader de quitter le comté. Le climat était désormais si tendu entre eux qu'il n'osait même pas aborder la question.

Il déchira la page de son carnet, en fit une boulette qu'il s'apprêtait à envoyer dans la corbeille, lorsqu'il s'arrêta soudain. Wes n'annoncerait officiellement son départ qu'en octobre, pensa-t-il, c'était dans quatre mois. La commission compétente avait besoin de suffisamment de temps pour prendre acte des candidatures, considérer les promotions en cours, et faire son choix. Rien ne serait donc décidé avant le mois de janvier — voire février ou mars.

Il défroissa la page manuscrite et la rangea dans son portefeuille. Peut-être Lucky se laisserait-elle convaincre, s'il arrivait à lui expliquer ce que ce changement de poste représentait pour sa carrière.

Tu peux toujours rêver, Cahill, pensa-t-il amèrement.

Des rires interrompirent ses sombres réflexions, et il jeta un œil à travers la vitre de son bureau. Il vit Taggert, Whatley, et certains des hommes de patrouille s'agiter autour de Lucky. Jack consulta sa montre : 16 heures. Il n'avait pas vu le temps passer, et son estomac gargouillant lui rappela qu'il avait une fois de plus oublié de déjeuner.

Il ne faisait aucun doute que ses hommes étaient en train de féliciter Lucky pour le mauvais tour qu'elle lui avait joué. Il maugréa. Il s'était bien fait avoir.

Lucky quitta le groupe qui s'était formé autour d'elle et se présenta à la porte de son bureau.

— Salut, dit-elle d'un air sérieux.

— Salut, répondit laconiquement Jack.

— J'attendais que tu fasses irruption au journal avec un commando ou que tu tires des grenades lacrymogènes sur les vitres du premier étage. Comme tu ne t'es pas montré, j'ai décidé qu'il valait mieux que je vienne te voir et que tu me dises en face ce que tu pensais.

Elle agita l'épaisse enveloppe qu'elle tenait à la main.

— Ce sont les planches contacts et les photos développées. J'y ai joint mon témoignage tapé à la machine.

Il ne savait pas quoi dire pour rattraper le mal qu'ils s'étaient fait le matin même.

Apparemment, Lucky était aussi mal à l'aise que lui, car elle n'alla pas plus loin, mais resta au contraire dans l'embrasure de la porte, l'air méfiant, comme prête à tourner les talons et à s'enfuir au moindre faux pas de sa part. Son attitude le désespéra. Après tout, le mariage n'était pas censé être un tel cauchemar, pensa-t-il.

Il se saisit à son tour d'une enveloppe posée sur son bureau.

— Ce ne sont que les négatifs, lui dit-il. Je n'allais quand même pas dépenser l'argent du contribuable pour développer des photos de légumes.

— Je m'en doutais. Que dirais-tu d'un échange ?

Un petit groupe les observait de l'extérieur du bureau, cherchant visiblement à comprendre ce qu'ils se disaient. Jack se leva et alla ouvrir la porte.

— Entrez, leur lança-t-il. Nous sommes en pleine conférence.

Devant le silence général, il se retourna en marmonnant.

— J'imagine qu'ils ne m'ont pas épargné.

— Tu sais bien que je n'ai pas essayé de te nuire en intervertissant les pellicules, dit Lucky. Mais apparemment c'est ce qui est arrivé. J'étais si énervée que je n'ai pas pensé aux conséquences.

— J'y survivrai, ne t'inquiète pas, lui répondit Jack avec un soupir.

Il la contourna et ferma la porte derrière elle, puis il déroula les stores afin qu'ils soient vraiment tranquilles.

Jack et Lucky échangèrent leurs enveloppes. Elle refusa la chaise qu'il lui proposait, préférant rester debout, et se mit à faire les cent pas dans la pièce en examinant les diplômes accrochés au mur, comme si c'était la première fois qu'elle les voyait.

Elle s'arrêta enfin à bonne distance et se retourna vers lui.

— J'ai beaucoup pensé à ce qui s'est passé ce matin, dit-elle, et je n'arrive pas à comprendre comment deux êtres qui prétendent s'aimer peuvent agir de la sorte.

— Je me suis demandé la même chose.

— Avons-nous fait une erreur en nous mariant ?

Jack se sentit défaillir.

— Tu penses vraiment ce que tu dis ? demanda-t-il.

— Je ne sais pas. Parfois, oui, je le crois. En particulier quand nous nous disputons. Mais quand ce n'est pas le cas, je ne peux imaginer un seul instant ne pas être mariée avec toi.

— Tous les couples se disputent de temps en temps.

— Et la moitié d'entre eux finit par divorcer.

C'était maintenant au tour de Jack de s'agiter, aiguillonné par le sujet que Lucky avait abordé.

— Cela ne nous arrivera pas, déclara-t-il. Je suis fou de toi, et tu le sais.

— Est-ce que tu ne comprends pas que nous courons à la catastrophe ? Nous avons déjà fait la moitié du chemin en décidant de ne plus habiter ensemble. Notre mariage bat de l'aile.

— Non, ce n'est pas vrai. Nous avons quelques problèmes, j'en conviens, mais nous allons les résoudre.

— Et comment penses-tu y arriver ?

— Je propose que nous procédions par ordre.

Il se dirigea vers elle et fit mine de vouloir la prendre dans ses bras, mais elle fit quelques pas en arrière et se plaça de l'autre côté du bureau.

— Non, Jack, ne commence pas. Reste où tu es et promets-moi de ne pas essayer de me toucher.

— Pourquoi donc ?

— C'est comme cela, n'insiste pas.

Sa réponse n'avait aucun sens, et il revint à la charge. Ils entamèrent alors une sorte de danse muette. Quand il allait à droite, elle allait à droite. S'il faisait un pas à gauche, elle faisait de même.

— C'est stupide, finit-il par dire en s'arrêtant. J'ai l'impression d'être revenu au collège, quand j'essayais d'approcher Mary Louise McGillray. Pourquoi refuses-tu que je t'approche ?

— Parce que pour une fois, j'aimerais avoir une conversation sérieuse avec toi.

— Mais nous sommes dans mon bureau. Je te promets que ça ne se passera pas comme les autres fois.

— Bien sûr que si. C'est ce qui s'est passé pas plus tard qu'il y a deux semaines, et je crois me souvenir que nous étions dans ce même bureau et que cela ne nous a guère gênés.

Il se retint de rire, sachant qu'elle ne le supporterait pas.

A l'expression de son visage, il voyait qu'elle ne plaisantait pas.

A sa décharge cependant, elle aurait dû reconnaître qu'à chaque fois qu'ils avaient fait l'amour dans son bureau, c'était en dehors des heures de travail, et toujours avec la porte fermée à clé. A présent, ils étaient en plein après-midi, et le bâtiment était bondé. Comment pouvait-elle imaginer que de telles pensées l'habitaient ? Tout ce qu'il voulait, c'était la prendre dans ses bras, rien de plus.

Enfin, presque...

Il devait bien admettre que, lorsqu'il la tenait ainsi, il ne tardait généralement pas à l'embrasser.

Résigné, il fit quelques pas en arrière et croisa ses bras sur sa poitrine.

— D'accord, je vais rester où je suis. Alors parlons. Que crois-tu que nous devrions faire ?

— J'aimerais que nous fassions appel à un conseiller matrimonial.

— Quoi ?! C'est hors de question.

— Jack, s'il te plaît, ne sois pas aussi buté. Tu pourrais au moins y réfléchir.

— Il n'est pas question que nous déballions nos problèmes devant un étranger. Je refuse catégoriquement.

Elle jura entre ses dents.

— Très bien. Alors propose quelque chose. Tu n'es jamais d'accord avec mes suggestions.

— Si nous avions parlé plus tôt de tout cela, nous n'en serions peut-être pas là, tu ne crois pas ?

— Si, sans doute.

— Alors je ne pense pas que quoi que ce soit s'oppose à ce que nous repartions de zéro. J'estime que cela a plus de sens que de nous rendre chez un type que nous ne connaissons pas et qui serait censé nous dire ce que nous devons faire.

— Qu'est-ce que tu préconises au juste ?

— Que nous fassions comme si nous n'étions pas mariés et que nous reprenions tout depuis le début. Nous sortons ensemble, comme si tout était nouveau, et nous nous intéressons aux loisirs de l'autre. Nous essayons de mieux nous connaître.

Il avait réussi à capter son intérêt. Sa bouche avait peu à peu perdu son rictus de mécontentement.

— Comme si nous recommencions à flirter ? demanda-t-elle.

— Exactement, si tu veux appeler cela comme ça. Des rendez-vous, des films, des pique-niques. Ce que font les couples lorsqu'ils se rencontrent et qu'ils commencent à tomber amoureux l'un de l'autre, mais que nous n'avons jamais fait.

— Nous avons passé notre temps au lit.

— Je sais, et c'était sans doute une erreur. Et pour te prouver ma bonne volonté, je suis même prêt à aller à la pêche avec toi.

— Tu plaisantes. Tu as la nausée à l'idée même de devoir accrocher un hameçon.

— Tu pourras le faire pour moi. En échange, je t'apprendrai à jouer au golf.

Elle fronça le nez en signe de dégoût, puis fit mine de sourire.

— Jouer au golf ? Ça a l'air…merveilleux, déclara-t-elle ironiquement.

— Tu ne dois pas te forcer, ou faire semblant d'aimer ça, mais il faut au moins que tu essaies. Cela fera partie des nouvelles règles : ne pas refuser quoi que ce soit, même si nous n'avons *a priori* pas envie de le faire.

— Et garderas-tu quand même ton appartement ?

— Pour le moment, oui.

— Ah, soupira-t-elle, une nuance de déception dans la voix.

— Cela me paraît plus raisonnable. L'endroit où nous vivons représente le problème le plus sensible entre nous, et nous savons tous deux qu'il ne sera pas facile à résoudre. Mais nous pouvons peut-être trouver un compromis.

— Sans nous battre, j'espère.

— De toutes façons sans nous battre. Aucune dispute ne sera tolérée.

— Nous pourrions même faire semblant de nous fiancer dans quelques mois.

— Pourquoi pas ? Et ensuite, tu pourrais organiser un vrai mariage.

Une lueur s'alluma dans les yeux de Lucky.

— Avec une robe longue et une cérémonie à l'église ?

— Si c'est cela que tu souhaites. Avec des invitations, une réception, des fleurs…

— Oh, Jack !

— Alors, qu'en dis-tu ?

Son enchantement retomba tout d'un coup, et son corps entier sembla secoué par un frisson.

— Mais c'est impossible. Oh, mon Dieu ! ce serait formidable, mais c'est impossible. C'est trop tard.

— Bien sûr que non !

— Si, ça l'est !

La peine lui fit monter les larmes aux yeux.

— Pourquoi n'as-tu pas proposé cela il y a quatre mois, au lieu de déménager et de te conduire comme tu l'as fait ? Oh, je te hais ! dit Lucky.

— Mais que t'arrive-t-il ? protesta Jack, effondré.

Pourquoi était-elle soudain si furieuse contre lui ? Il ne comprenait pas ce qui lui arrivait.

— Nous ne pouvons pas faire tout ça !

— Et pourquoi pas ?

— Pour la simple raison, monsieur « j'ai oublié mon ballon de basket », que je vais avoir un bébé !

L'expression « sentir le sol se dérober sous ses pieds » prit tout son sens pour Lucky lorsqu'elle vit Jack soudain pâlir et vaciller.

— Oh, non ! s'écria-t-elle.

Elle tenta de le soutenir mais il était trop lourd pour qu'elle puisse le maintenir debout. Elle parvint cependant à le retenir par les épaules pour l'aider à s'allonger sur le sol.

La colère de Lucky se dissipa, supplantée par l'amour qu'elle lui portait. Elle était consciente d'avoir sa part de responsabilité dans ce « petit accident de parcours », et il n'aurait pas été juste de lui en attribuer tous les torts. Et s'il était vrai qu'elle lui avait gâché ce moment censé être un des plus heureux de la vie d'un couple, elle se l'était également gâché et ne se le pardonnerait jamais.

— Je suis désolée, dit-elle en s'agenouillant et en essayant de lui faire reprendre ses esprits. Je n'avais pas prévu de te l'apprendre comme ça. Je l'ai fait sous le coup de la colère. Tu vas mieux ?

— Oui, c'est juste que… Je ne m'attendais pas… Comment est-ce arrivé ? La pilule est censée être efficace à 100 %. Non ?

— Presque, c'est bien ça le problème. Le seul fait de l'oublier une fois ou de ne pas la prendre à l'heure habituelle peut la rendre inefficace.

— Et tu as oublié de la prendre ?

— Non, je suis sûre que non. Mais il se peut que certains autres médicaments aient réduit son effet.

— Sinusite, dit-il en pensant tout haut.

— Exact. Ce rhume que j'ai eu au printemps dernier. On m'a fait une piqûre et on m'a prescrit des antibiotiques. Si j'avais su…

— Hé, ça ne fait rien. Quelle qu'en soit la cause, je suis content. Je veux dire, je suis vraiment heureux.

Il se mit à sourire stupidement.

— Je vais être père, tu te rends compte !

— Cela fait un certain temps que j'essaie de te le dire, mais je n'ai jamais trouvé la bonne occasion.

Ce n'était pas que le moment fût mieux choisi cette fois. Depuis le premier jour de leur mariage, il n'avait cessé de parler d'avoir des enfants. Ce devait être une magnifique nouvelle pour lui, et elle la lui avait lancée à la figure comme une insulte.

— Dans combien de temps ? demanda-t-il. Je veux dire, quand sera-t-il là ?

— Début janvier. Je suis enceinte depuis un peu plus de deux mois.

— Et comment te sens-tu ?

— Ça va. Ma tension est un peu élevée, mais la gynécologue pense que cela n'est pas grave tant que je reste calme. Elle voudrait que je grossisse d'au moins quinze kilos pendant la grossesse car elle me trouve trop maigre.

— Tu m'as fait une de ces frayeurs. Pendant une minute j'ai cru que tu allais me dire que tu voulais rompre.

— Je dois avouer que je n'en étais pas loin.

Il la fixa, l'air encore plus ahuri qu'avant.

— Tu plaisantes !

— Non. Je t'aime et tu ne dois jamais en douter. Mais nous avons d'énormes problèmes depuis le début, car nous sommes totalement différents. Avec ce bébé, ces problèmes n'iront qu'en s'accentuant.

— Ce n'est pas vrai.

— Si, et tu le sais bien.

Il sembla avoir repris son souffle et pouvoir se relever. Il passa ses bras autour d'elle.

— Ma chérie…, commença-t-il, lui caressant tendrement le dos, c'est exactement ce qu'il nous fallait. Nous allons pouvoir former une vraie famille maintenant. Rien ne pourrait me rendre plus heureux…

— Et moi, je ne pourrais pas être plus malheureuse. Tout le monde sait que les bébés ne raccommodent pas les mariages ratés, au contraire.

Il lui releva la tête et la regarda dans les yeux.

— Notre mariage n'est pas raté, dit Jack. Nous sommes dans une mauvaise passe. Cela ne va pas durer.

— J'espère que tu as raison, et pas seulement pour le bien du bébé, mais également pour le nôtre. Je refuse que cet enfant grandisse en assistant à des disputes continuelles. Je préférerais que nous nous séparions définitivement plutôt que de laisser faire cela.

— On croirait entendre Leigh.

— Leigh n'a rien à voir là-dedans.

— Alors dans ce cas, pourquoi me parles-tu de divorce ?

— Mais je ne veux pas divorcer. J'essaie simplement de regarder la réalité en face et de faire ce qui est le mieux pour notre enfant.

— Eh bien je peux t'assurer que le divorce n'est pas une solution.

— Dans ce cas que faut-il faire ?

— Nous devons rester ensemble.

Il caressa doucement son ventre de sa main.

— Ce petit bébé a besoin de nous, Lucky. Et moi, j'ai besoin de toi.

Il l'avait touchée droit au cœur.

— Oh, Jack...

— Ne nous abandonne pas.

— Je ne voudrais pas, mais...

Elle soupira, déconcertée, à bout. C'était toujours la même histoire...

— J'aimerais... que nous puissions vraiment tout recommencer à zéro, comme tu l'as dit. Faire table rase sur le passé, nous donner une nouvelle chance.

— Il est encore temps.

Elle secoua tristement la tête.

— Il est un peu tard pour jouer les romantiques, tu ne crois pas ?

— Non, je pense au contraire que c'est le moment rêvé.

— Oh, bien sûr. Dans quelques mois, je serai si grosse que je ne pourrai même pas voir mes pieds. Tu ne voudras même plus me regarder, et encore moins me toucher.

— Tu seras superbe avec ton gros ventre. J'ai hâte de voir ça. Et je te trouverai toujours sexy, Lucky, crois-moi. Et tu auras une poitrine superbe !

Ses efforts pour faire naître un sourire sur le visage de la jeune femme furent finalement payants. Elle gloussa malgré sa mauvaise humeur.

— Tu es horrible, dit-elle en se rapprochant de lui, passant sa main sur sa chemise et l'extrémité de son holster. Je croyais que tu adorais ma petite poitrine et mes jambes maigrelettes.

— Je les adore. J'aime toutes les parties de ton corps, depuis ta tête de linotte jusqu'à tes orteils minuscules.

Sa main s'attarda sur la courbure de ses reins.

— J'aime en particulier cette partie-là.

— Ça y est, voilà que tu recommences…

Il eut un rictus diabolique.

Elle aurait voulu le rabrouer, mais il était tellement beau lorsqu'il la taquinait. Et son sourire… Elle ne pouvait le voir sans tomber chaque fois de nouveau follement amoureuse de lui.

— Arrête de te faire du souci, lui dit-il. Je te promets que les choses vont s'arranger. Je vais même réfléchir à ton histoire de conseiller matrimonial si ça peut te rassurer, d'accord ?

Cela lui mit du baume au cœur.

— D'accord.

— Je ferai tout pour que tu sois heureuse. A présent, je pense que nous devrions fêter la nouvelle. Nous pourrions sortir, mais tu as l'air fatiguée. Je propose que tu rentres à la maison et je m'arrêterai à l'épicerie en quittant le bureau. Va te reposer, je préparerai le dîner en rentrant.

— Ce serait merveilleux, mais je ne peux pas. Je n'ai pas encore commencé à travailler et j'ai beaucoup de choses à faire ce soir.

— Lucky, tu es partie à 6 heures ce matin.

— Oui, et je me suis levée à 4 heures. Mais je dois prendre des photos au dîner du *Lions Club*. Je ne serai pas rentrée avant 22 heures et j'ai prévu de me coucher aussitôt.

— Tu n'es pas forcée d'accepter des horaires pareils.

— En fait, j'aime bien ce rythme de travail. Désolée pour ce soir, mais il est trop tard pour que je fasse faux bond à Leigh. Nous pourrions fêter ça demain. Je suis libre les deux prochains jours, quoi qu'il arrive. Enfin, avec ma chance habituelle, j'espère qu'il n'arrivera rien.

— Il faut encore que je travaille une heure ou deux demain matin sur l'affaire Bagwell pour vérifier certaines choses, mais je devrais avoir fini pour le déjeuner. Nous pourrions nous voir juste après.

— L'affaire Bagwell ? répéta-t-elle. Je croyais qu'il ne s'agissait que d'un simple accident.

— C'est probablement le cas.

— Tu as trouvé quelque chose de suspect ? demanda-t-elle d'un air soudain inquiet.

— Non, rien de spécial.

— Alors pourquoi veux-tu encore vérifier certains détails ? Est-ce que cela veut dire que tu soupçonnes quelque chose ?

Il afficha alors ce regard qui signifiait qu'il préférait ne rien dire.

— Oh, Jack, je t'en prie. C'est quand même moi qui ai retrouvé ce type, dit Lucky.

— Cela ne veut pas dire que tu as des droits sur lui.

— Je sais, mais je me sens en quelque sorte un peu responsable de sa mort. Je veux suivre l'enquête.

— Ça, c'est mon travail. Et je ne veux pas que tu t'en mêles, c'est compris ? Je me fais suffisamment de souci pour toi sans que tu en rajoutes.

— Mais peut-être puis-je t'aider ? Je connais certaines personnes mieux que toi. Et sa fille, Carolyn, est allée à l'école avec Shannon. Je suis sûre qu'elle acceptera de me parler.

— Je lui ai déjà parlé.

— Et que t'a-t-elle raconté ?

— Rien que tu aies besoin de savoir. Bref, pour demain… Peut-être pourrions-nous inviter toute la famille ? As-tu parlé du bébé à tes parents ?

Elle accepta à contrecœur de changer de sujet.

— Non, je ne leur ai encore rien dit.

— Dans ce cas nous allons les inviter chez toi avec ta grand-mère et leur apprendre la nouvelle. Demande à Leigh de venir, ainsi qu'à Shannon et Bill, s'ils sont libres. Je vais demander à Cal de m'aider à transporter mes affaires et puis je ferai griller des steaks pour tout le monde.

Le cœur de Lucky s'arrêta presque.

— Tu reviens à la maison ?

— Eh bien… oui. A moins que tu veuilles emménager dans mon appartement.

— Je ne pense pas.

— C'est donc moi qui vais me réinstaller chez toi.

— Je ne suis pas sûre que ce soit une bonne idée. Nous ferions mieux de ne pas aller trop vite. Laissons les choses se faire petit à petit.

— Hé, attends un peu ! Il y a cinq minutes, tu voulais que je revienne vivre avec toi !

— Et il y a cinq minutes, tu ne voulais pas car tu prétendais ne pas être prêt. Jack, je veux vraiment que tu reviennes, plus que tout au monde, mais pour une bonne raison. Ne recommençons pas à commettre des erreurs.

— Je ne vois pas de meilleure raison que d'avoir un enfant.

— Et celle d'aimer ta femme et de vouloir vivre avec elle ?

— Cela aussi.

— J'aimerais que tu en sois sûr. Ce n'est pas une décision à prendre à la légère.

— J'en suis certain. Ecoute, je ne peux pas dire que je sois fou de joie de venir habiter de nouveau dans ce bungalow minuscule, mais si c'est la seule façon d'être avec toi pendant ta grossesse, je l'accepterai jusqu'à ce que nous trouvions une meilleure solution. J'ai déjà vécu dans de pires endroits.

— Quand tu étais chez ton cousin ?

— Chez qui ?

— Ton cousin. Tu m'as dit la nuit dernière que tu avais habité dans l'arrière-boutique de ton cousin quand tu travaillais pour lui.

— Ah oui. J'y suis resté un moment après le lycée. C'était assez horrible. Pas de douche, pas de cuisine.

Son front se plissa. N'avait-il pas dit que cela s'était passé après la mort de ses parents ?

Elle fut tout à coup prise d'un sentiment de malaise, comme chaque fois que resurgissait le passé de Jack. Rien de ce qu'il racontait sur sa jeunesse n'avait jamais l'air bien clair. Mais pourquoi ?

4.

Le samedi après-midi, Lucky dirigea sa petite barque de pêche jusqu'à un bras isolé du fleuve, coupa le moteur et se laissa dériver. Elle avait l'intention d'observer les cerfs. Ils avaient coutume de sortir davantage à la nuit tombée, mais elle espérait qu'ils se laisseraient surprendre un peu plus tôt ce jour-là.

Elle but une gorgée de sa gourde et essuya la sueur qui s'était accumulée contre la visière de sa casquette. En ce moment, Jack et Cal devaient être au bungalow, occupés à déménager les affaires de Jack. Le reste de sa famille n'allait pas tarder à arriver.

En y réfléchissant, il ne lui semblait pas avoir jamais réellement dit à Jack qu'il pouvait emménager de nouveau chez elle, mais elle ne voulait surtout pas prendre le risque d'eñ discuter avec lui, ce qui finirait sans doute par provoquer une nouvelle dispute. Elle et le bébé avaient avant tout besoin de calme, et le fleuve s'y prêtait à merveille. Elle se sentait toujours bien mieux après avoir passé une heure ou deux en compagnie de son « vieil ami ».

La plupart des gens ne connaissaient de la Black Warrior River que son cours principal, mais son cœur battait véritablement quand elle se promenait dans des endroits peu fréquentés comme celui-ci, dotés de profondeurs apparemment insondables et bordés de langues de terre qui semblaient inviolées depuis des siècles.

Cette zone n'était pourtant pas totalement vierge de toute trace humaine. A l'origine, les Indiens Creek et Choctaw avaient peuplé ces terres et le fleuve avait constitué une frontière naturelle entre les différentes tribus. Au gré des plantations qu'elle faisait dans son petit jardin, Lucky exhumait parfois des pointes de flèches ou des fragments de poteries témoignant du passage des Indiens.

Elle se sentait ici chez elle, et même davantage : c'était une part d'elle-même. Elle pouvait reconnaître chaque insecte, chaque oiseau, chaque poisson. Elle se sentait en prise directe avec son passé et avec les générations de Mathison qui avaient habité ces lieux.

Manœuvrant plus près des bancs de sable s'étirant sous le couvert des arbres, elle se contorsionna afin d'observer les oiseaux zigzaguant à la surface de l'eau qui venait doucement lécher les parois métalliques de la barque et la berçait lentement.

Tout à coup, cette quiétude fut interrompue par un sourd bruissement de feuilles. Le bruit semblait encore lointain, mais se rapprochait rapidement. Quelque chose de grande taille se frayait un chemin à travers la forêt.

Aussi silencieusement que possible, elle s'assit et prépara son appareil photo. Elle ne pourrait sans doute prendre que deux ou trois photos du cerf avant que celui-ci ne disparaisse dans les taillis, et chaque instant allait avoir son importance. Tout à ses préparatifs, elle se rendit néanmoins compte qu'il ne pouvait s'agir d'un animal. Seul un être humain pouvait faire autant de bruit.

Et comme pour lui donner raison, un homme apparut soudain, la tête penchée, ne se rendant visiblement pas compte de sa présence, et se dirigea directement vers l'eau. Il se pencha, comme s'il voulait en boire une gorgée, puis y plongea ses bras nus jusqu'aux coudes. Il les retira après un court instant et frappa la surface à plusieurs reprises, laissant chaque fois échapper un long cri.

Lucky continuait à l'observer, tentant de comprendre le sens de tout cela. L'homme semblait apparemment… jouer.

Soudain, il sentit sa présence et releva d'un coup sa tête. Dans le viseur de son appareil photo, Lucky vit apparaître un visage qui symbolisait le cauchemar qui n'avait cessé de la hanter depuis qu'elle avait neuf ans.

Terrell Wade !

Elle en eut le souffle coupé. La peur la figea. Elle avait appris que l'autiste était revenu à Potock, lorsque Leigh avait écrit un article relatant son changement d'établissement. Mais comment pouvait-il se retrouver seul ici, sans personne pour le surveiller ?

Seule une dizaine de mètres les séparaient. En quelques pas sur sa droite, il serait assez près de la proue de la barque pour y grimper.

Elle abaissa son appareil photo aussi lentement qu'elle le put pour ne pas l'effrayer, et le laissa pendre à son cou par sa bride. Au premier geste menaçant de Terrell, elle voulait pouvoir se saisir de quelque chose pour se défendre. S'il s'approchait, elle pensait avoir le temps de démarrer le moteur… mais peut-être pas.

Pendant ce qui sembla une éternité, il ne fit rien sinon la fixer, à moitié ramassé sur lui-même. Ce qui en soi était suffisant pour mettre ses nerfs à vif. Elle n'avait encore jamais vu ses yeux auparavant. Elle ne pouvait même pas se le rappeler levant suffisamment la tête pour que quiconque puisse les distinguer. Il gardait toujours la tête baissée lorsque quelqu'un s'approchait de lui, comme submergé par la honte ou par la peur.

Se rappelait-il ce qu'elle lui avait fait ?

Reconnaissait-il seulement en elle l'enfant qui l'avait fait condamner ?

Terrell pencha la tête, puis se redressa tout d'un coup. Lucky sauta dans le même temps sur ses pieds mais ce brusque mouvement fit tanguer la barque et elle trébucha en avant. Elle essaya de reprendre son équilibre en tentant d'agripper la rame, mais ne réussit ni l'un ni l'autre. La rame tomba à l'eau et l'objectif de son appareil photo lui heurta violemment l'arcade sourcilière droite, lui faisant presque perdre connaissance.

Un voile de sang lui brouilla soudain la vue.

La barque dérivait. Lucky se traîna vers le moteur, appuya sur le contacteur et tira la corde, mais il ne démarra pas. Elle répéta désespérément la manœuvre, tira la corde une deuxième, puis une troisième fois, mais rien n'y fit.

Pendant ce temps, Terrell s'approchait lentement, se dirigeant vers la proue de la barque, comme elle l'avait craint.

Plus que cinq mètres.

Il tenait quelque chose à la main.

Deux mètres.

Il s'arrêta à la hauteur de la barque et tendit son bras vers Lucky.

Un jour, alors qu'elle était encore très petite, elle avait voulu saisir une jolie petite fourmi rayée noire et rouge, qui l'avait aussitôt piquée. Elle avait crié si fort que son grand-père avait déclaré qu'elle lui avait percé les tympans.

Le cri qu'elle laissa échapper cette fois fut encore plus déchirant.

Avec l'aide de Cal, Jack avait apporté les objets personnels dont il aurait besoin pour les jours suivants, ainsi que des outils pour remplacer le vieux ventilateur du salon. Il avait également songé à installer un ventilateur supplémentaire dans la chambre à coucher.

Et ce n'était là que le début des améliorations qu'il souhaitait entreprendre, car en grandissant, il s'était juré de ne jamais plus vivre dans un taudis semblable à ceux qu'il avait connus. Il ne voulait plus avoir à se soucier de disposer de l'eau chaude ou d'un réfrigérateur bien garni. Il avait eu sa part de misère, de meubles décrépits et de cloisons minces comme du papier à cigarette.

Il regarda autour de lui et secoua la tête, dubitatif. Au moins, l'endroit était propre, pensa-t-il. Pas de rats qui risquaient de venir le mordre au milieu de la nuit. Pas de cafards hormis ceux que Lucky avait attrapés pour les photographier. Quant aux serpents… voilà quelque chose dont il allait devoir discuter avec Lucky. Il ne pouvait tolérer davantage leur présence dans cette maison, ni celle d'aucun autre animal, vivant ou mort, à l'exception de sa chienne.

Après quelques travaux — les murs avaient besoin d'un nouvel enduit et d'une bonne couche de peinture, et le toit devrait être réparé —, il pourrait rendre ce bungalow vivable.

Celui-ci comportait une pièce de rangement, mais Lucky y entreposait ses cannes à pêche, des gilets de sauvetage et Dieu sait quoi encore. Il faudrait qu'elle range de nouveau tout cela pour lui permettre d'y pendre ses chemises et ses quelques costumes.

— Ce truc est une véritable antiquité, dit Cal du haut de son escabeau.

Il défit la dernière vis qui retenait le ventilateur et ils le descendirent ensemble puis le posèrent sur le sol.

— Je n'étais qu'un gosse quand mon père et mon grand-père l'ont installé, expliqua-t-il.

— Ton père a grandi ici ? demanda Jack.

— Bien sûr, ainsi que mon oncle Steve. Ma grand-mère avait horreur de cette maison, mais toute la famille de mon grand-père y avait vécu depuis plusieurs générations, et il ne l'aurait pas quittée pour un empire.

— J'ai déjà entendu cela quelque part.

— Je sais, dit Cal en hochant la tête, c'est exactement la même histoire qu'entre toi et Lucky.

Jack recula et la chienne laissa échapper un cri de douleur. Elle s'éloigna en boitillant.

— Désolé, Beanie, mais il ne va pas falloir que tu restes dans mes pattes.

Elle le regarda avec des grands yeux, comme pour lui signifier « je te pardonne », et remua de nouveau la queue.

Cette chienne était loin d'être belle, et nul n'aurait pu dire quelle était véritablement sa race. Mais bien qu'elle appartienne en fait à Lucky, il l'avait adoptée dès l'instant où il l'avait vue.

Après lui avoir montré le canapé et lui avoir fait comprendre qu'elle devait s'y coucher, Jack déballa le ventilateur flambant neuf. Cal l'aida à fixer le nouvel appareil.

— Ton grand-père n'a jamais songé à quitter cet endroit ? demanda Jack.

— Papa Sam ? s'exclama Cal en haussant les épaules. Il disait que le fleuve était un véritable paradis. Personne n'aurait pu le faire partir d'ici, même quand il a commencé à souffrir de problèmes cardiaques. Il est mort juste là, près de l'eau.

— Je n'arrive pas à comprendre comment on peut trouver cet endroit si fabuleux.

— Moi non plus, si tu veux savoir. Leigh, Shannon et moi, nous détestions venir au bungalow parce qu'il n'y avait rien à faire, mais Lucky y passait le plus clair de son temps. Elle serait certainement venue y vivre avec Papa Sam si maman l'avait laissée faire. Lorsqu'il est mort, cela n'a surpris personne qu'il lègue le terrain et le bungalow à Lucky. Elle était la seule à qui cela faisait plaisir. Et Mema était ravie de pouvoir enfin habiter chez papa et maman.

— J'ai essayé de m'y faire, mais c'est décidément trop petit. Et puis elle a entassé tous ces trucs bizarres qu'elle ramasse sans arrêt.

A ces mots, Cal éclata de rire.

— Tu aurais dû voir ça il y a trois ou quatre ans. Elle en a depuis donné une grande quantité au musée de Tuscaloosa.

— Il n'empêche qu'il n'y a toujours pas suffisamment de place, ni même une vraie chambre à coucher. Je ne sais pas ce que nous allons faire quand...

Il s'arrêta tout à coup, réalisant qu'il était sur le point de tout révéler.

Mais ce n'était pas la peine. Cal sourit.

— Quand le bébé sera-t-il là ? demanda-t-il.

— Elle te l'a dit ?

— Non, mais je suis moins bête que Leigh et Lucky le pensent. Lucky est rarement malade, et tout d'un coup elle se met à vomir tous les matins et tu emménages ici : ce n'était pas trop difficile de deviner ce qui se passait.

— Alors Leigh est aussi au courant ?

— J'en suis quasiment sûr. Elles n'ont pas arrêté de chuchoter entre elles.

Leigh arriva quelques minutes plus tard avec sa fille, Susan. Celle-ci alla jouer dehors, après que sa mère lui eut ordonné de ne pas s'approcher du fleuve.

Leigh se dirigea vers la table de la cuisine et y déposa un saladier recouvert d'un papier d'aluminium et un sachet de chips.

— Lucky est enceinte, lui annonça Cal à brûle-pourpoint.

Leigh fit mine de tomber des nues.

— Enceinte ? Tu plaisantes !

Elle ne faisait pas illusion une seconde, mais ne s'en donnait pas vraiment la peine. Elle n'était pas surprise, se dit Jack. Et elle voulait que Jack sache que Lucky lui avait tout dit.

— Ne te fatigue pas, Leigh, dit-il. Depuis combien de temps es-tu au courant ?

— Je ne l'ai appris qu'hier matin.

Il serra les dents. Bon sang ! Est-ce que tout le monde le savait déjà ?

— Avant que tu ne t'énerves vraiment, Jack, sache qu'elle ne me l'a pas vraiment avoué. J'ai deviné.

Elle regarda autour d'elle, le front plissé.

— Mais où est-elle, au fait ?

— Elle a laissé un mot disant qu'elle prenait la barque pour deux heures environ, dit Jack en consultant sa montre. Elle devrait être rentrée à présent.

— J'ai compris parce que je vois Lucky tous les jours, dit Leigh en sortant deux bouteilles de thé glacé de son sac. Si tu n'étais pas là pour t'en apercevoir, tu n'as que toi à blâmer.

Il se sentit touché en plein cœur. Leigh savait toujours trouver les points faibles.

— J'admets que j'ai fait quelques erreurs, Leigh, mais j'essaie de les réparer. Je reviens m'installer ici.

— C'est ce que je vois. Mais franchement, je pense que ça aussi, c'est une erreur.

— Allez, dit Cal à l'adresse de sa sœur, laisse-le un peu respirer.

— Est-ce qu'il le mérite ? Plaquer notre sœur était plutôt dégueulasse. Si j'avais été à sa place, je réfléchirais à deux fois avant de lui donner l'occasion de pouvoir recommencer.

Jack tentait de maîtriser sa colère, ne voulant pas laisser à Leigh le dernier mot.

— Mais tu n'es pas Lucky, lui dit-il, alors j'aimerais bien que tu ne t'en mêles pas. Cela ne concerne que nous deux.

— Je ne m'en suis pas mêlée.

— Alors continue comme ça. Elle te fait confiance et elle écoute ce que tu lui dis. Mais je n'apprécierais pas que tu lui mettes en tête qu'elle peut élever le bébé toute seule.

Elle se tut, avouant ainsi qu'il avait vu juste.

— Ecoute, Leigh, continua-t-il. Je suis sincèrement désolé pour tout ce qui vous est arrivé, à toi et à Susan, depuis ces dernières années. Dieu sait que tu n'as pas mérité ce que Keith t'a fait endurer. Aucune femme ne devrait avoir affaire à ce genre de type. Mais je ne suis pas comme lui. Je n'ai pas abandonné Lucky, et je te jure que je ne délaisserai jamais mon enfant comme Keith l'a fait. Tu n'as pas le droit de me punir pour ce qu'il t'a infligé.

Son visage se durcit.

— Je n'essaye pas de le faire, dit Leigh. Tout ce qui m'importe, c'est le bonheur de Lucky. Je ferai tout ce qui est en mon pouvoir pour qu'elle ne souffre pas.

— Moi aussi, dit Jack.

Cal, essayant une fois de plus de calmer les esprits, s'interposa de nouveau.

— Doucement, vous deux, arrêtez de vous disputer. Pas aujourd'hui. Vous ne voudriez pas faire de la peine à Lucky, n'est-ce pas ?

Jack et Leigh se fixèrent quelques secondes, puis acquiescèrent.

— Il a raison, dit Leigh, mais son ton demeurait sévère. C'est idiot. Ce n'est pas nécessaire que nous la stressions davantage.

— Je suis d'accord, dit Jack.

Leigh se pencha par la fenêtre de la cuisine.

— Et puis voilà les parents qui arrivent. Maman nous flanquerait une raclée si elle nous voyait nous disputer.

Matt et Ruth avaient toujours été très gentils avec Jack. Même après son départ, ils avaient continué à le traiter comme leur propre fils. Il ne voulait pas non plus leur faire de la peine.

— On fait la paix ? proposa Jack.

Leigh hocha la tête.

— D'accord, je vais rester bouche cousue. Du moins aujourd'hui.

Jack alla accueillir ses beaux-parents. Ils avaient apporté à manger et allèrent dans la cuisine pendant qu'il aidait la grand-mère de Lucky à s'asseoir confortablement sur la terrasse. A quatre-vingt-quatre ans, elle n'avait rien perdu de sa prestance. Ses cheveux étaient d'un blanc immaculé. Ses yeux bleus étincelaient derrière ses lunettes.

Jack l'admirait d'autant plus qu'il n'avait jamais connu ses propres grands-parents. Et si l'un d'entre eux était encore vivant, il l'ignorait.

Elle garda sa main dans la sienne, la serrant affectueusement.

— Je suis si contente que toi et ma petite-fille soyez de nouveau ensemble, lui dit-elle.

— J'en suis aussi très content.

— Sois patient avec elle. Elle est un peu originale.

— Je sais, madame.

— Lorsque nous nous sommes mariés, Sam et moi, nous étions très différents l'un de l'autre, et j'ai craint que cela nous empêche d'être heureux. Je ne partageais pas son amour pour ce terrain et pour son fleuve.

— C'est ce que Cal m'a raconté. Mais avez-vous changé d'avis ?

— Non, pas vraiment. J'aime la sophistication et l'élégance, et Sam n'était heureux qu'en salopette et une canne à pêche à la main. Mais au fil des années, j'ai compris que ce qui rendait notre mariage intéressant, c'était justement le fait que nous ne nous ressemblions pas. Chaque jour était comme un nouveau défi. La différence est le sel de la vie, tâche de ne pas l'oublier.

— Je ne l'oublierai pas, lui promit-il.

L'autre sœur de Lucky, Shannon, et son mari Bill, arrivèrent quelques minutes plus tard avec leurs deux filles âgées de deux et cinq ans. Tout le monde était donc là, sauf Lucky.

— Je commence à m'inquiéter, Cal, dit Jack en le prenant à part. Elle disait sur son mot qu'elle serait rentrée vers midi, et il est presque 15 heures.

Il avait demandé des centaines de fois à Lucky de prendre son téléphone portable lorsqu'elle était en bateau, au cas où elle aurait des ennuis, mais il l'avait vu un peu plus tôt sur le comptoir de la cuisine.

— Je suis sûr que tout va bien, lui dit Cal. Tu sais comment elle est quand elle s'intéresse à quelque chose. Elle est tellement absorbée qu'elle en oublie le temps qui passe.

— Oui, je suppose que c'est ce qui a dû arriver.

Mais une heure plus tard, Lucky n'était toujours pas rentrée, et même Cal commençait à s'alarmer.

— Viens, dit-il à Jack. Nous allons demander à Joe Muller qu'il nous prête un bateau.

Ils expliquèrent aux autres ce qu'ils allaient faire, mais avant qu'ils ne partent, Leigh leur fit signe de s'arrêter.

— Je la vois qui arrive, leur dit-elle, en se précipitant vers la camionnette de Cal. Elle revient à la rame. On dirait qu'elle a eu des problèmes de moteur.

Ils l'attendirent au ponton. Lucky accosta, lança une corde à Cal et lui demanda d'amarrer la barque.

— Mais qu'est-ce qui s'est passé ? demanda Jack.

— J'ai voulu démarrer le moteur trop vite et je l'ai noyé.

— Mais non, je veux dire avec ta tête ! Tu as une énorme bosse et ta chemise est couverte de sang.

— Mon Dieu, s'écria Leigh, c'est bien du sang !

— Ce n'est qu'une ecchymose. J'ai eu quelques problèmes, dit Lucky.

Jack saisit le sac contenant son matériel photographique et l'aida à monter sur le ponton, puis examina rapidement sa blessure. Il n'y avait rien de grave, mais elle avait un bel hématome.

— Quel genre de problèmes ? demanda-t-il. Tu as d'autres blessures ?

— Non, ça va.

— Tu veux que je t'emmène aux urgences ?

— Mon Dieu, non ! Je suis juste un peu secouée. J'étais en train de prendre des photos près de la crique aux moustiques, et je suis tombée nez à nez avec Terrell Wade.

— Mince ! s'écria Cal.

— Oh, grand Dieu ! renchérit Leigh.

Shannon arriva au ponton et voulut savoir ce qui se passait. Lorsque Leigh lui eut tout raconté, elle se mit à crier, ce qui fit accourir Ruth, Matt, Bill et les enfants.

— Terrell Wade a attaqué Lucky, expliqua Leigh à ses parents.

— Non, répliqua Lucky, ce n'est pas…

— Nous devrions appeler la police, interrompit Ruth.

Leigh fit remarquer que Jack était de la police.

— Alors demande de l'aide et envoie des hommes là-bas, dit-elle à Jack.

Ils commencèrent tous à parler en même temps sur ce qui devait être fait, Ruth insistant pour qu'il appelle non seulement du renfort, mais également la Garde Nationale. Cal et

Bill étaient d'avis d'aller chercher des fusils et de rechercher eux-mêmes ce Wade.

— Attendez un peu ! s'écria Jack. Taisez-vous un instant. Je vous défends de faire quoi que ce soit de ce genre.

Il se retourna vers Lucky.

— Est-ce que cet homme t'a touchée ou t'a fait mal ?

— Non, je me suis blessée toute seule, dit Lucky lorsqu'elle put enfin s'expliquer. Mon appareil photo m'a cogné la tête.

— Mais qui est Terrell Wade ? demanda Jack.

C'est le père de Lucky qui répondit à cette question. Wade avait assassiné une femme de la région, il y avait des années de cela, dit-il, mais ni le corps de la victime, ni sa voiture n'avaient jamais été retrouvés.

— Il a été suspecté de meurtre, Papa, corrigea Lucky. Nous n'avons aucune preuve tangible de sa culpabilité.

— Je suis sûr que c'était lui, affirma Matt.

— Mais elle l'aidait à peindre. Comment aurait-il été capable de la tuer ?

— C'est un attardé mental, expliqua Matt à Jack, et il est dangereux.

— Non, c'est un autiste, corrigea à son tour Leigh. Il a en fait une intelligence au-dessus de la moyenne. Mais je suis d'accord pour dire qu'il est dangereux.

Tout à coup, cette histoire revint à la mémoire de Jack. Les agents en patrouille avaient reçu une directive leur ordonnant d'appréhender Wade au cas où il serait aperçu dans la rue et de le ramener à *Horizon House*, un établissement spécialisé sur Wilcox Avenue.

Une loi de la Cour suprême avait contribué à le faire revenir sur les lieux de son prétendu crime. Les juges avaient décidé qu'il valait mieux, dans ce genre de cas impliquant des déficiences mentales, utiliser les accusés à des tâches d'utilité publique plutôt que de les laisser pourrir dans des établissements pénitentiaires.

— Shannon, va rassurer ta grand-mère et lui dire que tout va bien, ordonna-t-il. Elle a dû se faire du souci. Bill, ma radio de police est sur le siège avant de la voiture. Va la chercher. Ruth, trouve quelque chose pour nettoyer cette plaie, s'il te plaît.

Pendant ce temps, il porta Lucky jusqu'au bungalow, malgré ses protestations. Il la déposa dans un fauteuil près de la table de la cuisine et s'installa sur une autre chaise en face d'elle. Ruth lui tendit le coton et l'alcool à 90° qu'elle avait trouvés.

— Et maintenant, lui dit Jack en tamponnant doucement la blessure, raconte-moi en détail ce qui s'est passé.

Tout le monde se regroupa autour d'elle, pressé de connaître le fin mot de l'histoire. Elle commença à relater les événements à cet auditoire attentif.

— J'ai fini par crier comme une folle, car il était là, à quelques pas de moi. Ce stupide moteur ne voulait pas démarrer et j'avais perdu ma rame en tombant.

— Attends une minute. Tu es tombée ? demanda Jack avec anxiété. Tu t'es fait mal ?

— Non, je me suis juste un peu écorché les genoux. Je vais très bien. Où en étais-je ? Ah oui... J'ai pensé essayer de le frapper avec mon appareil photo ou de sauter à l'eau de l'autre côté de la barque pour tenter ma chance en nageant, mais c'est là que j'ai vu ce qu'il tenait à la main.

— Que tenait-il ? demanda Leigh. Un couteau ? Un pistolet ?

— Non, il n'avait pas d'arme.

Une lueur étrange passa dans son regard.

— Il a fait quelque chose de complètement incroyable. Je pensais qu'il allait me frapper ou m'étrangler, mais au lieu de cela, il… il… mon Dieu, je n'arrive toujours pas à y croire.

— Bon sang, tu vas nous le dire enfin ! s'exaspéra Leigh. Qu'a-t-il fait ?

Lucky sortit de sa poche un morceau de tissu blanc et le leur montra.

— Il m'a offert son mouchoir.

5.

Après avoir ôté son chemisier taché de sang et s'être rafraî-
chie, Lucky se sentit bien mieux. Jack avait fait appeler le shérif
par radio, car l'endroit où Lucky disait avoir vu Terrell était
en dehors de la juridiction de la police de Potock. Il avait été
rapidement localisé, rattrapé et ramené à *Horizon House*.

— Je reste convaincue qu'il devrait être mis en prison,
lança Shannon alors que tout le monde était réuni autour des
reliefs du pique-nique.

Presque tous avaient fini de déguster les hamburgers
que Jack et Cal avaient grillés sur le barbecue, sauf Lucky.
Légèrement nauséeuse et luttant contre un violent mal de
tête, elle se contentait de picorer fébrilement les restes sur
une assiette en carton.

— Que suggères-tu qu'ils invoquent pour le boucler ?
demanda-t-elle à Shannon. Un excès de politesse ?

— Il est sans doute possible de l'inculper pour évasion ou
quelque chose dans ce genre, répondit-elle.

— Mais il n'est pas prisonnier, expliqua Jack.

Prenant l'une des chaises pliantes en métal, il alla s'asseoir
en bout de table, près des parents et de la grand-mère de Lucky.
Non loin de là, les trois enfants jouaient avec Beanie, qui se
laissait difficilement convaincre d'aller chercher un bâton.

— S'il est sous surveillance, c'est pour sa propre sécurité, et non pas celle de la ville, continua-t-il. Et puisque Lucky s'est blessée toute seule, je ne dispose d'aucun motif pour le faire arrêter.

— Mais il aurait pu la tuer ! objecta Shannon.

— Je ne pense pas qu'il s'en serait pris à moi, dit Lucky, surprise d'en être tout à coup arrivée à ce constat. Il a eu une occasion parfaite de le faire, mais il ne l'a pas saisie. Cette partie du fleuve est tellement isolée qu'il aurait pu me tuer et laisser filer la barque à la dérive. Personne n'en aurait jamais rien su.

— Comme ce qui s'est passé avec Eileen Olenick, dit Leigh.

— Peut-être, mais… Il m'a semblé tellement gentil, presque comme un enfant qui m'aurait tendu un cadeau.

Cette remarque lui attira une œillade désapprobatrice de son père.

— Non, Papa, écoute-moi, renchérit-elle. Quand j'ai refusé de prendre le mouchoir qu'il me tendait, savez-vous ce qu'il a fait ? Il l'a déposé sur le siège du bateau et il a fait mine de s'en aller, comme s'il comprenait que sa présence pouvait m'effrayer.

— Ne tombe pas dans le piège, ma fille, l'avertit son père. Il est très rusé. Tu ne devrais plus t'aventurer seule sur ce bateau, à partir de maintenant.

— J'y veillerai, dit Jack sur un ton déterminé.

Lucky fronça les sourcils, mais ne répondit pas.

— Quoi qu'il en soit, je me demande ce qu'il allait faire si loin sur le fleuve, demanda Cal.

Lucky haussa les épaules.

— Je suppose qu'il voulait s'amuser dans l'eau, dit-elle.

Elle leur raconta qu'elle l'avait observé, faisant claquer ses mains sur la surface en riant très fort.

Cal frissonna.

— Beurk ! Cette histoire me semble de plus en plus malsaine.

Jack, n'oubliant jamais son rôle de policier, revint sur l'allusion de Leigh.

— Qui était cette femme dont tu parlais il y a un instant ? demanda-t-il.

— Mlle Eileen était professeur d'histoire de l'art dans l'école primaire que Cal et moi avons fréquentée, répondit Lucky à sa place. Elle avait environ trente ans et était un peu excentrique, mais nous la trouvions tous très gentille. Elle était aussi très belle.

— Je me suis d'ailleurs toujours demandé pourquoi elle ne s'était jamais mariée, dit Leigh.

— Eh bien, elle avait un amant, et lui était déjà marié, indiqua la mère de Lucky. Tu étais trop jeune pour te rendre compte, mais des bruits circulaient à ce sujet à l'époque.

— Quand je pense que j'étais amoureux d'elle, dit Cal.

— Mais tu avais douze ans, remarqua Lucky.

— Et alors ? Ça ne m'empêchait pas d'être fou d'elle.

Lucky lui donna une légère pression du coude pour lui signifier qu'elle ne le prenait pas au sérieux, et reprit.

— C'était en 1980, au printemps, à la veille de mon dixième anniversaire. Shannon avait…quatorze ans, ou bien quinze, n'est-ce pas, Shannon ?

— J'avais quinze ans, précisa Shannon.

—… Et elle était au Lycée avec Leigh et Terrell, qui avaient tous les deux dix-sept ans. Terrell prenait des cours plus adaptés le matin. J'imagine qu'à cette époque, les établissements scolaires spécialisés pour les enfants handicapés n'existaient pas encore. Quoi qu'il en soit, miss Eileen a remarqué son talent, et a pris la décision de travailler avec lui en dehors du lycée. En général, elle lui donnait des cours particuliers à l'école, mais de temps en temps, en fin de semaine ou l'après-midi, elle allait chez lui. Elle était la seule en dehors de sa famille qui passait du temps avec lui, car personne d'autre n'osait s'en approcher.

— Je trouve cela très bizarre, l'interrompit Cal.

— Il ne pouvait pas parler, et tous les gamins ont rapidement découvert qu'il faisait des choses quelque peu insolites. Alors nous nous tenions à l'écart de lui.

— Quel genre de choses insolites ? demanda Jack.

Ce fut Leigh qui eut envie de répondre.

— Eh bien, par exemple, il faisait la toupie, ou se recroquevillait sur lui-même pour se cacher dans les placards et les armoires. Il était tout à fait capable de se taper la tête contre le mur, ce qui en général perturbait fortement la classe. Puis quand il a atteint l'âge de six ou sept ans, il était si difficile à contrôler que sa mère cessa de le conduire à l'église.

— Est-ce qu'il te semblait dangereux ? lui demanda Jack.

— Non, pas à cette époque-là. En tout cas, je pense qu'il n'était pas dangereux autrement que vis-à-vis de lui-même.

Lucky continua son histoire.

— Quand j'y repense, je me dis que personne ne faisait vraiment attention à Terrell. Pour nous, il n'existait pas. Certes, il habitait dans le quartier et fréquentait la même école que nous, et à un certain moment il venait également dans notre église, mais il ne faisait pas *vraiment* partie de notre monde.

Jusqu'à un certain dimanche matin. Ce jour-là, tout avait changé…

*
* *

Eglise baptiste de Potock, mai 1980

Lucky se dit qu'elle devait avoir un don surnaturel. Lorsqu'elle s'ennuyait, elle se sentait toute bizarre, ce qui faisait qu'elle ne tenait pas en place, et ne pouvait plus se contrôler.

C'était le cas maintenant. Ses jambes se balançaient et elle se tortillait pour trouver une position plus confortable sur le banc d'église.

Sous le col empesé de sa robe du dimanche, elle sentait sa nuque tendue et moite à cause de la chaleur ambiante. Elle ôta ses gants et se prit à rêver de pouvoir aussi se débarrasser de ses collants et de ses chaussures de cérémonie décorées d'un ruban, dont elle avait hérité de sa sœur aînée Shannon.

La chapelle était ancienne et le fleuve qui coulait non loin de là menaçait régulièrement de l'engloutir. Les marques sur les murs témoignaient du passage des dernières crues.

L'année précédente, les bancs et les prie-dieu avaient été emportés par le courant, et étaient allés s'échouer à près de deux kilomètres en aval, dans un champ de blé. Pendant des semaines, il était fréquent de trouver en pleine rue des recueils de psaumes au hasard d'un buisson ou dans les branches d'un arbre.

Lucky tira sur son col et laissa échapper un long soupir de frustration. La température à l'intérieur devait avoir atteint près de 35° et elle se sentait comme une dinde en papillote le soir du réveillon de Noël.

— Veux-tu rester tranquille, s'il te plaît ? murmura sa mère en se penchant vers elle.

Plus facile à dire qu'à faire, pensa Lucky.

Subitement son pied dérapa et heurta le siège devant elle.

— Erin Renee, ne refais pas cela une deuxième fois.

— Oh, pardon, maman.

Sur sa gauche, le père de Lucky lui tapota gentiment la cuisse, et lui fit un clin d'œil complice. A côté de son père, Cal était assis avec Leigh, Mema et Papa Sam. Cal s'avança et se moqua d'elle en silence à cause de l'avertissement qu'elle venait de recevoir de sa mère.

Lucky ne pouvait pas accuser le prêtre ou son sermon d'être la cause de son agitation. Elle ne pouvait pas non plus en attribuer la cause à la chaleur de cette matinée. L'absence de miss Eileen Olenick en était l'unique raison. Autant qu'elle se souvienne, c'était la première fois qu'Eileen n'assistait pas à la messe. Et sans elle, sans son drôle de chapeau de paille, que pouvait bien observer une enfant comme Lucky pour focaliser son énergie débordante ?

Jusqu'à maintenant, chaque dimanche à la messe, elle avait pu compter sur miss Eileen et son drôle de chapeau pour l'aider à tenir le coup jusqu'à la fin du prêche. Elle arrivait toujours au dernier moment, entrait essoufflée par le fond de l'église et allait invariablement s'installer sur les bancs du devant, là où elle n'était pas censée s'asseoir. Chacun savait que les bancs proches de l'autel étaient réservés aux notables et aux gens fortunés. Mais miss Eileen avait une attitude différente de celle des autres.

Prenons son chapeau, par exemple. C'était un chapeau de paille ordinaire, semblable à ceux que portaient de nombreuses dames de son âge. Mais miss Eileen aimait à lui ajouter une touche d'excentricité bien personnelle, chaque semaine différente. Cela pouvait aller de la carapace d'une tortue trouvée le long du fleuve, à un ressort transformé en papillon, des feuilles du grand magnolia planté dans son jardin. La semaine passée, le même chapeau était décoré de symboles indiens et de plumes. Elle arborait aussi des boucles d'oreilles faites de jolis cailloux bleus.

Miss Eileen était, sans aucun doute, la personne la plus originale de Potock.

— Je la trouve un peu bizarre, mais elle est sympathique, lui avait dit sa mère.

Lucky aimait beaucoup se rendre chez miss Eileen. Elle faisait de la peinture et disposait de pâte à modeler et de tas de choses intéressantes avec lesquelles elle pouvait s'amuser, quand elle en avait envie.

La couleur était le principal défaut de miss Eileen. Elle aimait vraiment trop les couleurs. Rouge, vert, violet, qu'importe si elles ne se mariaient pas bien ensemble. Ainsi, elle portait volontiers des chaussures vertes affublée d'une robe rouge, d'un chemisier mauve et d'une écharpe rose vif, mélangeant allègrement rayures, carreaux et motifs écossais. Des couleurs tellement vives que le simple fait de la regarder pouvait vous faire tourner la tête. Cette passion s'appliquait même à sa voiture, une petite *Metropolitan* de forme amusante, peinte en jaune et blanc.

Enfant, Lucky avait un jour cherché dans le dictionnaire la définition du mot Métropolitain. Elle en avait déduit que le sens du terme ne correspondait pas du tout à miss Eileen. Comme Lucky, miss Eileen ne savait sûrement rien du tout sur les métropoles. Elle n'était jamais sortie de l'Alabama de toute sa vie.

Et elle n'avait jamais, au grand jamais, manqué le prêche du dimanche matin.

Un cri déclencha soudain un mouvement de panique au fond de l'église. Le prêtre s'interrompit et l'assemblée se retourna d'un seul élan.

Des femmes se mirent à crier. Certaines se levèrent précipitamment et commencèrent à se bousculer vers l'allée centrale. Lucky se dressa pour voir ce qui se passait, mais elle était trop petite. Elle ne put qu'apercevoir furtivement le garçon qui s'était avancé pour ouvrir la porte, puis de nouveau quelqu'un lui boucha la vue.

Elle se hissa en hâte sur son siège, aussitôt imitée par Cal. Le garçon qui avait provoqué les cris s'était agenouillé, et ils purent voir comme des taches de poussière rouge et des projections qu'ils n'identifiaient pas sur ses vêtements. Il serrait un objet contre son torse, mais Lucky ne pouvait le distinguer.

C'était Terrell Wade. Elle le connaissait. Enfin, à vrai dire, elle ne le connaissait pas vraiment, et personne ne le connaissait, hormis sa pauvre famille. Lucky savait qui il était, comme les autres enfants à qui leur maman avait fait promettre de garder leurs distances. Il n'avait que dix-sept ans, mais il avait déjà la carrure d'un homme. Il était aussi bête à manger du foin.

Les cris avaient cessé à l'intérieur de l'église. Mais des bruits très étranges semblaient venir de la bouche de Terrell, ce qui effraya Lucky. Il balançait le haut de son corps, serrant toujours cet objet sur son cœur, tel un enfant.

Le père Sutton s'approcha.

— Mon fils, es-tu blessé ? lui demanda-t-il. As-tu besoin d'aide ?

En larmes, Terrell tendit au prêtre le chapeau déformé et maculé de sang. Le chapeau était en paille. Un ruban blanc et de petites clochettes y étaient attachés. La foule entière semblait retenir son souffle, mais personne ne bougea. Lucky elle-même se sentait clouée sur place, incapable d'émettre un son.

Dans un moment terrible, elle sut que c'était du sang que Terrell avait sur lui. Pire encore, elle comprit ce qui était arrivé à miss Eileen Olenick. Recouvrant soudain la parole, elle parvint à dire tout haut ce que, sans aucun doute, tout le monde pensait, sans avoir le courage de l'exprimer.

— Mon Dieu, aidez-nous !! Terrell a assassiné miss Eileen !

— Pendant des semaines, la police et les autorités locales menèrent leur enquête, sans jamais trouver ni le corps ni le lieu du crime, dit Lucky, poursuivant son récit. La région est truffée d'anciens couloirs souterrains conduisant aux mines, de grottes, de réservoirs et de carrières désaffectées. Autant d'endroits rêvés pour se débarrasser du cadavre et de la voiture. Sans oublier le fleuve, bien sûr.

— Est-ce que Terrell savait conduire ? demanda Jack.

— Je ne sais pas, mais il avait certainement la force physique nécessaire pour arriver à pousser sa voiture sur une courte distance.

— Faire disparaître son corps et son véhicule, pour ensuite s'accuser en apparaissant couvert de sang, serrant son chapeau dans ses mains, cela n'a aucun sens.

— Mais non, tu n'y es pas. Leigh l'a dit, ce garçon faisait des choses plutôt anormales. Dans sa tête, ça ne tournait pas rond. A l'époque, nous avons imaginé qu'il avait tué miss Eileen dans un accès de folie, puis qu'il avait paniqué et caché la voiture quelque part. Mais peut-être que le fait de voir son chapeau lui a causé un blocage. Qui sait ce qui s'est passé en lui ce jour-là ?

— Et y a-t-il eu un procès ?

— Le procureur général a estimé qu'on ne pouvait rien prouver en l'absence de preuve ou de témoin, mais je me souviens que Papa a fait publier plusieurs articles dans la presse pour obtenir des autorités locales qu'elles poussent le gouvernement fédéral à mettre ce type derrière les barreaux.

— Wade tient-il ton père pour responsable de ces pressions pour le faire condamner ?

Lucky toussa nerveusement.

— Non, pas vraiment. Il y a eu en fait une première audience. Des psychiatres, des policiers, la mère de Terrell et un certain nombre de personnes présentes à l'église ont été entendus. Au début, le juge voulait classer l'affaire. Il prétendait qu'aucun élément ne permettait d'affirmer que Terrell représentait une menace pour la communauté, bien que l'inspecteur responsable de l'affaire ait précisé dans son témoignage qu'il était extrêmement agité et difficile à contrôler depuis le matin où il avait fait irruption dans l'église avec le chapeau de miss Eileen, si difficile à contrôler que sa mère avait dû le retirer de l'école.

— Vit-elle toujours ici ?

— Sa mère ? Non, elle est morte il y a quelques années. Sa tante, Leona Harrison, est le seul parent qui lui reste.

— Le garçon était-il présent lors de l'audience ?

— Oui, mais il ne voulait pas, ou peut-être ne pouvait-il pas, s'exprimer, et il n'a jamais tenté de s'expliquer ou de se défendre. Cependant, le juge a insisté sur le fait qu'il était important de lui laisser le bénéfice du doute au sujet de la disparition de miss Eileen. Il précisa que, s'il s'avérait que miss Eileen avait été assassinée, Terrell avait pu tout simplement trouver son chapeau.

— Cela est possible, n'est-ce pas ?

Elle se sentit soudain oppressée. Elle s'était effectivement posé cette question, des milliers de fois.

— C'est possible, en effet, répondit-elle.

Elle avala avec difficulté.

— Mais il faut tenir compte du fait que l'on sait, grâce à un témoin, que Terrell avait suivi miss Eileen plusieurs jours avant sa mort, et avait été vu regardant chez elle par les fenêtres.

— Et ce témoin, c'était toi ?

— Je ne m'en fais pas...

Elle acquiesça d'un signe de tête.

— Ce que j'ai dit au juge ce jour-là l'a fait changer d'avis. Terrell a été admis dans un hôpital psychiatrique pour des examens, et a fini par y passer vingt et un ans.

Ce soir-là, Jack nettoya la cuisine et lava la vaisselle de l'après-midi.

— Je peux venir t'aider, si tu veux, lui cria Lucky depuis le canapé.

— Non, repose-toi, lui dit-il, je me débrouille très bien tout seul.

Lorsqu'il eut fini, il vint s'asseoir à côté d'elle. Il lui prit la main et la posa sur ses genoux, entrelaçant ses doigts dans les siens, heureux de pouvoir enfin être seul avec sa femme. Sa femme... Il avait toujours aimé ce mot, la sensation de sécurité qu'il procurait. Bientôt, il pourrait aussi dire « mon fils » ou « ma fille ». Et ce qu'il ressentirait à ce moment-là était plus fort que tout. Il émit un soupir de contentement, que Lucky n'interpréta pas comme tel.

— Quelle journée ! dit-elle. Je n'arrive vraiment pas à croire le nombre de choses qui nous sont arrivées au cours des huit dernières heures.

— Moi non plus, acquiesça-t-il.

Après le déjeuner, les invités avaient enfin épuisé le sujet de Terrell Wade, lorsque Shannon et l'aîné de ses enfants enfermèrent accidentellement la petite sœur dans la salle de bains, ce qui provoqua une crise de larmes généralisée. Shannon finit par pleurer encore plus fort que sa propre fille.

— Je vais réparer cette porte cette semaine, et inventer un système pour que les enfants ne puissent plus la casser, dit Jack.

— Je ne m'étais pas encore aperçue que ce vieux verrou fonctionnait toujours, avoua Lucky. C'est sans doute parce que je n'ai jamais eu à l'utiliser vraiment, car je vivais seule ici.

— Je pense que je fixerai un verrou à glissière plus haut sous la porte, pour que les enfants ne puissent pas l'atteindre. Je vais m'en occuper, promit Jack.

— Je ne te connaissais pas ces talents de bricoleur, Jack. Tu as même installé de nouveaux ventilateurs. Et j'avais presque oublié ce trombone que tu as utilisé pour ouvrir cette serrure. Tu avais déjà ouvert la porte avant même que je me mette en quête de la vieille clé. Comment as-tu réussi à faire cela ?

— C'est un vieux truc de flic.

— Tu ferais un parfait cambrioleur, tu sais ?

— J'y penserai quand je prendrai ma retraite, dit-il.

Il se dirigea vers le journal ouvert à la page où figuraient les photographies qu'elle avait prises sur le lieu de l'accident de train.

— Je n'ai pas encore eu l'occasion de te dire que tes photos étaient splendides, dit-il. D'où as-tu pris le gros plan que Leigh a imprimé en première page ?

— Euh… sur le toit du camion des pompiers.

Jack évalua mentalement la hauteur du camion.

— Et comment as-tu réussi à monter sur ce camion ? demanda-t-il.

— Eh bien j'ai fait très, très attention, insista-t-elle, tentant de lui dire ce qu'il souhaitait entendre. Le camion était équipé de marches rétractables, et je me suis cramponnée très fort. Je n'ai pas couru de risques, tu peux en être sûr.

— As-tu escaladé le long du ballast pour atteindre les rails, ou es-tu passée par la route ?

— J'ai escaladé le ballast, confessa-t-elle.

— Avec cette pente à pic ? Tu as dû avoir du mal à monter.

— Deaton m'a aidée. Il m'a hissée sur une bonne partie de la montée.

— Penses-tu que tu aurais pu le faire toute seule ?

— Je ne sais pas. Peut-être. Peut-être pas.

Il lui lança un regard inquisiteur, puis regarda de nouveau la photographie.

— Pourquoi me poses-tu tant de questions à ce sujet ? Est-ce si important que cela ? lui demanda-t-elle.

— Je n'ai pas dit que c'était important. Je me demandais seulement comment tu avais fait pour monter et descendre ce talus, rien de plus.

— Je viens donc de subir un interrogatoire, sans même m'en rendre compte ? Est-ce bien cela ?

— C'est incroyable. Es-tu toujours autant sur tes gardes ?

— Peut-être est-ce le fait d'être mariée à un flic.

— Je m'inquiète pour toi, Lucky. Je n'ai pas envie que tu fasses une chute, voilà tout.

— Oui, mais tu ne m'as pas interrogée uniquement pour cette raison, n'est-ce pas ?

— Mmm, murmura-t-il, ne sachant que répondre.

— Quand auras-tu le rapport d'autopsie de M. Bagwell ? demanda-t-elle.

— J'attends le compte rendu préliminaire dans quelques jours. Mais les conclusions ne seront pas prêtes avant un certain temps, car le laboratoire est à Birmingham.

— Tu t'attends à découvrir des choses suspectes ?

— Non, il n'y a aucune raison particulière pour cela. Au fait, comment va ta tête ?

Elle grogna et le frappa avec le journal.

— Oh, je déteste quand tu changes de sujet comme cela. Ça me rend dingue. Ma tête va bien, je te remercie. Je n'arrive pas à croire que j'aie pu être assez stupide pour me faire aussi mal. Heureusement, Terrell n'avait pas vraiment l'intention de me causer du tort.

Les rides d'expression sur son front trahissaient son inquiétude. Elle ne lui avait pas tout dit. Et il avait son idée sur ce qu'elle lui avait caché.

— Ne te laisse pas berner par ce type, Lucky.

— Que veux-tu dire ?

— Je veux dire que ce n'est pas parce qu'il a été gentil aujourd'hui que tu t'étais trompée sur lui il y a vingt ans.

— Je sais, dit-elle. Mais… je n'ai encore jamais dit cela à personne, Jack, même pas à mes sœurs ou à Cal, mais toute ma vie durant, j'ai eu peur d'avoir fait quelque chose de mal en ayant témoigné contre Terrell. Cette incapacité à croire en mon jugement, ce manque de confiance, si tu veux l'appeler ainsi, cela a rendu mes choix plus difficiles.

— C'est facile à comprendre, tu sais.

— Tu as raison, mais je n'ai jamais oublié. Et aujourd'hui tous mes doutes ont refait surface. Et s'il n'avait pas tué miss Eileen ? Et s'il avait simplement été témoin d'un meurtre ?

— Ma chérie, n'importe quel individu, aussi horrible fût-il, peut trouver le moyen d'être poli. Dans mes enquêtes les plus difficiles, les responsables des pires actes se révèlent souvent ceux dont les voisins auraient juré qu'ils étaient des saints.

— Cela t'est-il arrivé de te tromper ? As-tu déjà fourni des preuves qui ont servi à condamner quelqu'un qui a été innocenté par la suite ?

— Non, pas que je sache. En ce qui me concerne, j'ai toujours trouvé que les monstres qui étaient condamnés s'en sortaient avec une peine bien légère au regard de leurs crimes, soupira-t-il. Débarrasse-toi de cela, poursuivit-il, lui indiquant le carré de tissu blanc qu'elle avait plié et déposé sur la table basse devant lui, et oublie ce sale type.

— Tu as sans doute raison, avoua-t-elle, pensive.

Avant d'aller se coucher, il lui montra quelques rudiments d'autodéfense, à utiliser si un jour elle était victime d'une agression.

Après ce cours particulier, il décida d'aborder un sujet plus agréable.

— Tes parents m'ont semblé très heureux quand nous leur avons parlé du bébé.

— Oh, c'est surtout papa qui était content. Il a même passé commande d'un garçon, dit-elle, imitant le ton péremptoire de son père : « nous avons déjà bien assez de filles dans la famille ».

Jack éclata de rire.

— Pour moi, l'idéal serait d'avoir un garçon et une fille, peu m'importe dans quel ordre, dit-il.

A ces mots, le visage de Lucky changea d'expression, trahissant une certaine émotion.

— Qu'y a-t-il ? demanda Jack, soudain inquiet.

— J'ai du mal à te suivre. Nous nous sommes réconciliés depuis à peine une journée, et te voilà déjà en train d'envisager d'avoir d'autres enfants.

— Il n'y a pas de mal à être optimiste, rétorqua-t-il.

— Certes, et je suis contente de voir que tu as confiance dans l'avenir. J'ai pour ma part beaucoup plus de difficultés en ce moment à me projeter si loin. J'essaie simplement de te dire que j'ai besoin de temps, de vivre au jour le jour, peux-tu le comprendre ?

— D'accord, comme tu voudras, dit-il.

— Ce que je veux, c'est une relation ouverte et sans tabous. Je sais que tu as des secrets professionnels, mais je parle de nos vies privées. Et dans ce domaine, je veux qu'il n'en existe pas.

— Pas de secrets. J'ai compris.

— Et une relation qui ne nous étouffe pas.

— Je suis parfaitement d'accord.

— Et que nous acceptions que l'autre puisse être différent. D'accord ?

— D'accord. C'est tout ? demanda-t-il.

— Je pense, oui. Oh, encore une question.

Elle esquissa un sourire. Elle se pencha et contempla Beanie qui dormait à ses pieds, comme si elle venait à l'instant de remarquer sa présence.

Se retournant vers Jack, elle feignit la surprise.

— Je voudrais bien savoir ce que tu as fait à cet animal. Elle ne voit plus que toi !

6.

Jessup, Maryland.

Depuis quatre mois que Ray Webster portait une chaîne autour de sa cheville, sa peau était irritée. Mais hormis cet inconfort, il n'avait pas à se plaindre. Il préférait mille fois avoir purgé sa peine dans un centre de réinsertion que dans une prison classique.

— Voilà, Ray, c'est fini, lui dit M. Grey, le responsable du centre, après l'avoir débarrassé de ses entraves. Tu es un homme libre.

La liberté, enfin ! A soixante-quatre ans, il avait passé près d'un tiers de sa vie en prison, et les deux tiers restant, soit en liberté conditionnelle, soit à préparer un nouveau coup qui allait le renvoyer derrière les barreaux.

Quand avait-il été vraiment libre ? Autant qu'il s'en souvienne, déjà enfant, il chapardait des cigarettes au drugstore du quartier, et se servait régulièrement dans le porte-monnaie de sa mère, au risque de se faire prendre.

A plusieurs reprises, Ray aurait pu repartir de zéro, mais il n'avait jamais su saisir sa chance. Bien sûr, s'il avait eu l'air plus honnête, peut-être aurait-il trouvé sa voie. Mais son allure générale plaidait invariablement contre lui, ne facilitant en rien ses tentatives de reconversion successives. Une fois seulement, lorsqu'il avait épousé Grace, et que les enfants étaient petits, avait-il fermement décidé de s'en sortir et de vivre enfin convenablement. Pourtant, la seule situation qu'il avait trouvée était un emploi de vendeur de voitures pour quatre cents dollars par mois plus les commissions. Cela n'était pas exactement l'opportunité du siècle, et il avait vite compris qu'il pouvait gagner bien plus d'argent en volant les voitures qu'il essayait en vain de vendre.

Il renoua très vite avec ses anciennes combines et l'argent coula à flots. C'était la belle vie, sans que Grace ne se doute jamais de rien. Chaque fin de mois, il rentrait à la maison les poches remplies de billets et lui racontait qu'il était le meilleur vendeur de l'équipe.

Mais le passé a la mauvaise habitude de toujours rattraper ceux qui le fuient : si Ray n'avait tiré qu'une seule leçon de sa vie passée, c'était bien celle-ci. Une nuit qu'il visitait à sa façon un magasin de matériel électronique, la police arriva à peine quelques minutes après son irruption dans la boutique. Grace comprit alors ce qu'il était, ce qu'il serait toujours, et perdit toute confiance en lui. Ray se persuada également qu'il resterait un bon à rien toute sa vie.

— Tous tes papiers sont en ordre, lui indiqua M. Grey, lui remettant une enveloppe. J'ai joint ma carte avec une lettre de recommandation à remettre à ton nouveau responsable de conditionnelle. Appelle-le dès que tu seras installé.

— D'accord.

— Tu es conscient que ce que je fais n'est pas très régulier ? lui demanda le responsable du centre.

— Oui, Chef, j'apprécie votre geste.

Il était en effet interdit aux prisonniers libérés sur parole d'aller s'installer en dehors des limites de l'Etat sans autorisation spéciale. Il leur fallait auparavant prouver qu'ils disposaient d'un logement et d'un travail. Grâce à la bienveillance de M. Grey, et pour cause de surpopulation carcérale, Ray avait obtenu cette dérogation alors qu'il lui manquait un travail.

— Rappelle-toi que tu n'as pas bénéficié d'une remise de peine, Ray. Tu as tout simplement eu beaucoup de chance. Tâche de ne pas l'oublier et d'en faire bon usage.

Cette fois, Ray s'en fit la promesse solennelle. Non pas à cause du sermon qu'il venait de recevoir et qu'il avait déjà entendu des centaines de fois. Il voulait décrocher pour de bon car il se sentait vieillir et les coups qu'il avait montés si facilement dans sa jeunesse lui demandaient dorénavant trop d'efforts.

Il n'était plus qu'un arnaqueur sur le retour qui, en guise de souvenirs, n'avait que des regrets. Sa femme n'était plus de ce monde, et sa fille avait fugué lorsqu'elle était encore une enfant. Depuis des années, il n'avait plus jamais entendu parler d'elle. Elle aurait tout aussi bien pu être morte comme sa mère. Son fils, quant à lui, vivait toujours et s'était installé en Alabama. Grâce aux quelques contacts qu'il avait pu conserver, il avait retrouvé sa trace et appris qu'il se faisait appeler « Cahill », un nom d'emprunt qui amusait Ray chaque fois qu'il y pensait, lui rappelant un des héros joués par John Wayne.

S'assurant que l'enveloppe que lui avait tendue l'officier était bien dans sa poche, il prit congé. Il avait assez d'argent pour acheter une voiture d'occasion, et ce qu'il avait emprunté à son ami Vinny l'aiderait à s'installer.

Il sifflotait en sortant du centre de détention. Il avait entendu dire que la vie était agréable, en Alabama…

*
* *

Après l'incident avec Terrell, Jack tenta par tous les moyens de dissuader Lucky de vouloir s'aventurer de nouveau seule sur le fleuve.

— Je t'en prie, Jack, ne me prive pas de cela, dit-elle.

Il lui proposa alors un marché : si elle voulait faire des promenades en barque, elle devrait dorénavant ne pas se séparer de son téléphone portable, et ne pas trop s'éloigner des berges.

— Et j'aimerais que tu me préviennes si tu dois te rendre dans un lieu isolé ou que tu ne connais pas pour ton travail, surtout s'il fait nuit, ajouta-t-il.

Après d'âpres négociations, Lucky se rendit enfin à ses arguments. Mais devoir rendre des comptes par téléphone lui semblait par trop contraignant. Chaque fois qu'elle appelait Jack, ou presque, elle tombait en effet sur sa boîte vocale car il était trop occupé pour répondre. Et lorsque finalement il la rappelait, c'était à son tour d'être indisponible. Finalement, ils ne communiquaient plus que par répondeur interposé, ce qui agaçait Lucky au plus haut point.

Ce rituel prit un tour inattendu un après-midi de forte chaleur, alors que la patience de Lucky commençait à lui faire défaut. Elle avait couru sans s'arrêter depuis le déjeuner, et se sentait fatiguée et mal à l'aise dans ses vêtements trempés et dans son jean déjà un peu trop étroit pour elle.

— Je sais que cela te rassure que je t'appelle, dit-elle à Jack par l'intermédiaire du répondeur, mais je ne peux m'empêcher de trouver idiot de ne jamais pouvoir te parler directement. Je voulais simplement te prévenir que j'allais faire un tour à la fête foraine avant de rentrer à la maison.

Se redressant sur son siège, elle défit un cran de la ceinture de son pantalon et laissa échapper un soupir de soulagement. Elle eut soudain envie de le provoquer.

96

— Il fait tellement chaud que je crois que je vais me déshabiller… Dommage que tu ne sois pas là, soupira-t-elle avant de raccrocher.

Jack rappela dix minutes plus tard, alors que Lucky était en train de se garer. Il ne s'embarrassa pas de préambules.

— Tu es nue ? demanda-t-il. Si tu savais comme ton message m'a fait fantasmer.

Elle rit intérieurement. Maintenant, elle savait ce qu'il fallait faire pour qu'il rappelle au plus vite.

— Ah bon ? dit-elle, feignant la surprise. C'est très excitant ! Et si tu me racontais un peu ce que tu as imaginé ?

Sa description empreinte d'érotisme fit à son tour travailler son imagination.

— Eh bien ! s'exclama-t-elle, je ne pense pas pouvoir réaliser ce genre d'acrobatie.

— Avant d'en juger, nous devrions essayer. Et si tu rentrais un peu plus tôt que prévu ? demanda-t-il.

— C'est une proposition qui mérite d'être sérieusement étudiée, lança-t-elle.

Tout en continuant à lui parler, elle ouvrit la boîte à gants dans laquelle elle conservait son carnet de notes et y remarqua quelque chose de nouveau.

C'était un petit écrin entouré d'un ruban blanc, qu'elle dénoua immédiatement. Il renfermait une boîte à musique en porcelaine. Son cri admiratif fit comprendre à Jack ce qu'elle avait trouvé.

— Jack, tu es toujours là ? demanda-t-elle après s'être remise de sa surprise. Je viens de découvrir un autre cadeau de mon admirateur secret.

— Ah bon ?

Elle sourit, amusée par leur petit jeu. Cela avait commencé un matin, lorsque, s'apprêtant à enfiler ses chaussures, elle y avait découvert un ballotin de cœurs en chocolat. La deuxième fois, un petit pot de violettes, sa fleur préférée, était apparu sur son bureau comme par miracle pendant l'heure du déjeuner. Puis un livre de photographies qu'elle avait cité dans la conversation se glissa un soir sous son oreiller. Plusieurs petits cadeaux avaient ainsi fait leur apparition au cours des derniers jours : des jouets mécaniques, un petit sifflet en forme de bateau, du bain moussant.

Mais chaque fois qu'elle le questionnait, Jack jouait les innocents.

— On dirait que quelqu'un te fait la cour, lui dit-il.

— Eh bien, si c'est le cas, il s'en sort très bien. Et il a très bon goût.

Elle remonta la petite manivelle mécanique et reconnut le thème de *Love Story…*

— C'est adorable, s'exclama-t-elle.

— Je suis sûr que cet admirateur serait heureux que cela te plaise. Si ce ne sont pas là des preuves d'amour, je ne m'y connais pas.

— Quel dommage que je ne puisse pas l'appeler pour lui exprimer à mon tour mes sentiments ! Et puis, il y a ce fantasme diabolique que j'aimerais tant lui décrire.

— Ah bon ? Et pourquoi ne pas me le raconter plutôt à moi ? s'amusa-t-il à ajouter.

Lorsqu'elle s'exécuta, il toussa plusieurs fois, incrédule.

— Eh bien, tout cela me semble irrésistible, ma chérie.

Vers 18 heures, elle retourna en voiture à son bungalow. A sa grande surprise, celle de Jack était déjà là.

Parcourant les quelques mètres qui la séparaient du bungalow, elle ne put réprimer un frisson d'excitation et découvrit aussitôt Jack debout devant elle.

*
* *

— Mon Dieu, dit Lucky, reposant la tête sur le torse de Jack. C'était formidable, mais la prochaine fois, essayons de nous transporter au moins jusqu'au canapé.

— Je pense que, finalement, je garderai peut-être un certain attachement pour ton bungalow, déclara Jack. Mais je me suis sûrement cassé le dos.

A la grande joie de Lucky, Jack semblait rayonner de contentement.

La jeune femme s'esclaffa et l'aida à se relever.

— Tu es peut-être trop vieux pour ce genre d'exercice, plaisanta-t-elle.

— J'espère que je ne serai jamais trop vieux pour cela. Mais tu as raison, la prochaine fois, nous essaierons de trouver un endroit plus confortable.

Lucky se prit à penser à leur première rencontre et au début de leur mariage. Leur amour lui semblait intact, et même encore renforcé par l'heureux événement qui allait faire d'elle une mère.

— Il me semble déjà le connaître, déclara Jack d'un air béat en désignant son ventre très légèrement rebondi.

— Il va falloir que tu sois encore un peu patient, le rabroua-t-elle gentiment.

Lucky savait que, si elle le laissait faire, elle ne tarderait pas à se retrouver engoncée dans ces horribles vêtements pour futures mamans. Mais si cette perspective ne la réjouissait guère, elle pouvait au moins se consoler d'avoir dépassé le stade des nausées matinales.

— Il faudrait que nous commencions à réfléchir au prénom que nous allons donner à ce bébé, suggéra-t-il tout en se repeignant devant la glace de la salle de bains.

— Ne penses-tu pas que c'est un peu prématuré ?

— Il ne s'agit pas de prendre une décision tout de suite. Je te demande seulement d'y réfléchir.

Elle grogna intérieurement.

— D'accord, dit-elle. Voyons… Que penses-tu de Samuel ou Matthew ? Ou bien, pourquoi pas Jack junior ?

Il fronça les sourcils dans le miroir.

— Non, je ne vois pas les choses de cette façon, dit-il.

— Et si nous lui donnions le prénom de ton père ?

Le visage de Jack s'assombrit soudain, mais si brièvement qu'elle crut avoir rêvé.

— Il s'appelait Raymond, répondit-il. Mais je déteste ce nom et je refuse que nous appelions notre fils ainsi.

— D'accord, ce ne sera donc pas Raymond, dit-elle, rassurée, car elle partageait l'avis de Jack.

— Et si c'était une fille, aurais-tu des préférences ?

— Oui, j'aimerais vraiment que Grace soit l'un de ses prénoms, en souvenir de ma mère.

— Et quel était le deuxième prénom de ta mère ?

— C'était Ellen.

— Grace Ellen Cahill, répéta-t-elle à plusieurs reprises. D'ailleurs, je ne sais rien non plus sur ta mère. Où est-elle née ?

— Elle est née dans le Mississippi, tout comme moi.

— Le Mississippi, répéta Lucky, passant de la surprise à l'hilarité, et riant si fort qu'elle dut s'asseoir sur le rebord de la baignoire. Ça alors ! C'est vraiment incroyable. Et ma sœur Leigh qui te croyait du Nord. Je pense qu'elle en restera bouche bée quand elle saura cela. Où es-tu né exactement ?

— A Biloxi. Nous en sommes partis lorsque j'avais trois ans.

— Et c'est à ce moment-là que ta famille s'est installée en Pennsylvanie ?

— Non, avant cela, nous avons vécu dans de nombreux endroits : au Texas, en Caroline du Sud, en Ohio, dans le

Michigan. Mon père était représentant pour un laboratoire pharmaceutique et il était régulièrement muté.

— Ça n'est pas étonnant que ton accent soit si difficile à identifier. Parle-moi encore de ta mère. Elle travaillait ?

— De temps en temps, mais uniquement par peur de s'ennuyer. Elle aimait être à la maison afin de m'accueillir quand je rentrais de l'école.

— Elle devait être une bonne mère, dit-elle.

— Oui, une mère modèle.

— Tu sais, c'est la première fois que tu me racontes cela. Je commençais à croire que je m'étais mariée à un extraterrestre !

Ils allèrent continuer leur conversation dans la cuisine, et tandis qu'il fouillait dans le réfrigérateur, Lucky rassembla ses vêtements éparpillés sur le sol.

Elle trouva un peu de monnaie dans la poche de son jean et le mouchoir de Terrell qu'elle y avait fourré dans un plastique transparent. Elle s'empressa de le faire disparaître, se demandant ce qui la poussait à conserver ce mouchoir comme un trophée.

— Si c'est une fille, reprit Jack depuis la cuisine, pourquoi ne pas l'appeler Ruth comme ta mère ?

— Je trouve cela trop solennel, et ça ne s'accorde pas très bien avec Grace. Quoi qu'il en soit, tu as raison de vouloir te décider assez rapidement, car j'aurais trop de mal si je devais appeler cette petite chose « ça », ironisa-t-elle.

— « La chose », eh bien voilà un nom qui fonctionne aussi bien pour les deux sexes. « Chose Cahill », te voilà baptisée !

Cette remarque la fit sourire. Il pouvait être si drôle, parfois, pensa-t-elle, se dirigeant vers le divan, où les vêtements de Jack étaient restés pêle-mêle.

— Au fait, dit-elle. Tu as oublié de me laisser ton ticket de pressing ce matin. Je m'en suis aperçue en allant chez le teinturier.

— Prends-le dans mon portefeuille, tant que tu y penses.

Elle vida le contenu de ses poches sur la table basse et mit son pantalon et sa chemise de travail dans un sac à linge sale. De retour dans le salon, elle ouvrit son portefeuille. Il contenait des milliers de pense-bête. Elle les écarta machinalement, puis un papier sur lequel étaient griffonnés un nom et un numéro de téléphone attira son attention.

— Jack ? Comment s'appelait ton ancien patron ? Wes Campbell, c'est cela ?

— Oui, exactement. Pourquoi me demandes-tu cela ?

— As-tu été en contact avec lui récemment ? Je vois que tu as noté son numéro de téléphone sur un papier.

Il revint dans la pièce et se tint derrière elle.

— Il y a environ deux semaines, répondit-il, hésitant. Il m'a appelé pour, euh, me proposer un poste.

Elle se retourna.

— Un poste ? Quel genre de poste ? demanda-t-elle.

— En fait, il s'agit du sien.

— Je ne comprends pas. Pourquoi diable t'appellerait-il pour t'offrir son poste ?

— Eh bien, il se trouve qu'il prend sa retraite à la fin de l'année. Il voulait me dire qu'il m'écrirait une lettre de recommandation, si le poste m'intéressait.

Soudain, elle se sentit oppressée.

— Et son poste t'intéresse ?

— Non, je l'ai juste écouté par politesse.

Elle jeta un œil sur le papier qu'elle tenait à la main, et vit qu'il avait pris des notes. Avait-il également inscrit les détails de la proposition par pure amitié ?

— Et comme ça, tu as déjà refusé l'offre ?

Il sembla hésiter.

— Non, pas encore, mais je m'apprêtais à le faire.

— C'est une bonne opportunité ?

— Je pense que oui, répondit-il en haussant les épaules, comme pour indiquer son manque d'intérêt. Les avantages sont intéressants, en plus du salaire.

Elle décida de se rendre compte par elle-même. Redépliant le papier, elle parcourut rapidement les chiffres. Le salaire était le double de ce qu'il gagnait actuellement, et on lui proposait une couverture santé complète.

— C'est plus qu'un bon poste, s'écria-t-elle. Pourquoi ne m'as-tu rien dit ?

— J'y ai pensé, mais voyons, Lucky, qu'est-ce que cela aurait changé ? Aurais-tu accepté d'aller t'installer à Pittsburgh ?

— Jack, tu sais que j'aime cette région et que je veux être près de ma famille. Est-ce un crime ?

— Non, je n'ai jamais dit cela. Ce que je veux dire, c'est que je connaissais déjà ta réaction. Alors, quand j'ai appris que tu attendais un bébé, j'ai immédiatement repoussé l'idée d'accepter une mutation.

— Mais ce poste, tu le veux, n'est-ce pas ?

— Je le voulais, je l'ai voulu peut-être pendant vingt secondes, mais je n'y ai plus repensé depuis l'appel de Wes, ça, je te le promets.

— J'ai tout gâché, n'est-ce pas ?

— Hé, écoute-moi. Tu n'as rien gâché du tout.

Il l'attira doucement vers lui, la prenant par les épaules, et plongea ses yeux dans les siens.

— Si je suis ici, c'est que c'est l'endroit où je veux être. Bien sûr, ce poste est idéal. Mais je sais que tu es ici chez toi, et je n'ai pas l'intention de t'emmener loin de ceux que tu aimes. Et qui plus est, rien n'est plus satisfaisant que d'être près de toi et de ta petite « chose », dit-il.

— Mais tu as renoncé à tellement d'opportunités pour cela.

— Ce que j'y ai gagné les compense largement, ma chérie.

Le rapport préliminaire sur l'affaire Bagwell arriva quatre jours plus tard. Jack convoqua Deaton Swain dans son bureau pour en examiner les conclusions.

— Son alcotest affichait 1,2, lut Swain sur le rapport.

La limite légale étant de 0,8, ainsi que Jack le savait, cela ne voulait pas dire que la victime était complètement ivre.

— Le barman lui a servi cinq ou six verres, dit Swain, lisant ses notes et les déclarations des témoins. Il n'a rien remarqué de particulier. Selon lui, Bagwell buvait seul, comme d'habitude. Il regardait la télévision dans le bar, et n'a parlé à personne, et personne ne lui a parlé.

— C'était un habitué ? demanda Jack.

— Il venait deux ou trois soirs par semaine. Il abusait un peu parfois, et demandait alors qu'on le reconduise chez lui parce qu'il était trop soûl pour prendre sa voiture. Le barman était au courant, il ne s'est donc pas alarmé lorsqu'il a fermé le bar et vu la voiture de Bagwell sur le parking.

— Il n'a pas remarqué le pneu crevé ?

— Non, il n'a rien dit à ce sujet.

— Bon, passons aux blessures sur le corps.

— Le rapport fait état de « coups » dont la nature semble cohérente par rapport à la cause de l'accident.

— As-tu obtenu quelque chose d'intéressant quand tu as interrogé ses amis ou sa famille, qui puisse corroborer

104

la thèse selon laquelle il se serait allongé à dessein sur les voies ?

— Non, rien d'intéressant. Les membres de l'équipe avec laquelle il travaillait m'ont dit qu'il était dépressif depuis le décès de sa femme, il y a quelques années. Son problème avec l'alcool s'était légèrement aggravé, mais il n'y avait là rien d'anormal.

— En effet.

— Il vivait dans une très belle maison. Son affaire était rentable. Il venait de devenir grand-père une nouvelle fois. A mon avis, cela n'est pas un suicide.

— Y avait-il des gens qui n'appréciaient pas sa présence sur terre ?

— Je n'ai rien trouvé. Il avait eu des mots avec le père de l'un des enfants qu'il entraînait au base-ball, il y a quelques semaines. Mais ça s'était arrangé. Je pense que nous avons affaire à un accident. Le type avait trop bu, il a remarqué qu'il avait un pneu crevé en retournant à son véhicule, et s'est trompé de chemin en rentrant chez lui à pied. Puis il a perdu connaissance. Nous avons eu deux ou trois cas du même genre d'accidents le long de cette voie ferrée.

— Et as-tu eu des informations sur le cambriolage qui a eu lieu à son domicile après sa mort ?

— Non, pas encore. J'ai averti les prêteurs sur gage du coin et j'ai demandé qu'on me prévienne si quelqu'un tentait de vendre du matériel électronique ou de l'argenterie. Il a fallu que ce soit un cambrioleur sérieusement malade pour qu'il s'abaisse à voler un mort.

— Un vol est un crime d'opportunité, dit Jack. Un cambrioleur intelligent tire parti de tout et choisit les cibles les plus faciles — familles en vacances, personnes seules — et vérifie la rubrique nécrologique et les petites annonces immobilières. Et il n'y a pas de cibles plus faciles qu'un mort.

Jack demanda à Swain la date et l'heure estimées du cambriolage.

— Sa fille a découvert que la maison avait été cambriolée à 14 heures environ le samedi après-midi, en arrivant de Mobile, une petite ville située à près de 500 kms d'ici.

— Dans ce cas, notre coupable pourrait être un ami de la famille, un employé de la victime, ou un voisin.

— Pourquoi cela ? s'enquit Swain.

— Bagwell est mort tôt dans la matinée du vendredi. Avant cela, il n'avait pas déclaré de cambriolage, n'est-ce pas ?

— Nous n'avons aucune trace d'un rapport de police.

— As-tu remarqué les signes d'un vol le vendredi matin quand je t'ai envoyé chez lui après l'accident ?

— Non. La maison était fermée à double tour et personne ne s'est présenté à la porte. J'ai jeté un œil à l'arrière, et je n'ai vu personne.

— Nous n'avons pas déclaré sa mort à la presse avant le samedi après-midi, et le cambriolage a eu lieu avant. Il y a donc plusieurs scénarios possibles.

— Ah, je vois où vous voulez en venir. Le cambriolage était peut-être une coïncidence, ou bien quelqu'un a entendu dire qu'il était mort, savait que sa fille vivait loin d'ici, et a décidé de le dépouiller avant qu'elle n'arrive.

— J'opterais plutôt pour le second scénario.

— Moi aussi.

Jack réfléchissait, tapotant son stylo sur le bureau. Certains détails de cette affaire lui avaient semblé suspects depuis le début. Par exemple, le fait que la victime ait préféré marcher le long de la voie ferrée, dans l'obscurité, alors que la route était bien éclairée et goudronnée. Et la façon dont il avait pu grimper jusqu'au ballast lui semblait également un mystère. Il était déjà difficile de le faire en plein jour, complètement sobre. C'était donc une véritable prouesse, à 2 heures du matin, après avoir ingurgité une certaine quantité de whisky.

Mais Jack avait beau espérer trouver des réponses, celles-ci ne lui seraient pas fournies par le rapport des médecins légistes.

Son équipe étant submergée de travail, il demanda donc à Swain de mettre l'enquête en attente tant que les conclusions de l'autopsie n'étaient pas disponibles et, pour l'heure, de se concentrer sur le cambriolage. Il fallait donner la priorité aux dossiers les plus pressants. Si de nouveaux éléments se présentaient dans les rapports détaillés, il serait toujours temps de les examiner.

— Je vais m'occuper de signer ce compte rendu, dit-il à Swain. Appelle la fille de Bagwell et dis-lui que le corps sera transporté aux pompes funèbres dans la journée.

— Je l'appelle tout de suite.

Swain nota le numéro et remit le dossier à Jack.

— Essayons de faire avancer les autres affaires de vols. Demande à l'inspecteur Rogers un coup de main. Elle a fini sa déposition au tribunal.

— Merci, j'ai bien besoin d'aide, en effet.

— As-tu eu du nouveau sur le supplément d'enquête demandé par les fédéraux ?

Swain fit non de la tête.

— Toujours rien là-dessus, et je n'ai pas grand espoir.

— Pourquoi ? Il y a un problème ?

— J'ai déjà fait l'expérience de cas de ce genre. En général, ce type d'approche ne donne que peu de résultats. Les informations des fédéraux sont toujours très vagues. Cette fois-ci, les informations provenaient d'un agent qui avait pour couverture un poste de responsable de la ligue de protection des animaux. L'homme avait acheté des objets dans une vente aux enchères par Internet. Apparemment, le fournisseur les avait trouvés quelque part sur un territoire qui était du ressort des fédéraux de la localité. Mais nous n'avons pas de positionnement géographique. Et je n'ai pas non plus réussi à localiser le vendeur des objets.

— Je vois, lança Jack. Continue, mais les cambriolages ont la priorité.

— C'est noté.

Swain s'en alla vers la porte. Puis il hésita, et se retourna.

— Y a-t-il autre chose ? demanda Jack.

— Juste, euh… ma mère et celle de Lucky fréquentent la même association de retraités, et… vous savez comme les mères ont tendance à se faire des confidences entre elles…

Jack avait pour principe de ne pas encourager les familiarités avec ses inspecteurs, et ils respectaient en général cette règle tacite. Mais cette fois, Swain semblait avoir quelque chose de personnel à lui confier.

— Allez, Deaton, décide-toi, je ne vais pas attendre toute la nuit.

— Eh bien, je voulais dire que… je n'ai pas pu m'empêcher d'entendre que Lucky attendait un bébé et que vous étiez de nouveau ensemble. Et je voulais vous dire que j'étais ravi pour vous. Je la connais depuis… depuis toujours. Vous avez pris la bonne décision quand vous l'avez choisie.

— Elle a une très bonne opinion de toi aussi, dit Jack.

— Félicitez-la de ma part, voulez-vous ?

— Ce sera fait.

— Oh, et toutes mes félicitations à vous aussi, mon capitaine.

— Merci.

Lorsqu'il fut sorti, Jack éclata de rire. Puis il se remit à ses dossiers, mais l'affaire Bagwell l'empêchait de se concentrer. Quelque chose n'était pas normal, il en avait l'intuition. Il relut le compte rendu, puis examina les photos, n'étant pas sûr de ce qu'il cherchait. Soudain un détail lui sauta aux yeux sur l'une des photos prises par Lucky. Il prit le téléphone, et composa le numéro du médecin légiste, pour lui demander d'opérer un dernier examen sur le cadavre.

7.

Les funérailles de Charles Bagwell devaient se dérouler le jeudi soir dans un grand bâtiment de style colonial adossé au cimetière de la ville. Lucky avait insisté pour s'y rendre et Jack lui promit de l'accompagner. Chemin faisant, ils rencontrèrent Shannon.

— Tu as demandé à Bill de s'occuper des filles ? questionna Lucky.

— Oui, mais je lui ai promis d'être de retour à 19 h 30, car il a des copies à corriger. En plus de cela, Bill a toujours du mal à mettre les enfants au lit. Elles sont un peu difficiles ces derniers temps.

— Oh, comment ces petits anges peuvent-ils être difficiles ?

— Les petits anges ? Attendez un peu et vous comprendrez de quoi je parle quand votre enfant grandira. Enfin, profitez-en tant que vous le pouvez, dit-elle.

La fille du défunt, Carolyn Bagwell, se tenait au début de la rangée formée par les membres de la famille pour recevoir les visiteurs. Sa silhouette n'était pas particulièrement élancée, mais le poids de la mort de son père lui donnait ce jour-là une apparence fragile. Son visage pâle semblait presque émacié et des cernes s'étaient creusés sous ses yeux.

Un homme dont Lucky devina qu'il était son époux était assis derrière elle, un enfant sur ses genoux. Un autre garçon d'environ cinq ans semblait ne plus tenir en place à côté de lui. Shannon s'avança pour embrasser Carolyn et lui exprimer ses condoléances.

— Te souviens-tu de ma sœur Lucky ? lui demanda-t-elle. Elle était quelques classes en dessous de la nôtre.

— Oui, bien sûr, c'était un véritable garçon manqué. C'est Lucky qui a fait les photographies de ton reportage sur l'accident de papa, n'est-ce pas ?

Un autre souvenir sembla tout à coup lui revenir à la mémoire.

— Est-ce toi qui as trouvé papa ? demanda-t-elle à Lucky.

Lucky acquiesça.

— Peut-être connais-tu aussi son mari, Jack Cahill, de la police ? ajouta Shannon.

— Oui, nous nous connaissons. Capitaine, c'est un plaisir de vous revoir, dit-elle en lui serrant la main. Je n'avais pas fait le rapprochement avec Shannon quand je t'ai parlé au téléphone, ajouta-t-elle à l'adresse de Lucky. Ton mari m'a beaucoup aidée dans ce moment difficile.

— Nous sommes de tout cœur avec toi, Carolyn. Si nous pouvons faire quoi que ce soit pour t'aider, n'hésite pas à nous appeler, lui dit Shannon.

— Je te remercie.

Après avoir salué le mari de Carolyn, Lucky et Jack suivirent Shannon qui alla transmettre ses condoléances aux autres membres de la famille. Carolyn était fille unique, mais Charlie Bagwell avait deux sœurs qui étaient également présentes.

Jack s'approcha de Lucky.

— Alors, « garçon manqué », lui murmura-t-il à l'oreille.

— Oui, j'avoue que, dans mes jeunes années, j'étais un peu rebelle.

— Raconte, insista Jack.

— Eh bien, les seuls gamins avec qui je pouvais jouer dans mon quartier étaient des garçons : Larry, Bomber, Ari et Deaton. J'ai fini par en faire mes meilleurs amis. Ils n'avaient peur de rien, alors je les imitais. Ils n'avaient qu'à me traiter de fillette et je m'empressais de faire mon possible pour leur prouver le contraire. C'est un miracle que nous ne nous soyons jamais tués.

— Ou que vous n'ayez jamais eu maille à partir avec la police, renchérit Shannon.

Ayant fini de saluer la famille du défunt, ils allèrent se placer un peu à l'écart.

— Nous étions certains qu'au moins l'un de nous, et plus particulièrement Deaton, aurait un jour son nom sur la liste des criminels les plus recherchés par le FBI, reprit Shannon. Mais Lucky était bien placée derrière lui. Deaton était l'instigateur des mauvais coups. Lucky, elle, passait toujours à l'action.

— Et les autres garçons de la bande, que sont-ils devenus ? demanda Jack.

Lucky lui raconta qu'ils vivaient toujours en ville, excepté Ari, qui était devenu violoniste dans un grand orchestre philharmonique.

— Larry est courtier en assurances, et Bomber, qui l'eût cru, est pasteur méthodiste.

Le cercueil avait été refermé et reposait à présent au bout du vestibule. La pièce était exiguë et s'était vite remplie de connaissances de la famille, venues exprimer leur sympathie. Jack remarqua le commissaire de police.

— Je devrais aller dire bonjour à mon chef, dit-il. Cela fait une semaine que je l'évite.

— Pourquoi donc ? demanda Shannon.

— Il me harcèle pour que je participe à un projet de ramassage des ordures pour la collectivité. Avec toutes les réparations que nous devons faire à la maison et Lucky enceinte, je ne veux pas m'engager sans être certain de pouvoir tenir mes promesses.

Il les laissa pour aller rejoindre son supérieur.

— Envisagez-vous de rester dans votre bungalow après la naissance du bébé ? demanda Shannon à Lucky. Jack ne donne pas l'impression de vouloir déménager.

— En effet, j'ai même l'impression qu'il commence à s'y plaire.

— Lucky, voyons ! Tu ne vas quand même pas croire cela. Cette maison est un désastre. Ne penses-tu pas qu'il s'agit plutôt d'une solution provisoire ?

Un doute s'insinua soudain dans l'esprit de Lucky.

Elle et Jack n'avaient pas abordé ce sujet depuis son retour. Elle avait interprété les réparations qu'il avait entreprises comme une acceptation de son mode de vie, mais peut-être s'était-elle bercée d'illusions.

— Oh, regarde, les sœurs Wyatt, s'écria Shannon, leur faisant un signe de la main.

Elle avait le même instinct que Leigh pour obtenir des informations sur les gens, et les rumeurs et les bruits de couloir avaient toujours été son passe-temps favori. Elle fit le tour de la pièce et revint vers eux avec des renseignements glanés çà et là.

— Ces hommes là-bas font partie de l'équipe de bûcherons de Bagwell, dit-elle, indiquant de la tête un groupe de solides gaillards.

— Je reconnais plusieurs d'entre eux, sauf les deux types à droite. Qui sont-ils ? demanda Lucky.

— Celui qui est presque chauve et qui porte des lunettes, c'est Paul Hightower. Je crois savoir qu'il est responsable du bois de construction pour les parcs régionaux. Il est en train de parler à Carl Brown, de la fabrique de papier. Oh, tiens, voilà quelqu'un que je suis surprise de voir ici, dit Shannon.

— Qui est-ce ? Il me semble l'avoir déjà vu, dit Lucky.

— C'est Joe Tagliotti. Tu le connais, c'est le propriétaire de la teinturerie près du *Register*. Il est marié à Harriet Lynn.

Ah oui, bien sûr, pensa Lucky. Elle avait aperçu Tagliotti la veille même, lorsqu'elle était allée chercher les chemises de Jack.

— Son fils de dix ans fait partie de l'équipe de base-ball dont M. Bagwell était l'entraîneur, expliqua Shannon. Il est très impulsif. A en croire les rumeurs, le père de Carolyn a eu une violente altercation avec lui le mois dernier, car il lui reprochait d'avoir injustement puni son fils.

— En sont-ils venus aux mains ? demanda Lucky.

— Je n'en suis pas sûre, mais selon Bill, Tagliotti devenait si menaçant que Bagwell l'a fait évacuer du terrain de sport.

Cette anecdote intrigua Lucky et elle se demanda si Jack en avait eu connaissance. Bien que la thèse de l'accident ait été retenue pour la mort de M. Bagwell, Jack n'avait visiblement pas encore classé l'affaire et rapportait régulièrement au bungalow des dossiers la concernant. Lorsque Lucky lui avait demandé des détails, il avait répondu qu'il en vérifiait simplement tous les éléments une dernière fois par acquit de conscience.

Shannon resta encore une vingtaine de minutes, puis prit congé. Lucky alla chercher Jack. Elle pensait que le moment était peut-être bien choisi pour se retirer discrètement.

— Vous partez ?

La voix de Carolyn l'interrompit dans son élan.

Lucky se retourna et la vit s'approcher d'elle.

— Oui, mais nous revenons demain pour l'enterrement, promit-elle.

— J'aimerais te demander un service : pourrais-tu venir chez mon père demain après-midi, disons vers 15 heures ? Mes tantes devraient être parties.

— Oui, bien sûr. Y a-t-il quelque chose que je puisse faire pour t'aider, Carolyn ? Jack pourrait…

— Non, je ne pense pas. Je préfère que tu viennes seule. Et je préférerais d'ailleurs que tu ne parles pas de cette visite à ton mari.

Cette dernière requête aiguisa la curiosité de Lucky.

— Y a-t-il un problème, Carolyn ? demanda-t-elle.

— Je suis navrée, je ne voulais pas faire de cachotteries. Je me sens un peu bête de te demander cela, d'autant que nous ne nous connaissons pas très bien, mais j'ai besoin de me confier à quelqu'un, et j'ai pensé à toi.

Elle prit Lucky par le bras.

— Je t'en prie, dit-elle, promets-moi que tu viendras.

A 15 h 05 le lendemain après-midi, Lucky garait sa voiture dans l'allée de la maison de feu Charles Bagwell, derrière une Ford gris métallisé.

Elle se souvint que Leigh avait fait état dans un de ses articles d'un cambriolage perpétré le jour de la mort de Charlie. Lorsqu'elle aperçut la demeure, elle comprit comment l'effraction avait pu passer inaperçue pendant près de vingt-quatre heures. Le bâtiment était très vieux et entouré d'un terrain de deux ou trois hectares bordé par de nombreux arbres destinés à préserver l'intimité de ses habitants.

Carolyn vint l'accueillir, son bébé de trois mois dans les bras, et la fit entrer dans le vestibule carrelé de marbre. La maison était immense, et encore plus élégante à l'intérieur.

— Merci d'être venue, lui dit Carolyn. J'ai envoyé mon mari faire des courses avec mon autre fils afin que nous ne soyons pas dérangées.

Elle l'invita à venir s'installer dans un vaste salon.

— As-tu des enfants ? demanda Carolyn tout en caressant la tête de son bébé.

— Pas encore, dit Lucky, mais c'est en route.

— Oh, c'est magnifique ! s'exclama Carolyn. C'est pour quelle date ?

— Il est prévu que j'accouche au début du mois de janvier.

— Tu verras, cela viendra très vite.

Elle l'invita à s'approcher de la table.

— Veux-tu boire un café, ou un jus de fruits ?

— Non, merci.

Carolyn s'assit, déposa son bébé dans un landau devant elle, et le berça doucement.

— Je suis certaine que tu te demandes pourquoi je t'ai fait venir ici, reprit-elle. Connaissais-tu bien mon père ?

— Non, pas très bien. Nous échangions quelques mots quand nous nous croisions en ville, c'est à peu près tout.

— C'était un homme très bon, Lucky. Il était très généreux et attentionné. Il n'avait pas été favorisé lors de son enfance, mais il travaillait dur.

— Oui, bien sûr.

— Je sais qu'un père est toujours parfait aux yeux de sa fille, mais le mien l'était vraiment. Il a toujours été disponible et m'a toujours donné ce dont j'avais besoin quand j'étais enfant. Certes, il a eu une liaison il y a de nombreuses années de cela, mais maman et lui ont surmonté cette épreuve. Il a également été un grand-père merveilleux. Il adulait Adam qui est mon aîné. Dès sa naissance, il lui a ouvert un compte d'épargne pour financer ses études.

— Cela a dû être difficile pour lui de vivre si loin de vous.

— Oui, c'est vrai, surtout après la mort de Maman. Mais il a fait montre d'une grande force de caractère et il a très vite tenté de tourner la page en se consacrant pleinement à son travail et au base-ball. Il était entraîneur.

Tandis qu'elles parlaient, le bébé s'était endormi. Carolyn se leva pour prendre une couverture légère et la posa délicatement sur lui.

— Il y a deux mois, continua-t-elle après s'être rassise, j'ai remarqué qu'il semblait changé.

— Comment cela ?

— Ses appels se firent de plus en plus espacés, et quand je lui parlais, j'avais souvent l'impression qu'il avait bu. Il semblait inquiet. Et si je le questionnais, il le prenait mal. Puis lorsque je suis venue ici le mois dernier, il a reçu un appel, un soir, et la discussion est très vite devenue tendue. Il s'est enfermé dans son bureau, mais je l'entendais hurler. Il n'arrêtait pas de répéter « cela va devoir cesser ».

— Sais-tu de quoi il s'agissait ?

— Non, je ne pouvais entendre que des bribes de conversation.

— A-t-il déjà mentionné le nom de Joe Tagliotti ? lui demanda Lucky en lui confiant ce que Shannon lui avait appris sur la dispute sur le terrain de jeu.

— Je ne crois pas. Mais il n'a jamais appelé son interlocuteur par son nom. Je n'ai jamais su si c'était un ami ou une relation de travail. Toujours est-il qu'il a décidé peu de temps après cette conversation téléphonique de vendre son entreprise et sa maison pour aller s'installer à Mobile. J'ai trouvé cela d'autant plus étrange que je lui avais proposé à plusieurs reprises de le faire, mais en vain.

— Peut-être a-t-il changé d'avis en vieillissant, ou bien la solitude lui pesait-elle trop.

— Je l'ai pensé également, jusqu'à ce que je découvre… qu'il allait subir un contrôle fiscal.

Subitement, les épaules de Carolyn fléchirent.

— Je refuse de croire que mon père ait pu faire quoi que ce soit de répréhensible, continua-t-elle, mais… sa maison a été cambriolée le jour même de sa mort. Le savais-tu ?

— Oui, j'ai appris que des objets avaient été volés, ici même et dans le hangar où se trouvaient ses archives.

— Le hangar est mitoyen à son atelier, derrière la maison, et les cambrioleurs l'ont apparemment passé au peigne fin. Ici, ils ont pris l'argenterie de ma mère, la télévision et le magnétoscope. Au départ, j'ai cru que ses bijoux avaient été également dérobés, car je ne les ai pas retrouvés. Puis je me suis souvenue avoir vu mon père dissimuler des papiers derrière une planche dans le placard de sa chambre, quand j'étais enfant. Même ma mère ne savait rien de cette cachette.

— Carolyn, es-tu certaine de vouloir me parler de tout cela ? demanda Lucky.

— Oui, j'en suis sûre, car cela te concerne aussi, d'une certaine manière.

— Moi ? Mais comment cela ?

— Tu vas très vite comprendre. Laisse-moi d'abord te parler de cette « trappe secrète », comme l'appelait mon père. Il m'avait surprise en train de l'observer et m'avait fait jurer de ne jamais chercher à savoir ce qu'elle contenait. J'ai tenu ma promesse pendant trente ans, jusqu'à hier. Je l'ai ouverte, et j'y ai trouvé les bijoux de Maman, mais aussi les actes de propriété de biens dont je n'avais jamais entendu parler, des certificats d'achats de lingots d'or et de dépôts sur des comptes en Floride, ainsi que 150 000 dollars en liquide.

Lucky ne savait comment réagir à ces révélations. Avait-elle bien fait d'accepter l'invitation de Carolyn ?

— J'ai également découvert, ajouta celle-ci, d'après les talons de ses chéquiers, que mon père avait effectué plusieurs voyages assez onéreux ces dernières années, notamment à Hawaii, Mexico, et dans les Caraïbes. Et pendant tout ce temps, il n'a jamais cessé de nous appeler régulièrement, moi et les enfants, prétendant être en déplacement pour affaires.

Lucky pensa soudain à cette chemise ridicule imprimée de flamants roses que M. Bagwell portait le jour de sa mort.

— Carolyn, je pense vraiment que tu devrais parler à un homme de loi à ce sujet, lui conseilla-t-elle.

— J'y ai réfléchi la nuit dernière. J'ai également pensé à appeler ton mari, ou l'inspecteur Swain. Je ne sais pas du tout vers qui me tourner. J'ai peur que...

Carolyn fondit en larmes.

—... que tout ce que j'ai toujours cru à propos de mon père ne soit qu'un tissu de mensonges, dit-elle entre deux sanglots. Papa gagnait bien sa vie, Lucky, mais pas au point de pouvoir se permettre de telles dépenses. Et s'il avait eu des activités illégales ?

— Voilà pourquoi je suis convaincue que tu devrais parler à un avocat, lui dit Lucky.

— Oui, tu as raison. Mais je voulais absolument t'en parler d'abord.

— Mais qu'ai-je donc à voir avec toute cette affaire ?

— Eh bien j'ai trouvé autre chose dans cette cachette. Quelque chose qui te concerne.

Elle lui tendit une série de coupures de presse provenant du *Register*.

Lucky en parcourut les gros titres.

— Mais ces articles concernent tous Eileen Olenick, Terrell Wade et… mon témoignage devant le Tribunal, s'exclama-t-elle. Ils datent de plus de vingt ans.

— Oui, tous sauf un, dit Carolyn en poussant vers elle la coupure de presse en question.

Il s'agissait de l'article écrit par Leigh au sujet du retour de Terrell à Potock, deux mois plus tôt.

— Les changements que j'ai observés dans le comportement de Papa ont coïncidé avec la date de cet article, lui expliqua Carolyn. Tu devrais lire en particulier ce passage que mon père a souligné au stylo à bille.

L'article rappelait que Terrell avait été soupçonné de meurtre en 1980 lors de la disparition d'Eileen Olenick, l'enseignante de l'école primaire de Jackson.

Dans la marge avait été griffonné un mot en lettres capitales : INNOCENT.

Jack planta un dernier clou et testa la résistance du nouvel escalier qu'il avait passé plusieurs heures à installer à l'entrée du bungalow. C'était son premier jour de repos depuis une semaine et demie, et hormis l'enterrement auquel il s'était rendu le matin même, il avait passé tout son temps à des travaux de bricolage en extérieur.

Lucky arriva en voiture, juste après 17 heures. Très pâle, elle passa sans mot dire à côté de lui et entra directement dans la maison.

Jack hésita quelques secondes, puis se remit au travail. Deux heures plus tard, Lucky fit une nouvelle apparition, l'air endormi mais plus détendu.

— Bonsoir, lui dit-il, n'osant s'approcher d'elle.

— Bonsoir. Excuse-moi pour tout à l'heure, mais j'étais si fatiguée que je suis allée directement faire un somme, dit Lucky.

— C'est ce que nous avons pensé, Beanie et moi, et nous avons décidé de ne pas te déranger.

Elle caressa les oreilles de Beanie, puis prit Jack par le cou.

— Comment fais-tu pour me supporter ?

— Ce n'est pas facile, dit-il pour la taquiner. Tu es une vraie catastrophe ambulante.

D'ordinaire, une telle remarque l'aurait fait rire. Mais pas cette fois.

— Veux-tu que nous parlions ? demanda alors Jack.

— Oui, c'est d'accord. Mais avant, j'aimerais aller admirer le coucher du soleil.

Elle alla s'allonger dans le grand hamac en toile installé sous le porche. Jack la rejoignit une demi-heure plus tard, après avoir pris une douche et s'être consciencieusement badigeonné de lotion anti-moustique. Il attira délicatement son corps alangui vers le sien. Elle reposa sa tête sur son torse nu. Beanie était couchée près d'eux. Les plaisanciers étaient partis, et les moteurs hors-bord avaient fait place au bruissement du vent dans les arbres. Tout était paisible autour d'eux.

— Qu'est-ce qu'on entend ? demanda Jack.

— Ce sont des grenouilles des marais. Elles chantent pour séduire le mâle.

— Je devrais essayer ça sur toi, déclara-t-il.

Mais sa plaisanterie n'eut aucun effet sur Lucky.

— Notre couple va mieux, n'est-ce pas ? demanda-t-il. Tu n'es pas plus heureuse depuis que je suis revenu ?

— Si, je suis très heureuse, dit-elle.

C'était donc autre chose qui la tourmentait. Elle finirait bien par le lui dire.

Ils observaient la silhouette des arbres à mesure que l'horizon s'obscurcissait derrière le fleuve et le transformait en un véritable serpentin de lumière. La nuit absorbait les nuances rosées et ambrées du soleil, et les premières étoiles s'allumaient dans le ciel.

— C'est magnifique, dit-il.

Il devait bien s'avouer que, dans des moments comme celui-là, lorsqu'il n'était pas occupé à chercher une casserole sans taches de rouille ou à scruter le sol pour éviter les trous dans le plancher, il arrivait presque à comprendre qu'elle aimât cet endroit.

— As-tu fermé les vitres de ta voiture ? demanda-t-elle. Il va pleuvoir.

— Lucky, dit-il d'un ton étonné, le ciel est superbe et je ne vois pas un nuage. D'ailleurs, je n'ai rien entendu de ce genre à la météo.

— C'est possible, mais je sais qu'il va pleuvoir. Je le sens dans l'air et sur ma peau. Tu devrais vérifier tes vitres.

— O.K., dit-il.

Elle s'endormit rapidement.

Il serait volontiers resté là toute la nuit, la tenant dans ses bras, mais l'anti-moustique ne faisait plus effet, et il ne voulait pas servir de pitance aux insectes.

Il se dégagea doucement et se leva sans faire bouger le hamac.

— Viens, Beanie, allons coucher ta maîtresse.

Il la souleva et la porta jusqu'à sa chambre, puis la borda confortablement dans son lit. Elle remua un peu mais ne s'éveilla pas. Il décida lui aussi de se coucher tôt, mais à peine avait-il fermé les yeux qu'un grondement sourd retentit au loin.

Le tonnerre ! Il se leva pour aller contempler la pluie, tout en se promettant, à l'avenir, de tenir compte des intuitions de Lucky.

— Arrête de te gratter, tes piqûres vont enfler, dit Lucky en passant de la crème sur les mains et les bras de Jack.

Elle n'avait jamais vu un cas de piqûres d'orties aussi spectaculaire, ou plutôt une réaction épidermique aussi rapide.

Ses bras en étaient couverts, de même que son torse et son cou. Des cloques commençaient même à apparaître sur son visage. Qu'avait-il donc fait ? Peut-être s'était-il allongé dans l'herbe ?

Il planta ses ongles dans sa peau.

— Ouille, dit-il. Je déteste ça. Ça me démange horriblement. Comment aurais-je pu savoir que les herbes autour de l'escalier étaient parsemées de ces horribles plantes ?

Jack sortait de la douche et se préparait pour aller travailler, mais il n'avait pas pu aller bien loin.

— Je ne vais pas pouvoir aller au bureau dans cet état, déclara-t-il. Et après tout, cela fait des lustres que je n'ai pas pris un jour de congé maladie, pourquoi n'en profiterais-je pas cette fois ?

— Non, tu ne peux pas faire cela ! s'exclama Lucky.

— Et pourquoi ? demanda-t-il, scrutant son regard.

— Parce que Carolyn Carter doit venir te voir. J'allais te le dire hier soir, mais je me suis endormie. Elle a découvert des choses suspectes chez son père et elle aimerait t'en parler.

Jack cessa soudain de gratter son bras.

— Des choses suspectes, répéta-t-il, pensif.

Elle lui raconta sa visite chez Carolyn et ce que celle-ci avait trouvé.

— Je pense que tu devrais suivre cette affaire de près.

— Mais pourquoi s'est-elle confiée à toi ? demanda Jack.

Elle lui expliqua que Carolyn avait lu d'anciennes coupures de journaux la concernant.

— Je ne peux pas lui tenir rigueur d'avoir eu peur des conséquences de ses actes si elle révélait l'histoire. Mais crois-tu qu'il puisse y avoir une relation entre la disparition de miss Eileen et cette somme d'argent que M. Bagwell avait accumulée ?

— J'en doute, répondit Jack. Je suis sûr que la moitié des habitants de cette ville ont découpé des articles dans la presse sur l'affaire Terrell.

— D'accord, mais combien d'entre eux les ont dissimulés dans une cachette à l'insu de leur femme ?

— Certes, mais rien ne prouve que Bagwell savait quoi que ce soit sur cette affaire.

Il lui fit déposer une noisette de crème sur chaque piqûre qui menaçait de se transformer en cloque, puis remit ses sous-vêtements et ses chaussettes.

— Suppose que miss Eileen ait eu une liaison avec Charlie Bagwell ? dit Lucky... Et qu'elle l'ait menacé de tout dire à sa femme. Peut-être l'a-t-il assassinée pour qu'elle ne parle pas.

— Cela n'explique pas la provenance de tout cet argent, rétorqua Jack.

Lucky tapotait nerveusement sur la table, tout en réfléchissant.

— Peut-être a-t-il été témoin du meurtre, et faisait-il chanter l'assassin ?

— Pendant vingt et un ans ? Je ne pense pas, répondit Jack.

— D'accord, c'est idiot, mais j'ai appris quelque chose qui pourrait t'intéresser.

Elle lui répéta ce que Shannon lui avait dit à propos de Joe Tagliotti.

— Je connais l'histoire, et de nombreux témoins ont vu les deux hommes se disputer, dit Jack.

Il fourra son peigne, sa monnaie et sa pince à billets dans les poches de son pantalon, puis enfila ses chaussures.

— Prends au moins un petit déjeuner avant de partir, lui dit Lucky. Ni toi ni moi n'avons dîné, hier soir.

Prendre son petit déjeuner, l'idée lui avait totalement échappé.

— La mort de Bagwell a-t-elle été vraiment accidentelle ? poursuivit Lucky. Je connais la version officielle, mais tu as consacré un certain nombre d'heures supplémentaires au dossier, je crois. Quelle est ton interprétation des faits, Jack ?

— Je pense que je dois y aller, se contenta-t-il de répondre.

Pourquoi ne pouvait-il pas, pensa-t-elle, être un mari avant d'être un policier, pour une fois ? Il l'avait laissée parler et ne lui avait pas donné une seule information.

— Jack ? Et si…

— Lucky, ne te laisse pas trop aller à échafauder des théories. Je t'ai dit que j'allais me pencher sur la question, et je vais le faire. Tout ce que je te demande, c'est de prendre soin de toi et du bébé. Prépare-toi un petit déjeuner équilibré, et prends tes vitamines, d'accord ?

— Puis-je venir avec toi et assister à ton entretien avec Carolyn ? Elle me fait confiance, et mon emploi du temps me le permet ce matin.

— Non, il n'en est pas question. Je ne veux pas que tu parles à Carolyn ou à qui que ce soit d'autre. Et ne dis à personne ce que tu sais, ni même à Leigh ou à Shannon. C'est entendu ?

Les exigences de Jack la mettaient dans une position délicate vis-à-vis de sa sœur aînée. Mais elle se devait également de ne pas trahir la confiance que lui avait accordée Carolyn. Elle promit donc à Jack de garder le secret.

— Je suppose que tu as aussi l'intention de ne rien dévoiler de tes progrès sur l'enquête ? lui demanda-t-elle.

— Chérie, tu sais que je n'aime pas parler de mes enquêtes avec toi. Ton imagination est trop fertile.

— Ça n'est pas juste. J'ai contribué à faire interner Terrell pendant la plus grande partie de sa vie d'adulte, car j'étais convaincue qu'il avait tué miss Eileen. S'il s'avère que le coupable court encore, je pense que j'ai le droit de le savoir. Et honnêtement, toute la ville est dans mon cas.

— La mort de Charlie Bagwell n'a probablement rien à voir avec cette disparition vieille de plus de vingt ans, ni avec Terrell Wade. Tu échafaudes une fois de plus des hypothèses sans aucune base solide.

— D'accord. Je divague, je l'admets. Mais ça ne veut pas dire que j'ai tort pour autant.

— Lucky, tu ne divagues pas. Au contraire, ton esprit est l'un des plus créatifs que j'aie jamais rencontré. Mais je pense que, cette fois, tu extrapoles. Maintenant, il faut que je file.

Elle l'accompagna jusqu'au porche. A l'extérieur, il pleuvait à torrents, et le fleuve formait une masse boueuse et trouble.

— Quel sale temps, dit Jack. Tu penses que cela va encore s'aggraver ?

— Bof, cela n'est rien. Le fleuve aura baissé d'ici à demain, répondit Lucky.

Soudain, une question importante lui revint à l'esprit.

— Tu as entendu ce que ma mère disait sur la rumeur qui courait à l'époque, selon laquelle Eileen fréquentait un homme marié ? Je te parie que tu vas découvrir que M. Bagwell voyait miss Olenick en cachette.

Et sans attendre de réponse de la part de Jack, elle continua à réfléchir tout haut.

— Oh, j'ai oublié de demander à Carolyn à quelle époque son père avait eu une liaison. J'aurais pu savoir tout de suite si cela coïncidait avec la mort de miss Eileen.

Jack s'esclaffa et l'embrassa sur le front, laissant Lucky à ses interrogations.

— Au revoir, Sherlock Holmes, dit-il. A plus tard.

8.

Jack interrogea Carolyn Carter à propos de la somme en liquide découverte chez son père, des titres de propriété et de l'or. Il décida alors que cet aspect de l'affaire était davantage du ressort de l'administration fiscale, et lui demanda de se faire connaître auprès d'un inspecteur des impôts.

Quelques semaines plus tard, Carolyn lui précisa que le contrôle fiscal portant sur les activités de son père ne devait concerner que les trois dernières années, ce qui l'avait rassurée.

Jack poursuivit son enquête sur la mort de Bagwell afin d'en étudier les liens potentiels avec les plaintes concernant des vols de vestiges d'objets indiens sur les terres gérées par les autorités fédérales.

Un samedi après-midi, exactement sept semaines après le décès de Bagwell, Jack reçut enfin les rapports d'autopsie complémentaires. Mais rien dans les examens du laboratoire ne semblait apporter d'éléments nouveaux.

Charlie était vivant lorsque le train l'avait heurté, ce qui excluait la possibilité qu'il ait été assassiné avant que son corps soit jeté sur la voie ferrée. Jack prit le temps d'examiner tous les détails du rapport. Il ne semblait y avoir aucune trace de traumatisme précédant l'accident et aucun élément suspect n'avait été détecté lors des analyses sérologiques, sanguines et des prélèvements de tissus.

Jack se frotta le front par agacement, déçu de n'avoir reçu aucune explication sur les deux petites marques circulaires qu'il avait repérées sur la nuque de la victime en regardant l'une des photographies du corps. De simples ecchymoses ? Jack en doutait, et avait très vite pensé qu'il pouvait s'agir de petites brûlures causées par la décharge électrique d'un pistolet d'autodéfense. Il avait donc demandé aux médecins légistes de réaliser un examen plus approfondi. Mais le compte rendu ne serait peut-être pas disponible avant plusieurs mois.

L'examen des marques sur les pneus de la voiture indiquait que la crevaison avait été causée par un clou. Rien d'extraordinaire d'après Jack, si ce n'est que le rapport portait la mention suivante : « *La tête du clou a été coupée et son extrémité rendue pointue par affûtage.* » Un clou avec des pointes des deux côtés, à quoi donc cela pouvait-il servir ?

Songeur, il consulta machinalement sa montre. Il avait promis à Lucky de rentrer tôt pour fêter leur premier anniversaire de mariage, et il était déjà 16 h 30. Il remit tous les documents dans le dossier et le replaça sur le bureau de Deaton. Il était contrarié… L'enquête ne faisait aucun progrès, et si le manque de précautions de son équipe sur le terrain avait fait disparaître des preuves, il ne parviendrait jamais à résoudre l'affaire.

Il essaya d'appeler Lucky, mais son téléphone mobile était encore à court de batteries. En traversant la salle centrale du commissariat, il passa devant le bureau ouvert de l'inspecteur Rogers.

— Avez-vous trouvé quelque chose de nouveau sur le cambriolage de Bagwell ?

— Non, pas encore. Les preuves sont très minces : nous n'avons pas d'empreintes, et aucun véhicule suspect n'a été vu dans le voisinage. Nous ne connaissons pas les numéros de série du matériel électronique qui a été volé, et personne ne sait ce qui se trouvait dans le hangar qu'il utilisait comme remise. Autant dire que nous nous trouvons dans une impasse.

Jack était persuadé que le contenu de cette remise était lié à la soudaine fortune de Charlie Bagwell, et par conséquent aux événements survenus la nuit de sa mort.

— Ne vous découragez pas, dit-il à Rogers. Je vais faire une rapide visite au Chef, puis je rentre chez moi. Si vous avez besoin de moi, appelez-moi sur ma radio.

— C'est compris, capitaine, dit-elle en sortant un dossier de sa pile de documents. Encore une chose, avant que vous ne partiez, vous m'aviez demandé de vous tenir informé de l'enquête sur l'alerte à la bombe dans la fabrique de cartons, et un fait m'intrigue.

Jack vint s'asseoir sur un des coins de son bureau.

— Que se passe-t-il ?

— Nous savons maintenant que l'appel venait d'une cabine téléphonique en ville et que la personne était un homme qui a tenté de déformer sa voix. Nous avons donc envoyé une copie de la bande enregistrée par Police Secours à un expert de l'université, et nous avons appris que cette voix avait été modifiée électroniquement et que le message avait certainement été enregistré à l'avance, puis déclenché à distance.

— Il avait vraiment pris toutes ses précautions, remarqua Jack.

— Justement, c'est ce que je ne comprends pas, rétorqua Rogers. Un employé ayant décidé au dernier moment de ne pas aller travailler ou un adolescent voulant faire une mauvaise blague n'auraient pas aussi bien préparé leur coup.

— Vous avez raison : pour une fausse alerte, cela me semble un peu exagéré. Votre expert peut-il isoler les bruits de fond sur la bande ?

— Il a essayé, mais en vain jusqu'ici. Dois-je poursuivre mes recherches ?

— Si vous avez du temps, continuez. Mais nous avons des affaires plus importantes en cours. Je vous laisse en juger.

— Oui, monsieur. Merci.

Jack se leva.

— Bon week-end, lui dit-elle.

— Vous aussi, Rogers.

Plus tôt dans la journée, en se rendant en salle des archives, il avait remarqué que le bureau de son chef était allumé, et avait décidé de lui parler avant de partir. Sa secrétaire ne travaillant pas le samedi, il entra donc directement.

— Tiens, Jack, quelle bonne surprise, s'étonna Rolly Akers. Je ne vous ai pas beaucoup vu ces temps-ci.

Le supérieur de Jack était un citoyen intègre et très respecté à Potock. Il s'entendait bien avec tous les représentants de sa communauté, et sa personnalité apparemment débonnaire cachait une intelligence au-dessus de la moyenne. Il avait certainement été un détective hors pair avant de se consacrer à l'administration de la police. Fort de plus de trente ans d'expérience, il était à l'âge de la retraite, mais ne semblait pas vouloir y songer avant longtemps.

— Je suis désolé, monsieur, mais j'ai eu beaucoup de retard à rattraper sur tous ces cas de cambriolages, lui dit Jack.

— Je comprends. Puis-je faire quelque chose pour vous ?

Jack lui parla des résultats de l'autopsie et de l'hypothèse qu'il échafaudait sur les liens pouvant exister entre Bagwell et la disparition d'Eileen Olenick.

— On m'a dit que vous aviez enquêté sur cette dernière affaire, dit-il.

— Oui, c'est exact.

— Je sais qu'il est peu probable que Bagwell l'ait tuée, mais à partir de mes renseignements et des informations fournies par sa fille, la liaison que son père aurait eue à l'époque coïncide avec la disparition de miss Olenick. S'ils étaient amants, cela nous donne un mobile potentiel.

— Ce n'est qu'une hypothèse, lui rétorqua Akers.

— Disons alors seulement que Bagwell a eu la possibilité de commettre ce crime. De plus, mes beaux-parents ne se souviennent pas de l'avoir vu à l'église ce matin-là.

— Ils ne se souviennent pas de m'avoir vu non plus, sans doute. Je souffrais d'une rage de dents et je suis resté chez moi.

— Bagwell a-t-il été soupçonné à un moment donné ?

— Non, pas que je sache, et j'ai une assez bonne mémoire. Ce garçon autiste, Terrell Wade, était notre suspect numéro un, et j'avais concentré mon enquête sur lui.

Suivre la piste la plus évidente : telle était la procédure. Mais Jack se demandait si, en l'occurrence, appliquer la procédure n'avait pas eu comme conséquence la condamnation d'un innocent.

— J'ai voulu jeter un œil sur le dossier, mais je n'ai pas réussi à mettre la main dessus.

— C'était il y a plus de vingt ans. Peut-être nous en sommes-nous débarrassés ? avança Akers.

— Est-il normal d'éliminer des pièces à conviction d'une affaire non résolue ? demanda Jack, dont la voix trahissait l'incrédulité.

— Nous sommes dans une petite ville, mon garçon, répondit calmement Rolly Akers. Nous faisons de notre mieux avec les moyens du bord, mais nous ne sommes pas infaillibles.

— Je vous présente mes excuses, monsieur, s'empressa de répliquer Jack. Je suis désolé si vous avez cru que je vous critiquais personnellement.

132

— Ne vous excusez pas. Vous êtes jeune et intelligent et vous êtes habitué à travailler dans un environnement professionnel. C'est pour cette raison que je vous ai embauché et je suis sûr que vous nous aiderez à moderniser nos services. Vous avez déjà fait d'énormes progrès au sein de votre division.

— Je vous remercie.

— Mais revenons-en à ce qui vous amène. Que souhaitez-vous savoir exactement ?

— Vous souvenez-vous des détails de l'enquête ?

— Oh, je m'en souviens très bien. C'est l'affaire la plus frustrante que j'ai jamais eue à traiter. Cette femme s'est tout simplement évaporée.

Son chef lui raconta la recherche du corps et comment la seule preuve dont il disposait avait été le comportement de Wade à l'église et le sang qui maculait ses vêtements.

— Terrell avait disparu depuis le matin, et sa mère nous avait appelés une fois de plus pour nous demander de le rechercher et de le lui ramener.

— Vous n'avez jamais identifié la scène du crime ?

— Non, mais nous avons déterminé avec certitude que le meurtre, si meurtre il y eut, n'avait pas eu lieu chez miss Olenick. Je pense qu'elle est partie en voiture vers la forêt ou le fleuve pour cueillir quelques fleurs destinées à décorer son chapeau avant de se rendre à l'église. Elle a rencontré Wade, ou peut-être l'accompagnait-il déjà dans sa voiture. Il a tenté de la violer, elle s'est débattue, et il l'a tuée.

Cette version des faits n'était pas improbable, mais quelque chose ne collait pas.

— La connaissiez-vous personnellement ? demanda Jack.

Rolly Akers acquiesça.

— Je me suis souvent rendu à son école. C'était une dame très bien, gentille, amicale.

— Etait-elle séduisante ? Les photos sur les journaux de l'époque ne sont pas très nettes.

— Elle était très séduisante.

— Assez pour rendre un homme marié fou d'elle ?

— Oui, dit Akers, alors que son expression changeait subitement. C'était une vraie beauté et elle jouissait d'un incroyable succès auprès des hommes.

Remarquant un changement de ton dans la voix du chef de la police, Jack se demanda s'il n'avait pas été un de ces hommes-là.

— Au moment de sa mort, qui fréquentait-elle ? poursuivit-il.

— D'après ses amis, elle fréquentait un homme marié dont elle était follement amoureuse. Mais si vous voulez mon avis, vous faites fausse route avec Charlie. Je n'ai jamais trouvé le moindre indice laissant à penser qu'il pouvait être son amant.

— Vous êtes donc convaincu que Terrell Wade a tué Eileen Olenick ?

— Oui, je le suis.

Sur ce verdict sans appel, Jack remercia son supérieur pour son aide, et se dirigea vers la porte. Avant qu'il ne l'ait franchie, Rolly Akers l'interpella une dernière fois.

— Est-ce que cela veut dire que vous rouvrez le dossier Olenick ? demanda-t-il.

— Je ne pense pas avoir suffisamment de raisons pour le faire officiellement. A ce stade, je pense que j'essaie surtout de satisfaire ma propre curiosité. Et celle de Lucky. Elle a été très perturbée par le retour de Wade.

— Je veux bien le croire.

— Et puis il y a autre chose, ajouta Jack.

Il raconta la rencontre de Lucky avec Wade dans les marais et ses doutes sur sa culpabilité.

— J'aimerais pouvoir la rassurer sur le bien-fondé de ses actes quand elle était enfant et savoir si oui ou non elle court un danger. En deux mots : je veux connaître la vérité.

— Je comprends, dit Akers, faites ce qui vous semble nécessaire. Mais si vous avez l'intention de fouiller dans le passé de cette ville, il y a quelque chose que vous devez savoir. Allez voir Matt et demandez-lui qu'il vous parle de ses rapports avec Eileen.

Un frisson d'effroi parcourut la nuque de Jack. Son propre beau-père était-il réellement impliqué dans cette affaire ?

— Vous voulez dire que je ne vais pas forcément apprécier ce qu'il me dira ? demanda-t-il.

— C'est possible, mon garçon. La vérité n'est pas toujours bonne à entendre.

Ce jour-là, Lucky avait décidé de passer l'après-midi au bord du fleuve, à nager et à se reposer au soleil.

Elle se décidait à rentrer lorsque Beanie se mit à japper en direction du bungalow. Trop paresseuse pour aller à la rencontre de son maître, la chienne attendait en frétillant, tandis que Jack garait sa voiture sur le chemin de terre. Lorsqu'il descendit à pied jusqu'à l'embarcadère, la chienne se lança sur lui et il se mit à la caresser avec affection.

— Elle est jalouse de l'attention que je te porte, lança Jack à Lucky qui venait à son tour à sa rencontre.

Ils s'enlacèrent tendrement puis allèrent décharger la voiture des courses que Jack avait faites en ville.

A peine eut-elle déposé les sacs de provisions sur la table de la cuisine que Lucky se mit à en faire l'inventaire.

— Avant de commencer à tout dévorer, souviens-toi que nous fêtons notre premier anniversaire de mariage ce soir ! lança Jack. Notre table pour le dîner est réservée pour 19 heures.

— Très Bien. Dans ce cas je vais me changer pour l'occasion, dit Lucky, mettant de côté la glace au chocolat qu'elle avait demandé à Jack de lui rapporter.

— Tu es superbe, s'exclama Jack lorsqu'elle réapparut quelques minutes plus tard, portant l'élégante robe de soie bleue qu'il lui avait achetée et qui mettait en valeur la rondeur naissante de son ventre et la nouvelle opulence de sa poitrine.

Il eut une moue gourmande et ajouta :

— Je ne te connaissais pas toutes ces formes.

Elle rit et lui donna une tape sur la main.

— Tu ferais mieux de te dépêcher de te préparer à ton tour avant que nous ne changions d'avis.

Le restaurant où il l'emmena était magnifique, et Lucky admit qu'elle avait eu tort de proposer qu'ils restent chez eux pour l'occasion. L'ambiance était romantique, la cuisine excellente.

Jack sembla cependant nerveux tout au long du repas. Après le dessert, il sortit un écrin de sa poche. Lucky se rappela alors avoir laissé échappé à dessein son envie d'une paire de boucles d'oreilles, mais à sa grande surprise ce fut un diamant qu'elle découvrit en ouvrant le coffret.

— Je ne me souviens pas du moment précis où je suis tombé amoureux de toi, dit-il, sans lui laisser prononcer un seul mot et en prenant sa main dans la sienne. Mais je me rappelle en revanche le moment précis où je me suis rendu compte que je t'aimais. Tu étais arrivée pour le week-end, et nous avions passé presque toute la nuit à faire ce que nous faisions toujours lorsque nous nous retrouvions ensemble. Le matin suivant, je me suis réveillé avant toi et c'est à cet instant que j'ai compris que je ne désirais rien de plus au monde que d'être auprès de toi chaque matin.

Ignorant l'endroit où il se trouvait, il se leva, fit le tour de la table et s'agenouilla devant elle. Les autres convives se retournèrent pour les regarder, un sourire complice sur les lèvres.

— Oh, Jack. Tu n'es pas obligé…

— Si, j'y suis obligé, avoua-t-il. J'ai tout gâché la première fois en ne t'offrant ni bague ni fiançailles. Mais je te promets que cette fois-ci, et si tu me donnes encore une chance, tout sera différent. Erin Renee Mathison, déclara-t-il solennellement, veux-tu m'épouser ?

Lucky ne pouvait cesser de contempler avec émerveillement l'éclat du bijou qui scintillait au clair de lune.

De son côté, Jack scrutait la voie lactée, l'œil rivé sur l'objectif de la lunette télescopique qu'elle lui avait offerte à son tour et qu'il s'était empressé d'installer sur la terrasse dès leur retour au bungalow.

Après avoir pleinement profité de leurs cadeaux respectifs, ils s'allongèrent côte à côte sur une couverture étendue sur l'herbe encore tiède.

Lucky l'embrassa tendrement sur la joue.

— J'adore ma bague, déclara-t-elle.

— Cela me fait très plaisir, car je dois t'avouer que je craignais que tu ne l'acceptes pas. Mais étant donné que cela fait maintenant deux mois que nous nous fréquentons de nouveau, j'ai pensé que le moment était bien choisi pour sauter le pas.

— Deux mois, cela n'est pas très long.

— Je n'ai jamais prétendu être un homme patient.

— En effet, je ne dirai pas que c'est là ta principale vertu.

— Je suis content que les choses se passent si bien : nous ne nous disputons pas, et tu m'as déclaré que tu étais heureuse.

— C'est exact, mais je crains que ce ne soit que parce que nous avons évité d'aborder les sujets sur lesquels nous nous étions disputés auparavant. Comme le fait que je continue de travailler pour le *Register.* Comme… le bungalow…

— Je suis persuadé que nous allons trouver une solution à tous ces problèmes.

— Encore faudrait-il que nous en parlions.

Le silence de Jack fut éloquent.

— S'il te plaît, le pria Lucky, ne te renferme pas dans ta coquille.

Il s'allongea, plaçant ses mains derrière sa nuque.

— J'ai eu peur d'entamer une véritable discussion, admit-il, car je ne voudrais pas gâcher ce que nous avons créé tous les deux.

— Je sais, et je ne cesse de me répéter que, si nous nous en donnons le temps, les problèmes se résoudront d'eux-mêmes. D'un autre côté, certaines choses, comme la question du bungalow, doivent être réglées au plus vite. Bientôt, il nous faudra un berceau, puis une chambre pour le bébé, et je ne veux pas de querelle à ce sujet.

— Je ne veux pas non plus que nous nous disputions.

— Quand tu as commencé à faire des réparations dans la maison, j'ai pensé que tu t'y plaisais et que tu avais peut-être l'intention d'y rester. Mais je sais maintenant que tu n'hésiterais pas à déménager dès demain si je le suggérais.

Il ne répondit pas, laissant entendre ainsi que Lucky avait vu juste.

— C'est bien ce que je pensais, dit-elle, tu détestes cet endroit !

— Ce n'est pas que je le déteste, Lucky, c'est simplement que je ne pensais pas vivre dans un cabanon une fois marié et sur le point d'être père.

138

— Où pensais-tu vivre, alors ?

— Dans une maison digne de ce nom, suffisamment spacieuse, comprenant une grande chambre pour nous et deux chambres pour les enfants, ainsi qu'une grande pièce à vivre, et même un jardin.

— Une maison de ville, en somme.

— Non, pas forcément. J'aurais volontiers opté pour un terrain près du fleuve, pourvu que la maison soit de bonne qualité, proche de la ville, et sans risques d'inondations. Mais je ne te demande pas forcément de vendre ton bungalow. Nous pourrions le garder pour nos enfants. Je sais que tu y tiens beaucoup, Lucky.

Non, il ne pouvait s'imaginer ce que cette maison représentait vraiment pour elle. Autant qu'elle s'en souvienne, ses premiers souvenirs étaient ici. Elle adorait cette terre. Mais elle aimait encore plus l'homme qui était en face d'elle.

— Très bien, finit-elle par dire, je suis d'accord pour que nous nous mettions en quête d'un nouveau toit. Mais je ne déménagerai que pour une maison au bord du fleuve.

Jack se redressa d'un coup.

— Comment ? demanda-t-il. Ai-je bien compris ce que tu viens de dire ?

— Oui, et je te le répète : trouve-nous une maison. Je suis d'accord pour déménager, si c'est ce que tu souhaites, mais uniquement dans la mesure où je peux conserver cet endroit et y venir de temps à autre.

— Tu ne plaisantes pas ?

— Non, je ne plaisante pas. Tu viens de t'engager vis-à-vis de moi, Jack, et ce diamant en est la preuve. Je pense que c'est le moment que je m'engage aussi.

Jack était si content qu'il ne cessait de parler de la maison. C'était comme s'il se l'imaginait depuis des années, avec son jardin, ses chambres, le grenier aménagé en salle de jeux. Sur un carnet qui ne le quittait pas, il reportait les mesures qu'il prenait, puis se mit aussitôt à dessiner des plans. Après les avoir montrés à Lucky, il décida de prendre contact avec un agent immobilier dès le lundi suivant.

Tout à coup, au comble de cette agitation soudaine, Lucky fondit en larmes.

— Que se passe t-il, ma chérie, demanda Jack en la prenant dans ses bras pour la réconforter. Qu'ai-je dit ? Peut-être trouves-tu que je vais trop vite en besogne ?

— Ce n'est pas seulement ça, dit-elle, ne pouvant cesser de pleurer. C'est le bébé, Jack, il a bougé.

— Que ressens-tu exactement ? l'interrogea Jack en plaçant délicatement sa main sur son ventre.

— C'est comme si des plumes me chatouillaient de l'intérieur. Oh ! Cela recommence !

— Mais pourquoi toutes ces larmes ?

— Je viens seulement de prendre conscience que j'allais vraiment avoir un bébé, voilà tout.

Sur ces mots, Lucky se détacha de leur étreinte, se précipita dans la salle de bains et s'y enferma.

— Lucky, je t'en prie. J'ignore ce que j'ai fait ou dit, mais je suis désolé si mon comportement t'a froissée.

Elle ne répondit pas. Résigné, il leva les bras au ciel et résolut de la laisser seule. Il rejoignit Beanie dans le salon, qui, intriguée par tant de mouvement, fixa Jack comme pour lui demander des explications qu'il n'était pas en mesure de fournir.

Après un certain temps, Lucky se décida enfin à quitter la salle de bains, et alla rejoindre Jack sous les couvertures du canapé. Se tournant vers lui, elle mit son bras autour de son torse. Il l'attira vers lui.

— Ça va mieux ?

— Oui, dit-elle, reniflant. Je suis désolée, j'ai été stupide.

— Ai-je fait quelque chose qui t'a fait pleurer ?

— Non, tu n'as rien fait. Essayons de dormir. Nous sommes tous les deux fatigués.

— J'aimerais mieux que tu me dises ce qui t'a contrariée.

Elle se redressa sur le lit, et Jack s'appuya sur son coude.

— Voilà. Lorsque j'ai découvert que j'étais enceinte, j'ai eu peur que ce bébé sonne le glas de notre mariage. J'étais un peu réticente, car je me suis mise à penser que tu rentrerais à la maison le soir pour voir ton enfant, et non pour moi.

— Tu sais que tout cela est faux.

— Je le sais maintenant. Mais j'avais des doutes à ce moment-là.

— Tu sais, j'avais déjà décidé de revenir m'installer ici, avec ou sans bébé. Une semaine de plus à dormir seul aurait fini de me convaincre.

— C'est vrai ? demanda-t-elle.

— Sans aucun doute. Je n'avais plus d'excuses pour venir te voir à l'improviste. Plus d'objets à récupérer…

Elle s'essuya les yeux et pouffa de rire. Il comprit que la crise était finie.

— Alors dis-moi ce qui t'a fait fondre en larmes ce soir, murmura-t-il.

— Je crois que ces dernières semaines, je n'ai pas voulu me préoccuper de ce bébé. En fait j'avais peur.

— Mais de quoi?

— De nous, de notre situation. J'ai peur de l'échec, des responsabilités qu'implique le rôle de mère. Mais quand je l'ai senti bouger dans mon ventre ce soir, j'ai eu une révélation. J'ai compris que c'était vrai. Ce petit être qui vit en moi est notre enfant, et j'ai enfin pris conscience que je commençais à le désirer vraiment.

— Viens ici, allonge-toi, dit-il.

Il massa son dos pour l'aider à s'endormir dans ses bras.

— Tu sais, je pense que cela doit être normal d'avoir peur. J'ai peur moi aussi. J'y pense même tous les jours. Je me demande si je saurai être un bon père.

— Ah bon ? Et tu ne me trouves pas horrible d'avoir tout d'abord regretté d'être enceinte ?

— Non, pas du tout. Et je pense que tu seras une mère sensationnelle.

— Mmm. Tu arrives toujours à me rassurer, Jack.

Elle glissa langoureusement sa main le long de son torse.

— Je croyais que tu étais fatiguée.

— Oui, j'étais fatiguée. Mais je viens de me dire que le fait d'avoir un homme à mon côté pouvait comporter certains avantages.

9.

Ray appréciait la pension dans laquelle il s'était installé à Potock. La cuisine était bonne, il n'était pas dérangé par les autres locataires, et la propriétaire, prénommée Carla, n'était pas insensible à son charme, ce qui ne lui déplaisait pas.

Il préféra dès son arrivée jouer cartes sur table et lui avouer qu'il avait fait de la prison pour vol. A sa grande surprise, Carla lui fit alors visiter la totalité de son établissement.

— S'il y a quoi que ce soit que vous avez envie de prendre ici, ne vous gênez pas. Ce sera votre cadeau de bienvenue, dit-elle. Mais à partir du moment où vous aurez décidé de vivre ici, je ne tolérerai pas que vous me dérobiez la moindre chose par la suite. Est-ce clair ?

— Oui, madame, c'est très clair.

Il respectait les femmes qui n'avaient pas la langue dans leur poche et emménagea sur-le-champ en se promettant bien d'avoir une conduite irréprochable.

Les commodités offertes par la pension le comblaient en tout point. Son linge de lit était changé régulièrement et il ne se lassait pas de cette bonne odeur de frais qui lui faisait peu à peu oublier celle d'amidon des draps de la prison. Il savourait également à loisir le calme baignant l'établissement, contrastant avec les chuchotements et les innombrables bruits de serrures retentissant sans cesse le long des coursives pénitentiaires.

Seul le travail qu'il avait trouvé à la station de lavage tempérait sensiblement son enthousiasme. Il lui permettait cependant d'occuper ses journées et lui garantissait de bons rapports avec son responsable de conditionnelle.

Si Ray s'était fait à l'idée de mener enfin une vie normale, quelque chose cependant le préoccupait. Comment allait-il annoncer à son fils qu'il était sorti de prison et qu'il s'était installé dans sa ville ? Les rapports tumultueux qu'ils avaient entretenus par le passé ne lui laissaient rien présager de bon.

Le dimanche après-midi, le clan Mathison s'était réuni dans le jardin des parents de Lucky.

Pendant que Lucky, Leigh et Shannon se détendaient dans les transats, les hommes couraient après un ballon de basket-ball et les enfants jouaient à la poupée non loin de là. Cal était venu avec une petite amie, que Leigh avait rapidement baptisée « la belle enfant » du fait de son air juvénile. Mais elle avait pris congé, car elle travaillait le dimanche, et les trois sœurs se retrouvaient enfin seules.

La bague de fiançailles de Lucky avait fait l'unanimité parmi les membres de la famille, à l'exception de Leigh.

— Voyons, que signifie cette bague exactement ? lança-t-elle. Ton cow-boy a-t-il l'intention de rester, cette fois-ci ?

— Leigh, pour l'amour du ciel ! rétorqua Shannon sur le ton de la réprimande.

— Ce n'est rien, Shannon, intervint Lucky. Eh bien tu as raison, Leigh, Jack a la ferme intention de rester, et c'est aussi ce que je souhaite. Et pour ta gouverne, sache que Jack n'est pas un cow-boy. Il est né à Biloxi, dans le Mississippi.

144

Loin de calmer la rancœur de sa sœur, cette dernière remarque ne fit que l'attiser davantage.

— Tu es mariée à cet homme depuis plus d'un an, continua Leigh sur le même ton, et tu viens juste de découvrir qu'il était né dans l'État voisin du nôtre. Ne trouves-tu pas cela un peu bizarre ?

— Non, pas du tout, répondit Lucky. La mort de ses parents a été une expérience traumatisante, et il n'aime pas parler de son passé.

— Mais… Lucky.

— Je t'en prie, Leigh. Tu es ma sœur et je t'aime beaucoup, mais tu devrais parfois t'abstenir de franchir certaines limites.

— Allez, calmez-vous, déclara Shannon, mettant ainsi un point final à la conversation.

Leigh se mit à bouder en silence, fixant sa tasse de thé et ignorant à dessein le ballet incessant des joueurs de basket.

Emportés par leur entrain, ceux-ci ne mirent pas longtemps à quitter leur chemise, exhibant à leurs admiratrices du jour leur peau ruisselante et le subtil mécanisme de leurs muscles.

Shannon fit un signe de tête en direction de Jack.

— Lucky, dit-elle à l'adresse de sa sœur, il faudrait que tu emmènes ton homme au soleil, il est blanc comme un cachet d'aspirine.

— Je vais l'emmener à la pêche bientôt, et j'espère qu'il en profitera pour bronzer un peu, dit Lucky.

— Il a un corps d'athlète, en tout cas.

Leigh dut en convenir.

— Il faut admettre qu'il est doté d'une musculature parfaite, dit-elle.

— Et je parierais que le reste de son anatomie n'est pas mal non plus, ajouta Shannon, s'esclaffant.

Les trois sœurs, réconciliées, partirent d'un fou rire inextinguible.

— Je me demande bien ce qui les fait rire de la sorte, dit Bill à ses camarades de jeu. En tout cas, elles ne s'ennuient pas sans nous.

Jack remit la balle en jeu et fit une passe à Cal.

— Peut-être parlent-elles de leurs grossesses respectives, suggéra Jack tout en remettant la balle en jeu depuis la ligne de touche.

— Je pencherais plutôt pour le shopping ou la mode, intervint Cal.

— Mes garçons, les coupa le père de Lucky avec un sourire moqueur, vous avez encore beaucoup de choses à apprendre sur les femmes.

Une demi-heure et trois matches plus tard, Matt jeta l'éponge, invoquant son grand âge et la soif qui le tenaillait.

— Je crois que je vais également faire une pause, dit Jack, laissant Cal et Bill disputer seuls la partie suivante.

Il remit sa chemise et suivit son beau-père dans la cuisine.

— Voulez-vous de l'eau ou du thé ? demanda Matt, remplissant deux verres de glaçons.

— Je prendrai de l'eau, s'il vous plaît, dit Jack, essuyant la sueur qui perlait sur son front et sa nuque avec le bas de sa manche.

Après avoir bu quelques gorgées rafraîchissantes, Jack se racla la gorge, appréhendant la discussion qu'il voulait à présent engager avec son beau-père.

— Matt, il faudrait que je vous parle de quelque chose en tête à tête, dit-il. Peut-on utiliser votre bureau afin de ne pas risquer d'être interrompus ?

— Quelque chose ne va pas avec Lucky ou le bébé ? demanda Matt, soudain inquiet.

— Non, il ne s'agit pas de cela, mais d'une affaire sur laquelle j'enquête.

— Dans ce cas, suivez-moi.

Une fois les portes de son bureau fermées, Matt s'assit dans son fauteuil préféré, laissant à Jack le soin de prendre une chaise en face de lui.

— Je ne fais plus de journalisme d'investigation, dit-il en préambule, mais si vous avez besoin d'aide sur des recherches, peut-être Leigh serait-elle à même de…

— Non, je ne pense pas, l'interrompit Jack. Ce que j'ai à vous dire ne concerne que vous, et je vous donne ma parole que cela ne sortira pas de ces murs. Mais allons droit au but : aviez-vous une liaison avec Eileen Olenick au moment de sa disparition ?

Matt posa son verre. Malgré son visage qu'il s'efforçait de garder impassible, il était clair que Jack avait touché juste.

— Mais quel rapport cette question pourrait-elle avoir avec votre enquête ? demanda-t-il.

— D'après mes hypothèses, il se pourrait que Charlie Bagwell ait quelque chose à voir avec la mort de miss Olenick. Cependant, d'après Rolly Akers, vous êtes bien placé pour savoir que Charlie n'était pas son amant.

Matt toussa.

— Ce vieux Rolly, c'est lui qui est bien mal placé pour accuser les autres.

— Rolly et miss Olenick ont-ils été amants ? demanda Jack, stupéfait.

— Je ne pense pas qu'ils aient été réellement amants, mais ils étaient très proches.

Cette histoire se compliquait de plus en plus, et Jack commençait à douter de pouvoir un jour en démêler les fils.

— Mais qu'en était-il de vous ? lui demanda Jack une seconde fois.

Matt se leva et se dirigea vers la fenêtre donnant sur le jardin.

Après quelques instants de silence, il se retourna vers Jack.

— Vous savez, même les hommes intelligents font parfois des choses stupides, déclara-t-il. Mais je vous parle de mes regrets, alors que vous n'avez pas encore vécu assez longtemps pour en avoir.

— Veuillez me croire, Matt, rétorqua Jack, j'en ai déjà eu ma part.

— Mon plus grand regret, reprit Matt, a fait irruption dans la salle de rédaction du *Register* en la personne d'Eileen Olenick, il y a vingt et un ans, pour me demander d'écrire un éditorial sur l'importance de l'art à l'école. J'avais cinquante ans et quatre enfants, et cette merveilleuse jeune femme semblait croire que je pouvais lui décrocher la lune. Flatté par cette attention et ses avances de plus en plus appuyées, je n'ai pu résister et je suis devenu son amant.

— Combien de temps votre liaison a-t-elle duré ?

— Ce ne fut qu'une passade, car il ne m'a pas fallu longtemps pour prendre conscience que ce que j'avais à la maison valait plus que les quelques heures de plaisir qu'Eileen pouvait me donner... Pourtant le mal était fait.

— Ruth ne s'est jamais doutée de rien ?

— Non, et elle ne le supporterait pas si elle l'apprenait un jour.

— Elle ne l'apprendra pas par moi, je vous le promets.

— Je vous en remercie. Je ne voudrais pas qu'elle soit blessée, alors que cette aventure a eu si peu d'importance.

Jack acquiesça. Le respect qu'il éprouvait pour Matt effaça en un instant le choc que venait de lui causer la révélation de cet écart de conduite. Il ne doutait pas non plus un instant de la peine qu'il infligerait également à Lucky.

— Pensez-vous que Charlie Bagwell aurait aussi pu compter dans la vie d'Eileen ? demanda-t-il.

— Non, pas que je sache. Je ne l'ai jamais entendue mentionner son nom, et si j'ai vite compris qu'il y avait d'autres hommes dans sa vie, je serais très étonné d'apprendre qu'il en ait fait partie. Par contre, je n'en dirais pas autant de Paul Hightower.

— Hightower ? répéta Jack tout en se concentrant pour mettre un visage sur ce nom. Je me rappelle l'avoir interrogé sur une affaire de trafic d'objets indiens. Il est garde forestier pour les parcs nationaux, n'est-ce pas ?

— Oui, il est effectivement responsable des parcs au niveau fédéral dans cette région depuis de nombreuses années.

— Et connaissait-il Charlie Bagwell, par hasard ?

— Bien sûr. Paul décide des budgets d'entretien des forêts, et il avait confié plusieurs contrats à Charlie.

Ainsi Hightower connaissait miss Olenick et Charlie Bagwell. De plus, il était responsable de la forêt dans laquelle avaient été effectuées les fouilles illégales sur lesquelles il enquêtait.

Les pièces du puzzle s'accumulaient, mais Jack avait encore du mal à comprendre comment les assembler.

— Avez-vous couvert par le passé une affaire de trafic d'objets ethniques ? demanda-t-il.

— Oui, ce fut le cas en effet. D'après les éléments dont je disposais, j'avais conclu qu'il existait un marché noir très actif et impliquant de grosses sommes d'argent.

— Est-il par exemple possible de gagner cent mille dollars par an en pratiquant ce genre de commerce illicite ?

— Je ne pense pas que cela soit possible dans la région, à moins d'avoir découvert un site important qui ne soit pas encore protégé.

Matt précisa par la suite qu'il avait conservé tous ses articles et proposa à Jack de les consulter.

— Cela me serait très utile, Matt.

— Mais quel est donc le rapport entre cette affaire et les questions que vous m'avez posées sur Charlie et Eileen ? La mort de Charlie est-elle liée à tout cela ?

— Avant de vous répondre, dit Jack, je souhaiterais que vous me garantissiez à votre tour que ce que je vais vous dire ne sortira pas de cette pièce.

— Mon garçon, je viens d'avouer le plus grand secret de ma vie, alors je pense que vous pouvez me croire si je vous promets d'être discret sur ce que vous allez m'apprendre. Mais si vous avez un quelconque doute…

— Au contraire, Matt, vous pourriez m'être très utile en me donnant votre opinion sur la vraisemblance de ma théorie.

Il décrivit à Matt les incohérences qu'il avait relevées dans l'accident de Bagwell, l'importance de ses économies ainsi que le cambriolage de sa remise.

— Croyez-vous que Charlie a été assassiné ? demanda aussitôt Matt.

— Je n'ai pas de preuves suffisantes pour l'affirmer, répondit Jack.

— Et que vous dicte votre instinct ?

— Mon instinct me dit que quelqu'un a dû l'aider à gravir cette pente jusqu'au ballast. Mais je n'arrive pas à comprendre à qui sa mort pouvait profiter, ni s'il existe un rapport avec l'affaire Olenick. En réalité, plus mon enquête progresse et plus je me pose de questions.

— J'ai en ma possession des photos de l'époque de la disparition d'Eileen que je peux vous montrer. Elles sont un peu jaunies, après toutes ces années, mais nous avons gardé les négatifs. Leigh a demandé à Lucky de faire un ou deux retirages pour cet article qu'elle a écrit au printemps dernier, lorsque Terrell Wade a été transféré à *Horizon House*.

— Cela m'aiderait vraiment, lui avoua Jack, car selon Rolly Akers, les dossiers de la police contenant les pièces à conviction de l'affaire ont été égarés.

— Je serais prêt à parier qu'il a participé à ce « coup de balai », dit Matt.

— Je ne l'exclus pas non plus.

— Je vais faire un saut au journal pour rechercher les éléments dont je vous ai parlé, déclara Matt après avoir consulté sa montre. Je serai de retour dans une demi-heure.

— Voulez-vous que je vous accompagne ? proposa Jack.

— Non, cela éveillerait des soupçons. Restez ici, et si mes filles vous questionnent, dites-leur que je suis sorti acheter du tabac pour ma pipe.

— En attendant, connaissez-vous un spécialiste en art indien ? Je ferais mieux d'étudier le sujet le plus rapidement possible.

— Essayez l'Université de Tuscaloosa. Je suis sûr que vous trouverez votre bonheur là-bas. Mais localement, il y a quelqu'un qui en sait autant, voire plus, que les universitaires.

— Ah bon ? Et qui est-ce ?

— Vous vivez avec elle, lui lança Matt.

— Tu t'en sortirais bien mieux avec un vers pour appâter, dit Lucky, amusée.

Jack, assis sur l'autre bord de la barque, tentait sans succès d'enfiler un morceau de poulet cru sur son hameçon.

— Je vais me contenter de cela, merci, marmonna-t-il, son embarras se lisant sur son visage crispé.

— Je n'arrive pas à croire que tu ne sois jamais allé à la pêche, déclara Lucky tout en lançant sa ligne. Ton père ne t'y a jamais emmené ?

— Non, il était trop occupé.

— Comme c'est triste. Tous les enfants devraient apprendre à pêcher une fois dans leur vie. Je trouve que cela fait partie des vrais plaisirs de la vie.

— C'est ce que je vois, dit-il d'un air sarcastique.

Lucky soupira. Cette excursion avait été un fiasco et Jack détestait la pêche presque autant qu'elle avait détesté la leçon de golf qu'il avait tenté de lui donner.

Elle eut soudain le sentiment que tout les opposait : elle était du matin, alors qu'il tenait davantage de l'oiseau de nuit ; elle aimait les vêtements amples et la vie à la campagne, alors que les costumes étaient pour lui comme une seconde peau et qu'il n'aurait pu concevoir une journée de travail sans passer à son bureau en ville.

Une heure plus tard, Jack sembla à bout de nerfs, ne tenant plus en place et soupirant comme une âme en peine. Lorsqu'il planta l'hameçon dans son doigt pour la troisième fois, Lucky comprit que le moment était venu d'abandonner la pêche.

Elle passa sa main dans son dos et s'étira.

— Je crois que je vais arrêter pour aujourd'hui, dit-elle. Qu'en penses-tu ?

— Cela me paraît une très bonne idée, répondit-il en ramenant sa ligne en hâte.

— Mais avant de retourner à la maison, je voudrais te montrer quelque chose, lui dit-elle en démontant sa canne.

Elle fit démarrer le moteur et la barque partit à vive allure vers l'aval du fleuve.

Son delta n'était qu'à quelques miles nautiques, mais Lucky doutait que Jack ait jamais vu l'endroit où le Mulberry, affluent de la Black Warrior River, se jetait dans le fleuve.

Lorsqu'ils arrivèrent à destination, elle ralentit, se rapprocha de la berge et coupa les gaz.

— Alors, demanda-t-elle, que penses-tu de mon fleuve ? N'est-il pas merveilleux ?

Jack ne répondit pas et la laissa lui narrer l'histoire de cette langue d'eau qui tirait son nom d'un valeureux guerrier indien.

Tout à coup, son intérêt sembla s'être ravivé.

— Trouve-t-on des traces du passage des Indiens par ici ? demanda-t-il.

— Oui, elles sont nombreuses, qu'il s'agisse de pointes de silex, de haches ou de pierres à concasser. J'ai fait énormément de découvertes ici, au fil des années, et il arrive que les gens m'appellent pour que je leur donne un avis sur des objets ramassés sur leurs terres, car je commence à bien connaître la question.

— Et que fais-tu de tes trouvailles ?

— Je les confie en général au musée de l'université, du moins si elles sont de quelque valeur.

— As-tu déjà pensé à les vendre ? continua Jack.

— Jamais, répondit-elle avec une pointe de dégoût. Je trouverais cela tout à fait amoral.

— As-tu des livres sur le sujet ?

— Tu veux en savoir plus ? demanda Lucky, soudain ravie.

Elle lui expliqua alors qu'elle possédait de nombreux ouvrages, des photographies et des articles traitant de l'histoire de leur région, et lui promit de les chercher dès leur retour au bungalow.

— Je me réjouis que nous ayons enfin quelque chose en commun, s'exclama-t-elle en arborant un large sourire. Je commençais à croire que nous n'étions pas du tout faits l'un pour l'autre.

Mais Jack était loin de partager son enthousiasme, et quelques instants passèrent avant qu'il ne se décide à avouer la vérité. L'intérêt personnel n'était pas la raison pour laquelle il l'avait questionnée. Il avait besoin d'informations pour une affaire de vol sur laquelle enquêtait Deaton.

— J'aurais dû te dire cela tout de suite, s'excusa-t-il. Je suis désolé.

— Non, c'est ma faute, rétorqua Lucky. Je n'aurais pas dû tirer de conclusions si hâtives.

Un sourire réapparut soudain sur son visage.

— Mais qui sait, se prit-elle à espérer tout haut, peut-être cette fois-ci vais-je arriver à te faire partager l'une de mes passions ?

— Qui sait ? répéta Jack, mi-moqueur, mi-sceptique, alors que la barque amorçait le virage qui allait les ramener au bungalow.

Jack dut en effet admettre que ce que Lucky lui dévoila ce soir-là l'intéressa au plus haut point.

— Et voici des exemples de découvertes faites récemment, dit-elle, se penchant pour lui montrer une photographie.

Mais Jack parvenait difficilement à se concentrer sur le livre posé devant lui, son attention davantage attirée par le décolleté et le petit déshabillé court que portait son professeur improvisé.

Repoussant sa chaise, il s'approcha doucement d'elle et la saisit délicatement par la taille. Loin de s'en offusquer, Lucky pivota sur elle-même et le prit par le cou. Leurs bouches se rapprochèrent lentement, comme pour figer dans l'éternité ce moment de total abandon, puis se mêlèrent dans un baiser langoureux. Lucky noua ses jambes autour de ses hanches, les mains jointes derrière sa nuque, et laissa Jack imprimer de son corps puissant le rythme de leur étreinte. Ne faisant plus qu'un, gémissant d'un même souffle au gré de leur plaisir, ils ne purent très longtemps conserver cette posture et s'allongèrent bientôt sur le bureau encore encombré des ouvrages spécialisés. Incapables de résister davantage, ils se laissèrent porter au sommet de la vague qui s'abattit en eux dans un cri d'extase.

Après cet interlude imprévu, ils remirent un peu d'ordre dans les documents de Lucky et reprirent leur étude, un sourire aux lèvres.

— Mais dis-moi, s'interrompit-elle soudain, pourquoi enquêtes-tu sur cette affaire si c'est Deaton qui en est chargé ?

— En fait, ce n'est pas vraiment lui qui s'en occupe, mais plutôt le conservateur du musée des arts indiens. Nous ne faisons que l'assister.

— Quoi qu'il en soit, Deaton devrait parler à Hightower, le responsable des gardes forestiers, suggéra Lucky. Si des chercheurs ont effectué des fouilles illégales, il doit forcément en avoir eu vent.

— Deaton a déjà vu Hightower, et selon lui, il n'est au courant de rien. Connais-tu Hightower ? demanda-t-il.

— En fait, je ne savais pas qui il était jusqu'à ce que Shannon me le montre à l'enterrement de Bagwell. Mais penses-tu vraiment que Charlie pourrait avoir un rapport avec ces vols ? Cachait-il des objets d'art indien dans sa remise ?

Jack avait déjà échafaudé cette hypothèse, mais n'avait aucune preuve formelle pour l'étayer.

— Je ne le sais pas, avoua-t-il donc, mais c'est une possibilité.

— Et si M. Bagwell s'adonnait vraiment au trafic d'art indien et effectuait des fouilles dans les parcs nationaux, peut-être Hightower était-il dans le coup. Peut-être ont-ils eu une dispute, ce qui expliquerait la conversation véhémente que Bagwell a eue au téléphone et que Carolyn a entendue à son insu. Hightower, fou de rage, serait allé jusqu'à pousser Bagwell sous un train...

— Ta théorie est fort intéressante, déclara Jack. Malheureusement, Hightower rendait visite à sa mère à Atlanta en compagnie de sa femme au moment de la mort de Bagwell, et au moins quinze personnes dans la maison de retraite, ainsi qu'à leur hôtel, sont prêtes à en témoigner. Il ne peut donc pas être notre assassin.

— Moi qui croyais avoir résolu l'affaire, dit Lucky, déçue. Mais tu penses quand même que Bagwell a été assassiné, n'est-ce pas ?

— Oui, j'en suis quasiment certain, répondit Jack.

— Est-ce pour cela que tu m'as posé toutes ces questions sur la pente à gravir jusqu'à la voie de chemin de fer, et que tu t'es acharné sur mon rôti l'autre soir avec le pistolet d'autodéfense ? Crois-tu que ce genre d'arme a été utilisé contre la victime ?

— C'est ce que j'essaye de vérifier, dit laconiquement Jack.

En effet, frustré par les retards pris par l'équipe de médecins légistes, il s'était procuré lui-même plusieurs pistolets de ce type afin d'étudier la taille des marques qu'ils laissaient sur la peau en fonction de l'écartement de leurs électrodes. Le rôti de l'autre soir avait été un cobaye parfait.

— Alors quel est le lien avec la mort de miss Eileen ? demanda encore Lucky. Etait-elle la maîtresse de Bagwell ?

— Je ne le pense pas, se contenta-t-il de répondre.

— Mais dans ce cas, qui donc était sa maîtresse ? Et quelle est cette mystérieuse boîte que mon père t'a donnée ?

Jack avait en effet emporté après le déjeuner de famille un carton renfermant les archives de son beau-père, ce qui n'avait pas échappé à Lucky.

— Elle contient des articles que ton père a écrits sur l'affaire Olenick et sur les vols. J'ai pensé qu'il pouvait m'être utile de les consulter.

— Donc, si M. Bagwell n'a pas eu de liaison avec miss Eileen, penses-tu que Terrell était son assassin ? Souviens-toi que sa tante, Leona Harrison, a toujours défendu la thèse selon laquelle Terrell avait seulement été témoin de ce meurtre, et qu'il ne l'avait pas commis.

— L'enquête va probablement davantage s'orienter vers la version préférée de la majorité des habitants de la ville. Celle selon laquelle Terrell aurait rencontré Eileen dans les bois ce matin-là, alors qu'elle cherchait des fleurs pour décorer son chapeau, qu'il se serait un peu trop approché d'elle et l'aurait tuée, soit volontairement, soit accidentellement.

— Mais c'est impossible ! Elle avait déjà décoré son chapeau lorsqu'elle a vu Terrell. A l'église, le dimanche précédent, elle y avait mis des pétroglyphes. Mais le dimanche de sa disparition, elle l'avait orné de dentelles, de clochettes et de rubans blancs. Je me souviens de la photographie sur le journal, le jour où la police a interrogé Terrell. Je me suis même demandé pourquoi elle avait choisi un thème nuptial.

— Qu'est-ce qu'un pétroglyphe ?

— Une gravure indienne. Il y en a sur les parois des grottes et des cavernes. J'en ai déjà vu sur la colline, de l'autre côté du fleuve.

Ces symboles les ramenaient donc encore aux Indiens. Jack fronça le front, se demandant s'il s'agissait d'un autre morceau du puzzle ou bien d'une simple coïncidence. Une disparition qui avait eu lieu il y a vingt et un ans pouvait-elle

157

réellement avoir un quelconque rapport avec les événements des deux derniers mois ?

— Ce détail est-il si important ? demanda Lucky.

— Je ne sais pas, dit Jack, et de toutes façons, je ne t'en dirai pas davantage. Mais si ce Terrell a vraiment tué Eileen Olenick, alors il est dangereux et tu dois t'en méfier et ne l'approcher sous aucun prétexte.

— Oui, mais s'il ne l'a pas assassinée ? insista-t-elle.

— S'il n'a pas commis ce meurtre, le véritable assassin est toujours en liberté.

10.

Les chaudes journées de l'été touchaient à leur fin, et les arbres bordant le fleuve commençaient à se parer des reflets rouges et ambrés de l'automne. De temps en temps, Lucky s'enquérait auprès de Jack de l'état d'avancement de l'affaire Bagwell. Mais il restait de marbre, ne lui révélant à contrecœur que des détails sans importance. Il lui annonça seulement qu'officiellement, l'affaire était classée.

Elle espérait cependant qu'officieusement, il poursuivait ses recherches, car son esprit curieux ne pouvait se satisfaire d'un tel manque de persévérance. Ne cessant de retourner le problème dans tous les sens, étudiant chaque hypothèse, elle se surprit même à porter un regard suspicieux sur son entourage.

Si Terrell Wade n'était pas le coupable, qui avait donc un mobile suffisant pour assassiner miss Eileen ? Ce gentil M. Turner du drugstore ? Le vendeur de l'étal de primeurs qui lui réservait toujours les plus belles tomates ?

Mais autre chose la tracassait. Elle avait depuis peu de temps la nette impression d'être observée, voire suivie. Et cette désagréable sensation ne fit que s'accentuer lorsqu'un après-midi, faisant ses courses, elle crut distinguer le reflet d'un visage dans une vitrine. A peine eut-elle le temps de se

159

retourner que la silhouette avait disparu. Tentant de se raisonner, elle résolut de chasser cette idée de ses pensées.

Puis, une nuit où Jack et elle paressaient sous le porche du bungalow, elle sentit tout à coup une sorte de picotement sur la nuque, qui la fit frissonner. Elle se leva alors d'un bond, fit glisser la porte coulissante du côté de l'allée et tenta de scruter la nuit noire en direction de la forêt, persuadée qu'elle allait apercevoir quelqu'un.

— Qu'y a-t-il ? lui demanda Jack.

Après qu'elle lui eut expliqué la raison de son agitation, il s'empara d'une lampe torche et alla faire une ronde autour de la maison accompagné par Beanie, mais sans résultat. Quelques minutes plus tard, elle crut entendre un moteur de voiture au loin, mais plus elle se concentrait, plus elle se persuadait d'avoir encore rêvé.

— Je crois que je suis en train de me faire peur toute seule, dit-elle, comme pour s'excuser. Depuis que tu m'as déclaré que le tueur de miss Eileen pouvait encore se trouver dans les parages, l'idée m'est venue que c'était peut-être quelqu'un que je croise tous les jours dans la rue. J'en viens même parfois à soupçonner certains de mes collègues au *Register*.

— Bon sang ! s'écria Jack. Cela m'apprendra à te parler de mes affaires. Ton imagination travaille tellement vite.

Bien qu'il tente par tous les moyens de la rassurer, ce malaise ne la quittait pas. Pour la première fois, elle commençait même à regretter l'isolement du bungalow. Elle décida de verrouiller la porte dès qu'elle arrivait, chose qu'elle ne faisait jamais auparavant. A son bureau, alors qu'elle sursautait pour la énième fois lorsqu'un des employés lui adressa la parole, Cal lui en fit la remarque.

— Mais que t'arrive-t-il donc ? Tu as l'air tendue ces derniers temps.

— Non, Cal, tout va bien, rétorqua-t-elle. Tu as besoin de quelque chose ?

— Je venais juste voir comment cela se passait avec l'intérimaire.

— Ah, eh bien, il tombe à pic pour m'aider.

Leigh avait embauché quelqu'un pour assister la production et la photographie. Son choix se révéla judicieux pour Lucky car le nouveau venu était encore étudiant et préférait travailler la nuit pour suivre ses cours le matin à l'université voisine de *Birmingham Southern*.

— Leigh avait peur que tu ne sois pas d'accord avec cette nouvelle organisation.

— Au contraire, je suis ravie de pouvoir rentrer chez moi à une heure raisonnable. De toutes façons, je suis trop fatiguée ces jours-ci pour n'être pas d'accord avec qui que ce soit.

Elle avait entamé son septième mois de grossesse, et avait pris près de dix-sept kilos, ce qui lui causait des douleurs de dos constantes.

— Leigh m'a fait dire qu'elle te cherchait, ajouta Cal.

— Mais je n'ai pas bougé d'ici de toute la matinée. A-t-elle dit ce qu'elle voulait ?

— Je ne lui ai pas demandé. Et comment va votre recherche immobilière ?

— Ce genre de chose prend du temps, tu sais.

Lucky lui raconta que les visites étaient devenues leur seule activité du dimanche après-midi depuis des semaines, mais qu'elle n'avait pas encore eu de coup de cœur.

— Jack ne m'a pas encore fait de commentaires, mais je crois qu'il pense que je n'y mets pas assez de conviction.

— Et est-ce le cas ?

— Non, je fais des efforts. Je veux désespérément une maison et je désire par-dessus tout le rendre heureux. Mais

161

c'est une décision que je ne veux pas prendre à la légère. T'a-t-il dit quelque chose ?

— Je ne l'ai quasiment pas vu récemment. Il a tellement de travail. Nous avons fait un neuf trous rapide au golf la semaine dernière pendant sa journée de congé. Cela me manque qu'il ne vienne plus à la maison regarder le base-ball.

— Il est vraiment débordé ces derniers temps, à tel point qu'il travaille même à la maison le week-end.

— Peut-être devriez-vous faire construire, suggéra Cal, acheter un terrain et faire faire des plans à un architecte. Bien sûr, les délais sont parfois assez longs, mais vous seriez au moins sûrs du résultat.

— Ce n'est pas une mauvaise idée, grand frère, je lui en parlerai. Mais quoi qu'il en soit, je ne me sens pas capable de déménager avant la naissance du bébé. Je peux à peine me déplacer, et j'ai encore huit semaines à attendre.

Elle mit sa main sur ses reins et se redressa en grimaçant.

— Ton dos te fait encore mal ? demanda Cal.

— Oui, un peu, répondit Lucky. Cela va mieux les jours où je fais une promenade en milieu de matinée. Malheureusement, je n'ai pas eu le temps aujourd'hui.

Cal sourit.

— Jack est vraiment très content que la date de l'accouchement approche. Lors de notre dernière partie de golf, il ne m'a parlé que de cela.

— Tu ne m'apprends rien. Il rend mon obstétricien fou à force de le harceler de questions, à tel point que j'ai dû lui interdire de m'accompagner lors des visites.

— Préférerais-tu qu'il se désintéresse totalement de ton état ?

— Bien sûr que non, mais je trouve qu'il dépasse parfois les bornes. J'ai régulièrement l'impression d'être en garde à vue : il m'empêche de manger des bonbons, malgré l'avis favorable du médecin ; il m'observe quand je fais mes exercices, pour s'assurer que je fais des progrès. T'a-t-il dit qu'il avait déjà fait l'acquisition d'une caméra ultrasophistiquée pour filmer l'accouchement ?

— Je crois bien l'avoir entendu près de cent cinquante fois, répondit Cal.

— C'est pourtant la dernière chose que je désire. Il a déjà montré la photo de ma dernière échographie à toute la ville. Tu peux donc imaginer ce qu'il serait capable de faire avec une vidéo.

Cal ne put retenir son fou rire plus longtemps.

Le laissant reprendre son souffle, Lucky s'étira, son visage trahissant sa fatigue.

— Et que penserais-tu d'une petite sortie ? lui proposa Cal, une fois qu'il eut recouvré son calme. Nous pourrions marcher jusque chez Turner et boire une limonade.

— Fantastique, s'écria-t-elle. Et j'en profiterai pour passer chez le teinturier.

Elle découpa les négatifs sur lesquels le nouvel assistant devait travailler ce soir-là, et lança nonchalamment la bride de son appareil photo sur son épaule.

— As-tu vraiment besoin de ça ? lui demanda Cal.

— Oui, il ne me quitte jamais.

Lucky avait toujours connu le drugstore Turner à cet angle de rue, et il n'avait quasiment pas changé depuis son enfance.

Cal commanda deux limonades, une part de tarte aux noix de pécan à partager avec Lucky et une autre à emporter pour Leigh qui n'avait pu se joindre à eux.

Après avoir été servis, ils se trouvèrent une table dans une alcôve près de la fenêtre.

— Ne t'avise pas de raconter à Jack que j'ai mangé cela, menaça Lucky en plantant de bon cœur sa fourchette à dessert dans le gâteau.

— Je devrais également faire attention à mes pratiques alimentaires si je ne veux pas que ma taille ressemble bientôt à la tienne, plaisanta Cal à son tour.

Ils passèrent ainsi un agréable moment à se détendre et à revivre ensemble les souvenirs qui liaient leur adolescence à ce drugstore.

Jusqu'à ce que Lucky, regardant machinalement les passants déambuler dans la rue, remarque un homme qu'elle avait aperçu un peu plus tôt alors qu'ils sortaient du *Register*. Vêtu d'une chemise à carreaux épaisse, il se tenait maintenant sur le trottoir leur faisant face, fumant nonchalamment une cigarette. Par réflexe, elle se saisit de son appareil photo et l'étudia à travers l'objectif. Afin d'atténuer le reflet de la vitre qui les séparait, elle se déplaça lentement vers l'ombre d'un pilier et prit quelques clichés de l'inconnu.

— Mais qu'es-tu donc en train de faire ? demanda Cal.

— Rien, je m'amuse, dit-elle, se rasseyant et reposant son appareil photo.

— Apparemment, il ne se passe pas trente minutes sans que tes réflexes professionnels reprennent le dessus. Penses-tu que tu reviendras travailler au journal aussitôt après la naissance du bébé ?

— C'est bien mon intention.

— Je n'en doute pas, mais je sais aussi que Jack essaie de te convaincre de créer ton propre studio de photographie, afin que tes conditions de travail ne soient plus aussi difficiles.

— En fait, il ne m'en a reparlé qu'une seule fois depuis qu'il est revenu s'installer au bungalow. Je fais tout pour le rassurer et ne plus m'attirer d'ennuis. Cela fait d'ailleurs des mois que je ne suis pas tombée sur un cadavre, déclara-t-elle avec une pointe de malice.

— Vraiment ? Que dire alors de ton expérience d'il y a quelques semaines dans cette épicerie de quartier ?

— J'y étais juste entrée pour acheter un paquet de chewing-gums, se défendit-elle.

— Oui, mais tu t'es quand même retrouvée en plein milieu d'un hold-up !

— Dont j'ai réussi à photographier l'auteur ! s'exclama Lucky, triomphante. C'est bien pour cela que je ne vais nulle part sans ma chère petite boîte magique, dit-elle en tapotant son appareil photo.

Lançant de nouveau un regard en direction de la rue, elle s'aperçut que l'homme qui semblait l'avoir suivie était parti, et ne put réprimer un soupir de soulagement.

— Je t'assure que je n'ai couru aucun danger, renchérit-elle. Le malfaiteur n'avait qu'un canif, et il ne pesait pas plus de soixante kilos. Il a eu une peur bleue et, après m'être lancée à sa poursuite, je l'ai trouvé étendu sur la chaussée, évanoui. Pris de panique, il a dû glisser et se cogner la tête en tombant.

— Mais il aurait pu tout aussi bien être violent, faire deux cents kilos, avoir une arme et te tirer dessus. Y as-tu déjà songé ?

— J'ai l'impression d'entendre Jack. Il s'imagine que si j'avais mon studio, je ne courrais aucun risque.

— Je trouve que l'idée n'est pas mauvaise, pour ta propre sécurité, mais également d'un point de vue financier. Il n'y a pas de studio de photo en ville et tu pourrais certainement bien gagner ta vie.

— En faisant des portraits de nouveau-nés toute la journée. Non, merci. Je n'aime rien de plus que le terrain, être là où l'événement se crée. Sans compter que le *Register* a besoin de moi, non ?

— Bien sûr, nous avons besoin de toi. Mais j'ai eu une idée que j'aimerais te soumettre et qui, à mon avis, mettrait tout le monde d'accord.

Cal lui expliqua son projet qui consistait à réhabiliter le dernier étage du *Register* pour le convertir en studio photo et à agrandir la chambre noire pour améliorer le traitement de la couleur. Lucky en serait responsable.

— Tu pourrais recruter un ou deux photographes qui seraient chargés des portraits, si cela ne t'intéresse pas suffisamment, et tu pourrais conserver une partie de ton activité actuelle pour le journal, expliqua-t-il.

— Je ne vois pas clairement les avantages de ton projet, objecta Lucky.

— Tu aurais un ou deux assistants travaillant sous tes ordres et tu éviterais ainsi d'avoir encore à courir après les ambulances et les camions de pompiers. Je suis persuadé que tu peux rester une photographe de talent sans risquer de te blesser chaque jour.

— Tu as vraiment tout prévu, déclara Lucky, à court d'arguments.

— Je travaille sur ce projet depuis que tu m'as annoncé que tu étais enceinte, avoua Cal.

Ayant terminé leur collation, ils continuèrent à discuter du projet de Cal en traversant la rue pour se rendre chez le teinturier.

— As-tu parlé de tout cela à Jack ? demanda Lucky.

— Non, pas du tout, répondit Cal.

— Tant mieux, car j'aimerais y réfléchir calmement avant qu'il n'ait la tentation de faire pression sur moi.

166

— Je comprends, et je peux te promettre que cette conversation restera entre nous. Seule Leigh est au courant, et je pense que tu ferais mieux de lui demander de ne rien éventer.

— Et qu'en pense-t-elle ?

— Elle était réticente au départ, en raison de l'importance des capitaux à investir, mais elle a fini par se ranger à mes arguments quand je lui ai fait part de mes calculs et de quelques plans et dessins que j'ai réalisés.

— J'aimerais beaucoup les voir.

— Je te les montrerai au bureau.

En entrant chez le teinturier, Lucky remarqua que Mme et M. Tagliotti se trouvaient pour une fois réunis dans la boutique. Elle saisit l'occasion et tendit son ticket à Mme Tagliotti tout en s'adressant à son mari.

— Bonjour, monsieur Tagliotti, dit-elle, je suis contente de vous revoir.

Il lui adressa un signe de tête et un sourire, sans toutefois donner l'impression de la reconnaître.

— N'est-ce pas tragique, ce qui est arrivé à M. Bagwell ? lui demanda-t-elle à brûle-pourpoint.

— En effet, c'est horrible, répondit-il, quelque peu surpris, avec un fort accent italien. Mais je ne crois pas vous connaître.

— Oh, je suis Lucky Cahill. C'est moi qui ai découvert le corps de M. Bagwell.

— Ah oui, vous travaillez au journal. J'ai lu l'histoire.

— Voici mon frère, Cal Mathison. Il travaille aussi pour le journal. Nous ne nous connaissons pas, mais je vous ai remarqué aux funérailles, et je me demandais si vous et M. Bagwell étiez amis.

— Nous nous connaissions, c'est tout. Il entraînait mon fils.

— Je vois. C'était certainement un homme très gentil.

— Oui, j'en suis certain, dit-il.

Cependant, Lucky comprit immédiatement à son intonation qu'il n'était pas de cet avis.

— Selon la rumeur, vous aviez eu une altercation avec lui, poursuivit-elle. Je me demandais si vous aviez eu le temps de vous réconcilier.

A ces mots, M. Tagliotti se raidit soudain.

— Me demandez-vous cela pour un de vos articles ? la questionna-t-il.

— Oh non ! Ce n'est que pure curiosité de ma part.

— Dans ce cas, veuillez m'excuser, mais j'ai déjà été interrogé par la police et je n'ai pas de temps à perdre.

Il fit demi-tour et se dirigea vers l'arrière-boutique.

— Que voulais-tu obtenir de cet homme ? demanda Cal. Tu as été très indiscrète.

— Pour avoir des informations, il faut parfois brûler les étapes, répondit Lucky.

— Mais quel genre d'informations ?

— Je ne peux rien te dire pour le moment.

Mme Tagliotti revint lui apporter ses vêtements, et Lucky régla sa note. Une fois dehors, elle remarqua de nouveau l'homme qu'elle avait vu devant le drugstore, et qui semblait avoir repris son poste d'observation de l'autre côté de la rue. Il écrasa sa cigarette et s'en alla.

— Cet homme nous suit, dit-elle à Cal. Hé, vous là-bas ! lança-t-elle à l'inconnu, tout en lui emboîtant le pas aussi vite qu'elle le put.

Mais à peine avait-elle atteint l'angle de la rue qu'il avait disparu. Elle le chercha du regard à l'entrée de plusieurs boutiques, pensant qu'il avait pu se cacher dans l'une d'elles. Mais sans doute avait-il coupé par l'allée, car elle fut incapable de le retrouver.

Cal la rejoignit et l'attrapa par le bras.

— Mais qu'essaies-tu donc de faire ? lui demanda-t-il en reprenant son souffle.

— As-tu vu l'homme qui portait une chemise de bûcheron ? Je suis persuadée qu'il me suit.

— Je n'ai vu personne. Mais pourquoi serais-tu suivie ?

— Eh bien…, bégaya-t-elle, incapable de trouver une seule raison valable à lui donner. Je ne sais pas pourquoi, mais je suis bel et bien suivie. J'ai vu cet homme en sortant du journal, puis à côté du drugstore, et maintenant, devant la boutique du teinturier. Ce ne peut être un hasard.

Ils marchèrent en direction du bureau, Lucky scrutant chaque entrée d'immeuble et de magasin.

— Quelque chose ne tourne pas rond, sœurette. Je n'ai vu personne.

— Il était là, j'en suis sûre. Et je peux le prouver, dit-elle en souriant, brandissant son appareil. Je l'ai pris en photo.

De retour au bureau, Lucky développa sa pellicule mais fut déçue par le manque de précision de ses photos. On y voyait bien un homme, mais même après un agrandissement maximum du négatif, ses traits restaient flous. L'épreuve était mauvaise, sans doute gâchée par une faible luminosité.

Lorsqu'elle descendit pour la montrer à Cal, elle aperçut Leigh dans son bureau et s'arrêta pour lui parler.

— Quoi de neuf ? demanda-t-elle.

— Entre et ferme la porte, lui ordonna Leigh.

Lucky s'exécuta et s'assit sur une des chaises lui faisant face. Leigh n'avait pas l'air détendu, mais cela était plutôt fréquent chez elle.

— Ai-je fait quelque chose qu'il ne fallait pas ? demanda Lucky.

— J'ai quelque chose à te montrer, répondit-elle, sortant du tiroir de son bureau une enveloppe qu'elle lui tendit. J'ai demandé à un ami d'université qui travaille à présent pour un journal dans le Mississippi d'effectuer quelques recherches pour moi. Aucun John Thomas Cahill n'a vu le jour à Biloxi le 10 mars 1967.

Lucky reçut cette déclaration comme un coup de poignard.

— Ton ami a sûrement fait une erreur, murmura-t-elle. Il n'a pas dû chercher où il fallait.

— Non, Lucky, il n'a pas fait d'erreur. Il a compulsé les registres sur une période de quatre ans autour de cette date et n'a trouvé aucune trace d'un John Thomas Cahill. Jack t'a menti.

Ne pouvant se rendre à ce verdict, Lucky ouvrit l'enveloppe et consulta la liste qu'elle renfermait. A la date de naissance de Jack ne figuraient qu'un John Thomas Parsons, fils d'Ella et de Walter Parsons, et un John Thomas Webster, fils de Raymond et de Grace Webster.

— Peut-être ai-je mal compris quand il m'a déclaré être né à Biloxi ?

— Biloxi n'est pas un nom que tu pourrais confondre avec un autre, rétorqua sévèrement Leigh. Va le voir et demande-lui pourquoi il t'a menti.

Lucky secoua la tête, incrédule.

— Pourquoi as-tu fait cela, Leigh ?

— Mais c'est pour toi que je l'ai fait, pour ton bien.

— Tu appelles cela vouloir mon bien ?

Lucky tenta de se lever, mais ses jambes ne la portaient plus. Elle s'écroula sur son siège et fondit en larmes.

— Tu ne m'aimes pas, Leigh, ce n'est pas possible. Tu es aveuglée par la haine depuis que Keith t'a trahie et tu voudrais que toutes les femmes souffrent, y compris ta propre sœur.

170

— Ce n'est pas vrai.

— Mais je ne le permettrai pas et je ne te laisserai pas détruire le bonheur de mon couple.

— Lucky, je n'ai pas fait cela pour te blesser. Tu as lu ce document comme moi, la vérité y est écrite noir sur blanc.

— Je ne te crois pas, cria Lucky, frappant le bureau de son poing. Et je te jure que si tu dis quoi que ce soit à Jack, ou à quelqu'un d'autre, jamais plus je ne t'adresserai la parole.

Lucky n'avait qu'une envie : quitter son bureau le plus vite possible. Mais elle avait trop à faire et elle ne voulait pas donner à Leigh la satisfaction d'avoir réussi son coup de théâtre. Epuisée, elle se cacha dans la chambre noire pour pleurer.

Jack arriva vers 15 heures, et tambourina à la porte, inquiet de la voir fermée à clé.

— Cal m'a appelé et il m'a tout raconté, lui dit-il. Laisse-moi entrer.

— Que t'a-t-il raconté ? lui demanda-t-elle après s'être résolue à lui ouvrir la porte.

— Il m'a dit que tu étais devenue folle et que tu t'étais mise à pourchasser un homme qui, d'après toi, te suivait.

— Ah, ce n'est que cela, dit-elle, encore sous le choc de sa conversation avec Leigh.

— Mais pourquoi pleures-tu ?

— J'imagine que cela a dû me faire peur.

Il la prit dans ses bras.

— Ma chérie, tu as trop d'imagination. Tu ne te fais pas de bien, et au bébé non plus.

— Mais je n'ai pourtant pas rêvé ! D'ailleurs, j'ai une preuve de ce que j'avance, déclara-t-elle en lui montrant la photographie qu'elle avait prise.

Jack regarda attentivement le cliché de mauvaise qualité puis fronça le front.

— Même si cet homme attendait sur le trottoir, cela ne veut pas dire pour autant qu'il te suivait, objecta-t-il.

Lucky réprima un mouvement de mauvaise humeur. Sa réaction était prévisible. A l'instar de son frère, Jack ne pouvait s'empêcher de mettre ses angoisses sur le compte de sa grossesse. Elle décida de ne pas s'obstiner pour le moment à les gagner à sa cause.

— Je suis navrée que Cal t'ait dérangé avec cette histoire, dit-elle.

— Non, au contraire, j'aurais été fâché qu'il ne me tienne pas au courant. Je veux que tu m'appelles sur mon portable si jamais tu revois cet homme dans les parages.

— Et tu répondras, cette fois ? demanda-t-elle.

— Je te promets que dès que ce téléphone sonnera, quoi que je sois en train de faire, je répondrai.

Lucky lui sourit, rassurée.

— Maintenant, il faut que je retourne travailler. Ça va aller ?

— Oui, ne t'inquiète pas pour moi.

Il l'embrassa sur le front.

— Je t'aime, lui dit-il.

— Je t'aime aussi.

Il était sur le point de partir, mais elle le retint soudain.

— Au fait, Jack, une dame est venue aujourd'hui chercher des retirages d'une photo de son petit-fils, et elle vient du Mississippi. Je lui ai dit que mon mari était originaire du même Etat, mais j'avais oublié ta ville de naissance. Où m'as-tu dit être né ?

— A Biloxi, répondit-il sans hésiter.

— C'est bien ce que j'avais cru comprendre.

11.

— Je ne te suis plus, dit Jack à Lucky tout en l'aidant à se hisser dans la Buick. Si tu as changé d'avis, alors abandonnons le projet. Mais l'architecte ne pourra pas commencer les plans de la maison tant que tu n'auras pas choisi le terrain sur lequel la construire.

Il fit le tour de la voiture et se mit au volant. Ils avaient vu environ dix terrains différents en deux semaines, mais aucun d'entre eux n'avait retenu l'attention de Lucky.

— Je n'y peux rien, mais ça ne me plaît pas, c'est trop vallonné.

— Ma chérie, ces terrains sont en pente pour éviter les problèmes en cas d'inondations.

— Peut-être, mais je ne veux pas avoir à faire de l'alpinisme chaque fois que je souhaite me rendre au bord du fleuve.

— Pourtant, le dernier terrain que nous avons vu n'est pas plus escarpé que celui de ton bungalow.

— Alors pourquoi acheter précisément celui-là ? Nous ferions peut-être mieux de rester là où nous sommes.

— Lucky, tu n'es pas raisonnable.

— Je suis surtout pragmatique, rétorqua-t-elle.

— En ce qui me concerne, j'aime cet endroit, dit Jack. J'ai vraiment envie de rappeler l'agent immobilier et de lui dire que nous signons.

— Jack, tu m'as promis que nous prendrions cette décision tous les deux… Mais je m'aperçois que tu ne peux t'empêcher de me dicter tes conditions. Appelle l'agent si tu le souhaites, mais tu habiteras cette maison tout seul.

— D'accord, cherchons autre chose, soupira-t-il tout en mettant le contact.

Jack s'était attendu à une recherche longue, mais pas interminable. La fête de *Thanksgiving* approchait, le bébé était prévu dans six semaines, et il commençait à se demander s'ils arriveraient un jour à tomber d'accord sur l'endroit où ils souhaitaient vivre.

— J'ai froid, dit Lucky.

Aussitôt, Jack mit en route le chauffage dans la voiture.

— Oh, Jack, j'ai mal au dos, se plaignit Lucky quelques minutes plus tard. Ne pourrions-nous pas rentrer à la maison ?

— Si, bien sûr, soupira-t-il, tentant de ne pas laisser sa voix trahir sa déception.

Il avait espéré voir encore deux autres terrains cet après-midi-là. Mais s'ils arrêtaient leurs recherches pour la journée, il faudrait reporter les visites au week-end suivant.

De retour au bungalow, Lucky découvrit un message de sa mère sur le répondeur, qui tentait de nouveau de les convaincre d'accepter son invitation pour *Thanksgiving*.

Après avoir laissé sortir Beanie, Jack demanda à Lucky ce qu'elle avait décidé à ce sujet.

— J'aimerais rester ici, déclara-t-elle, se dirigeant vers la cuisine pour prendre un verre d'eau et des comprimés que le médecin lui avait prescrits pour ses douleurs de dos.

— Est-ce réellement ce que tu souhaites, ou bien as-tu pris cette décision par dépit ?

— Je ne vois vraiment pas ce que tu veux dire.

174

— Dans ce cas, je vais être plus clair : es-tu en conflit avec Leigh pour une raison ou une autre et est-ce pour cela que tu refuses d'aller chez tes parents pour les fêtes ? Cal m'a dit que vous ne vous parliez quasiment plus au bureau.

— Cal devrait apprendre à s'occuper de ce qui le regarde. Je ne supporte plus qu'il te rapporte ainsi le moindre de mes faits et gestes.

Cette réaction étonna Jack, car Lucky adorait son frère.

— Mais c'est loin d'être le cas, la rassura-t-il. Il n'a fait qu'une légère allusion à votre attitude réciproque. As-tu un problème avec ta sœur ?

— Aucun, et j'ai mieux à faire que de penser à elle.

Voilà qui le renseignait bien plus qu'elle ne l'avait pensé. Il comprenait enfin pourquoi elle s'était montrée si irritable, ces derniers temps.

Cette nuit-là, une fois Lucky endormie, Jack resta à son bureau pendant un moment, incapable de se concentrer. Il alla chercher, parmi les cartons contenant ses affaires qu'il n'avait pas encore eu le temps de déballer, la boîte à cigares contenant les seuls objets qu'il avait conservés de son enfance.

Il en sortit deux photographies jaunies. La première était un portrait de sa mère. Il passa ses doigts sur son visage, rêvant un instant qu'il l'avait en face de lui. Ainsi qu'il l'avait dit à Lucky, elle avait été bonne et attentionnée, mais la vie ne l'en avait pas récompensée et le chagrin et la maladie avaient eu raison d'elle.

La seconde photographie lui fit venir les larmes aux yeux. Elle représentait sa grande sœur à l'âge de douze ans. Il se rappelait son large sourire et ses traits graciles, signes avant-coureurs d'une grande beauté.

— Que t'est-il arrivé, Emma ? murmura Jack, suppliant Dieu qu'il lui soit donné de le découvrir un jour.

Les rapports entre Lucky et Leigh restaient très tendus. S'évitant la plupart du temps, elles ne s'adressaient plus la parole que pour des raisons strictement professionnelles. Si Leigh éprouvait un quelconque remords pour ce qu'elle avait fait, elle ne le lui avait jamais dit, et Lucky refusait donc de lui pardonner.

Le mercredi de la semaine suivante, Lucky décida de prendre son après-midi, car elle avait un rendez-vous après déjeuner pour un bilan prénatal. L'examen se déroula bien et, pour la première fois depuis un long moment, elle se sentit particulièrement énergique. Elle profita donc de son courage pour aller faire des courses alimentaires.

Alors qu'elle se penchait au-dessus de l'étal de fruits, hésitant entre deux sortes de pommes, son sang se glaça soudain. L'homme qu'elle avait poursuivi le jour de sa promenade avec Cal était à demi dissimulé derrière une rangée de citrouilles.

Se déplaçant le plus discrètement possible, elle s'avança entre les rayons sans le quitter des yeux. L'homme gardait ses distances, et elle profita d'un moment où il ne pouvait la voir pour s'emparer de son téléphone et composer le numéro de Jack. Celui-ci décrocha immédiatement.

— Je suis chez le marchand de produits frais, lui dit-elle sans perdre une seconde, et l'homme qui me suivait la dernière fois est encore là. Il porte un coupe-vent bleu marine et un pantalon gris foncé.

— Voici ce que tu vas faire, lui dit aussitôt Jack.

Après avoir raccroché, Lucky continua ses courses comme si de rien n'était. Une fois passée en caisse, elle se dirigea vers sa voiture, ralentissant çà et là en faisant mine de s'intéresser au contenu des vitrines. Elle ne s'arrêta qu'au moment où elle entendit retentir les sirènes des voitures de police. A peine eut-elle le temps de se retourner que Jack maintenait déjà l'homme face à un mur, un bras replié dans son dos. Lucky se précipita à leur rencontre.

— Je n'ai pas rêvé, dit-elle. C'est le même homme qui m'a suivie l'autre jour, quand j'étais avec Cal.

— Je suis l'Officier Cahill du Département de police de Potock, indiqua Jack, intimant à l'inconnu l'ordre d'écarter les jambes tout en lui passant les menottes.

— Portez-vous une arme ou des objets coupants sur vous ? lui demanda-t-il.

— Non, répondit l'homme.

Jack le fouilla méticuleusement.

— Pourquoi filez-vous cette femme ? poursuivit-il.

Alors qu'il ne répondait pas, Jack se saisit du portefeuille du suspect et l'ouvrit. Ce fut alors comme si un éclair venait de le foudroyer. Pâle comme un linge, il fit pivoter l'inconnu sur lui-même.

— Mon Dieu ! s'exclama Jack.

— Salut, J. T., dit tranquillement l'homme.

Ne comprenant rien à la situation, Lucky s'approcha. Cet homme devait avoir environ soixante ans, les cheveux grisonnants et l'air séduisant malgré l'expression menaçante de son visage. Elle était certaine de ne pas le connaître, mais sa physionomie ne lui semblait pas non plus totalement inconnue. La forme carrée de sa mâchoire, ses yeux noirs de jais...

Elle prit une profonde inspiration, et la vérité s'imposa d'un coup à son esprit : cet homme était le père de Jack, son père prétendument disparu dans un accident de voiture alors qu'il n'avait que seize ans.

*
* *

Jack avait toujours su qu'un jour, il allait vivre cette scène. Il avait changé de nom, changé de ville, et même tenté de changer de personnalité. Mais son passé l'avait marqué comme au fer rouge et, malgré tous ses efforts pour l'effacer, il avait fini par le rattraper.

Soudain, le seul contact de ses mains sur la veste de cet homme, qu'il n'avait jamais pu considérer comme son père, le révulsa et il lâcha prise.

— Quand es-tu sorti de prison ? lui demanda-t-il.

— Il y a quelques mois, répondit Ray. Je vis ici maintenant. Je me suis trouvé une chambre dans une pension sur la sixième rue et j'ai un travail à la station de lavage, trois matins par semaine. Je me tiens tranquille et je fais mon rapport à mon responsable de conditionnelle une fois par mois.

— Mais qu'est-ce que tu fais là ?

— Je suis venu te voir, J.T.

— Personne ne m'appelle plus comme cela, lança Jack.

— Oui, c'est ce qu'on m'a dit.

— Et comment as-tu fait pour me retrouver ?

— Je n'ai pas eu à te trouver, car j'ai toujours su où tu étais.

Jack se mit à jurer violemment.

— C'est Vinny, n'est-ce pas ?

— Exact. Je lui avais demandé de garder un œil sur toi. Quelle ironie du sort que tu sois devenu flic, mon garçon !

— Je ne suis pas ton garçon.

— Comme tu veux, dit-il, en regardant par-dessus l'épaule de Jack. Tu ne me présentes pas à ma belle-fille ?

Jack ferma les yeux, faisant appel à toute sa volonté pour ne pas laisser exploser la colère qui s'emparait de lui. Reprenant ses esprits, il se tourna vers Lucky et fut chaviré par son regard qui n'exprimait plus que douleur, méfiance et désillusion.

— Enlève-lui ces menottes, dit-elle, d'une voix presque inaudible.

Jack regarda autour de lui. La scène avait causé un véritable attroupement, les employés et les clients des boutiques alentour, vite rejoints par de nombreux passants, s'étant approchés pour assister au spectacle.

— Police ! Circulez, circulez ! cria-t-il, dispersant la foule. Je veux que tu aies quitté cette ville d'ici à la fin de la journée, ordonna ensuite Jack à Ray en le libérant de ses menottes. Tu n'as rien à faire ici.

— Tu me ferais rompre mon engagement de liberté sur parole ?

— Ce serait bien la première fois que tu t'en soucierais.

— C'est vrai, mais je crois que je vais rester dans le coin, maintenant que je vais être grand-père. Ma famille est ici.

— Tu n'as aucune famille. Ni femme, ni fils, ni fille. Tu nous as anéantis tous les trois, toi le père indigne et bon à rien. Disons plutôt que tu nous as poussés à souhaiter ta mort.

— Tu as dit « fille », répéta Lucky, laissant tomber à terre son sac de victuailles.

— Où est donc Emma ? demanda Ray.

— Je ne sais pas, répondit Jack. Et si je le savais, je ne te le dirais pas, car elle te déteste autant que moi.

Lucky se détourna et s'en alla.

— Attends, je t'en prie, lui cria Jack, mais elle ne l'entendait plus.

Forcé de choisir entre sa femme et Ray, il n'eut aucune hésitation.

— Lucky, attends-moi, la supplia-t-il tout en courant pour la rejoindre. Laisse-moi t'expliquer.

— T'expliquer ? Mon Dieu ! Mais comment vas-tu t'y prendre cette fois ? Je me croyais mariée à un homme du nom de Cahill, dont les parents étaient morts dans un accident de voiture. Puis je découvre qu'il porte un nom d'emprunt, que son père n'est pas mort, et qu'il a une sœur qu'il n'a jamais jugé utile de mentionner. Et qu'en est-il de sa mère ? Est-elle vraiment morte, ou dois-je m'attendre à tout moment à ce qu'elle réapparaisse à son tour ?

— Ma mère n'est plus de ce monde, je te prie de croire au moins cela. Mais je ne veux pas que nous ayons cette conversation au milieu de la rue.

Il chercha un endroit où ils pouvaient aller tous les deux pour parler tranquillement, procédant par élimination : ils ne pouvaient pas aller à son journal, ni au poste de police...

— Je t'emmène à la maison, dit-il.

— Non, je ne te suivrai nulle part, rétorqua-t-elle.

— Je t'en supplie, l'implora Jack.

Lucky était livide et il commençait à prendre peur.

— Leigh a tenté de me dire qu'il y avait quelque chose d'obscur à ton sujet, mais je n'ai pas voulu l'écouter, s'écria-t-elle dans un torrent de larmes. Je t'ai défendu, même après avoir vu la prétendue preuve tirée du registre d'état civil de Biloxi.

— Mon nom de baptême est John Thomas Webster, dit-il. Mais j'ai changé de patronyme légalement.

— J'ai soutenu à Leigh que tu étais incapable de me mentir, dit Lucky, accablée.

— Je suis désolé, dit Jack.

— Désolé ? C'est tout ce que tu trouves à dire ?

— Je ne t'ai rien dit car j'avais honte de mon passé, honte de mon père et de ce qu'il était. Enfin, j'avais honte de ce qu'il avait fait de moi.

— Que veux-tu dire ?

— C'est un escroc, Lucky, et il avait fait de moi un voleur.

Lucky se sentait si mal que Jack décida de l'emmener dans sa voiture jusque chez ses parents. Il avait abandonné Ray au beau milieu de la rue, en se promettant de régler ce problème dans un deuxième temps. Lucky passait en priorité.

— Qu'est-il arrivé ? s'écria aussitôt sa mère en ouvrant la porte et en découvrant le visage blême de sa fille. Y a-t-il eu un problème avec le bébé ?

Jack s'empressa de la rassurer sur l'état physique de Lucky, puis il lui demanda de les laisser seuls quelques minutes.

Matt les conduisit à son bureau et, après avoir donné une tape rassurante sur l'épaule de son gendre, ferma la porte derrière lui.

Lucky alla se recroqueviller à l'une des extrémités du canapé et fixa Jack, un air de méfiance dans les yeux. Il prit une chaise et s'installa devant elle, les coudes posés sur ses cuisses.

— Je suis désolé, répéta-t-il. J'aurais dû te dire la vérité dès que notre relation est devenue sérieuse.

— Et pourquoi n'en as-tu rien fait ?

— Eh bien j'avais peur. J'avais honte aussi. Je voulais tellement oublier Ray et son passé que j'ai fini par me persuader qu'il était réellement mort. La dernière fois que je l'ai vu, c'était… il y a plus de dix-huit ans, peu avant la disparition de ma mère.

— Comment est-elle morte, demanda Lucky, si elle ne s'est pas tuée en voiture avec ton père ?

— Elle a succombé à une pneumonie. Je l'ai quasiment toujours connue malade, mais sa santé a vraiment empiré vers mon quatorzième anniversaire. Emma, ma sœur, s'était déjà enfuie de la maison et Ray passait le plus clair de son temps en prison. Je me suis donc retrouvé seul lorsque ma mère a livré son dernier combat.

— Tu as dit à ton père que tu ignorais où était ta sœur. C'est la vérité ?

— Oui, je ne l'ai jamais revue depuis sa fugue. Plus tard, à force de la rechercher en vain, j'ai pensé qu'elle avait souhaité elle aussi tirer un trait définitif sur son passé.

Jack releva la tête, gêné par ses aveux.

— Oh, Jack, c'est horrible, dit Lucky, un sanglot faisant trembler ses lèvres. Ta sœur n'aurait jamais dû te laisser seul face à tous ces problèmes.

— Je ne lui en veux pas, admit Jack, car c'était encore pire pour elle. Après qu'elle se fut enfuie, j'ai déclaré à Ray que je ne voulais plus l'aider et tout arrêter pour trouver un travail, puis acheter une maison où nous pourrions enfin nous occuper de ma mère. Je désirais par-dessus tout… vivre comme une personne normale.

Jack avala sa salive avec difficulté, se replongeant avec douleur dans les heures les plus sombres de son existence.

— Mais Ray continua seul, poursuivit-il, incapable de reprendre le droit chemin. Peu de temps après, il fut arrêté de nouveau et condamné à une peine des plus lourdes. Quelques années plus tard, j'ai appris qu'il avait tenté de s'évader et qu'il avait écopé de dix années supplémentaires. Il m'avait fait tellement de mal que je me suis résolu à l'oublier pour toujours.

— Mais comment as-tu réussi à te faire engager dans la police ? demanda encore Lucky.

— Sur son lit de mort, j'avais promis à ma mère que je terminerais le lycée. Après avoir passé mon diplôme, j'ai rejoint l'armée et me suis engagé pour deux ans, ce qui m'a permis de changer de nom. Puis, grâce à mes états de service, j'ai obtenu la possibilité de m'inscrire à l'Université d'Etat de Pennsylvanie, après quoi je suis rentré dans la police de Pittsburgh.

Jack marqua enfin une pause.

— Voilà, maintenant, tu sais tout, conclut-il. Je t'aime, et je me reprocherai toute ma vie de ne pas avoir eu le courage de tout t'avouer dès le début. Dis-moi ce que je dois faire pour mériter ton pardon.

Bouleversée par ce que Jack venait de lui dévoiler, Lucky essuya ses larmes.

— J'ai peine à imaginer comment tu as pu faire pour survivre malgré tant d'adversité, et surtout t'en sortir aussi bien. Je suis fière de ce que tu es devenu, Jack, mais… Mais un mariage est fondé sur la vérité et la confiance, et ce qui s'est passé aujourd'hui a détruit en moi ces fondements que je croyais inébranlables.

— Mais… tu sais désormais tout de moi, mes travers et mes écarts les plus misérables. Je t'ai dit des choses que personne d'autre que toi ne découvrira jamais.

Jack se pencha pour prendre sa main, mais Lucky la lui refusa.

— Non, je t'en prie, ne me touche pas, s'écria-t-elle. C'est la dernière chose dont j'ai besoin maintenant.

— Alors dis-moi ce que tu veux que je fasse. Quoi que ce soit, je m'y soumettrai.

— Je voudrais que tu quittes le bungalow, répondit Lucky sans une hésitation.

— Tu veux que je parte ? s'exclama Jack, la gorge nouée. Mais pourquoi ?

— J'ai besoin de rester seule quelque temps si je veux me sortir de cette épreuve. Je me sens trahie et ta seule présence m'est insupportable. Alors je t'en prie, fais tes bagages et va vivre en ville. Qui sait quand ces blessures se refermeront ?

12.

Enfermée dans la chambre à coucher qui était la sienne lorsqu'elle était enfant, Lucky put enfin donner libre cours à sa peine.

Après le départ de Jack, elle avait raconté à ses parents et à sa grand-mère ce qui s'était passé. Ils avaient tout d'abord accusé le choc, puis l'avaient aussitôt assurée de leur soutien. Son père lui avait proposé d'aller chercher Beanie en voiture afin que Lucky puisse rester chez eux, mais elle désirait rentrer au bungalow. Du moins dès qu'elle aurait la certitude que Jack avait bien repris ses affaires et qu'elle ne risquait pas de le rencontrer. Entretemps, il lui fallait mettre certaines choses au point avec sa famille.

Malgré ses réticences, sa mère avait appelé Leigh, Shannon et Cal afin de leur raconter les malheurs de Lucky, et en l'espace de dix minutes, les frère et sœurs Mathison s'étaient retrouvés tous réunis chez leurs parents.

Shannon était de tout cœur avec elle. Tout comme le pauvre Cal, qui semblait le plus attristé de tous. La trahison de Jack l'avait profondément meurtri. Après s'être mutuellement réconfortés, ils avaient tous ressenti le besoin de s'isoler quelque peu.

Les sombres pensées de Lucky furent interrompues par un léger coup frappé à la porte de sa chambre.

— Tu veux bien que j'entre un instant ? demanda Leigh en passant sa tête dans l'embrasure. J'aimerais te parler.

— Uniquement si tu me promets de ne pas m'accabler de tes reproches, lui dit Lucky, tout en saisissant un nouveau mouchoir en papier dans la boîte posée sur la table de nuit. Je sais déjà à quel point j'ai été stupide. Je me suis conduite en véritable idiote.

— Je te promets de ne pas en rajouter, lui dit Leigh. Je pensais seulement que tu aurais peut-être besoin de quelqu'un pour épancher ta peine.

— J'ai déjà versé toutes les larmes de mon corps.

Leigh ne semblant pas se résoudre à partir, Lucky se ravisa.

— Mais tu peux quand même rester.

A son invitation, Leigh vint s'asseoir à côté d'elle sur le lit.

— Je suis vraiment désolée, lui dit-elle. J'aurais donné n'importe quoi pour que cela n'arrive pas. Et tu n'es pas une idiote. Ce qui est arrivé n'était pas ta faute.

— J'aurais dû t'écouter. Tout le monde ne tarit pas d'éloges sur mes intuitions, mais apparemment, elles m'ont fait défaut cette fois.

— Tu n'as absolument rien soupçonné ? demanda Leigh.

— Je pense que si, admit Lucky. Mais je me suis sans doute voilé la face.

— Tu l'aimes, voilà tout. Il est facile de ne pas voir les problèmes lorsque l'amour est de la partie. Mais cela ne veut pas dire que tu es stupide, cela signifie simplement que tu fais confiance aux gens et que tu as un cœur gros comme ça. Et en parlant de stupidité, sache que, bien que diplômée de l'université, j'ai mis six mois à m'apercevoir que Keith me trompait avec sa secrétaire.

— Mais le seul fait d'imaginer devoir le voir tous les jours à cause du bébé m'est intolérable.

— Dans ce cas, divorce ! Tu peux essayer de demander la garde complète du bébé et évincer Jack de ta vie une bonne fois pour toutes. Etant donné qu'il s'est marié avec toi sans rien dévoiler de son passé, je suis certaine que tu aurais gain de cause auprès d'un juge.

— Je ne pourrais jamais faire cela. Etre séparé de son enfant le tuerait.

Lucky ne put retenir de nouveau ses larmes.

— Il fera un bon père, dit-elle en sanglotant sur l'épaule de sa sœur.

— Oh, ma chérie, lui dit Leigh en lui frottant doucement le dos. Tu vas te sortir de tout ça, je te le promets.

— Je ne veux pas divorcer. Je l'aime toujours.

— Alors reste avec lui.

— Mais je ne lui fais plus confiance. Je ne suis même pas sûre qu'il me dise maintenant la vérité. Et s'il était en fait un escroc, ou même un meurtrier ?

Leigh lui fit sécher ses pleurs.

— Je ne pense pas qu'ils acceptent des meurtriers dans la police.

— Je ne sais pas quoi penser. D'un côté, la raison voudrait que je ne lui fasse plus confiance et me dit qu'il va de nouveau me faire souffrir. Mais d'un autre côté, mon cœur me pousse à courir le risque de lui offrir une nouvelle chance.

— Donne-toi le temps de bien y réfléchir. Veux-tu venir habiter avec Susan et moi ? Nous avons une chambre à coucher supplémentaire, et j'adorerais avoir de nouveau un bébé à la maison.

— Je te remercie, mais je préfère rentrer chez moi. Je m'y sens bien.

Leigh hocha la tête.

— Je comprends. Si tu as besoin de moi, tu n'as qu'à demander. N'importe quand.

— Je vais m'en sortir, ne t'inquiète pas.

— Tu devrais prendre un congé maternité. Je sais que tu voulais travailler jusqu'au dernier moment, mais tu es déjà si stressée que tu devrais t'octroyer un peu de repos dès à présent.

— Peut-être. J'aimerais pouvoir y réfléchir un jour ou deux avant de me décider, d'accord ?

— Comme tu veux. J'ai engagé un autre intérimaire pour réaliser des reportages, et il sait également prendre et développer des photos.

— Es-tu en train de me dire que tu m'as déjà remplacée ? Mon Dieu, je ne pourrais pas supporter de perdre mon travail après avoir perdu Jack !

— Ma chérie, tu n'es pas remplaçable. Tu es un des principaux rouages du journal. Cette nouvelle personne va simplement m'épauler, car je suis un peu débordée, mais elle n'est là que temporairement et en attendant que tu reprennes ton travail. Ne commence pas à te monter la tête, d'accord ?

— D'accord, promit Lucky.

— As-tu besoin que je fasse autre chose pour toi ? lui demanda Leigh.

— Eh bien… il y a quelque chose, mais tu ne vas pas aimer cela. Je veux simplement que tu me promettes de ne pas évoquer ce qui s'est passé en présence de Jack.

— Lucky…

— Non, écoute-moi. Je suis furieuse contre lui, mais il souffre également. Je ne veux pas aggraver son état. Cela ne nous aidera pas, ni lui ni moi.

— Il ne mérite pas qu'on se soucie de lui. Il pourrait être un meurtrier, selon tes propres mots.

Lucky esquissa un léger sourire.

— Je sais. Mais si ce n'était pas le cas… Quoi qu'il en soit, fais-le pour moi. Je ne peux pas supporter l'idée que vous vous disputiez de nouveau.

— D'accord, je le ferai pour toi. Est-ce que je peux quand même lui dire que c'est un salaud ?

— Ça, tu peux le faire.

Leigh se mit à rire et les deux sœurs s'embrassèrent.

— Tu vois, il en faut plus aux filles Mathison pour perdre leur sens de l'humour, déclara Leigh.

— J'ai de la chance de t'avoir. Pauvre Jack, il n'a personne, lui.

Leigh secoua la tête.

— Ne le plains pas.

— Je n'y peux rien. Sa mère est morte, il ne sait pas où est sa sœur, et son père est vraiment très spécial.

— Parle-moi de lui. Vous vous êtes rencontrés ?

— Pas vraiment. Je me tenais là, comme une idiote, pendant que Jack lui parlait. Il était furieux et je le voyais littéralement se mordre les lèvres pour ne pas exprimer toute sa rage.

— Je suppose que ce ne doit pas être facile de voir surgir tout à coup son ex-taulard de père après tant d'années. Je suis même étonnée qu'il ait pu le reconnaître.

— Oh, ça, crois-moi, ça n'a pas été difficile. C'est incroyable comme ils se ressemblent, tu t'en apercevrais tout de suite.

— Et personne en ville n'a remarqué cette ressemblance ?

— Je n'en suis pas sûre. Mais j'imagine que Ray a fait tout son possible pour éviter les personnes qui côtoient Jack.

— Les flics.

— Exactement. J'ai cru comprendre qu'il n'avait été relâché de prison qu'il y a quelques mois.

— Mais ce que je continue à ne pas comprendre, reprit Leigh, c'est pourquoi c'est toi qu'il suivait s'il était venu ici pour voir Jack.

— Je ne comprends pas non plus, mais j'espère bien le découvrir.

Ray alluma une cigarette et s'assit sur une des chaises disposées sur la terrasse de la pension. Il n'eut pas à attendre longtemps. Jack arriva vingt minutes plus tard au volant de sa voiture banalisée et s'arrêta dans un crissement de pneus à quelques mètres de son père.

— Comment se fait-il que tu n'aies pas encore fait tes bagages ? demanda-t-il, à peine descendu de son véhicule.

— Je ne pars pas, répondit sèchement Ray.

— Je crois qu'il va falloir que nous ayons une petite discussion, mon vieux.

— Je suis sûr que cela fera plaisir à tout le monde ici, dit Ray, désignant du regard un couple de pensionnaires fatigués qui jouait aux échecs derrière lui, comme tous les après-midi, et qui semblait très intéressé par cette distraction inattendue.

— En privé, précisa Jack.

— A ton aise.

Ray se leva et rentra, Jack sur ses talons, puis monta à sa chambre au deuxième étage.

— *Home, sweet home*, murmura-t-il alors qu'il ouvrait la porte.

— C'est plus confortable que n'importe quel endroit dans lequel tu nous as logés, constata Jack.

— C'est possible, répondit Ray.

Il s'assit dans un fauteuil à bascule, alors que Jack préféra marcher de long en large dans la pièce exiguë.

— Est-ce pour me rappeler toutes les erreurs que j'ai commises que tu es venu, J.T. ?

— Cela me prendrait plus de temps que je n'en souhaite passer avec toi.

— Tu m'en veux. Je m'y attendais, mais ce n'est pas très joli de ta part, mon garçon.

— Je te l'ai déjà dit, je ne suis pas ton garçon. Tu as tué le moindre de mes sentiments pour toi il y a bien longtemps.

— Je n'ai jamais prétendu être un bon père, mais peut-être aurai-je un peu plus de chance en tant que grand-père.

Jack s'arrêta net et l'agrippa des deux mains par le col de sa chemise.

— Je te conseille de rester à l'écart de ma femme et de mon enfant ! hurla-t-il.

— Je désire seulement les connaître. Ta femme est vraiment un sacré numéro. On dirait qu'elle se met encore plus souvent en danger que moi.

— Ecoute-moi bien. Si jamais je te vois t'approcher de Lucky, tu regretteras d'être sorti de prison.

Il lâcha prise, et Ray retomba dans son fauteuil.

Il réajusta ses vêtements.

— Ce n'est pas la peine de t'énerver, mon garçon.

— Je veux que tu partes.

Il ouvrit le placard, sortit la vieille valise que Ray avait achetée au mont de piété et l'ouvrit sur le lit. Ray restait immobile et observait en silence, tandis que Jack fourrait dans la valise les chemises qu'il avait sorties des tiroirs.

Lorsqu'il eut fini, il prit quelques billets dans son portefeuille et les lança sur le lit.

— Tu sais que si je quitte la ville, ils me coffreront de nouveau, dit Ray.

— Et qui s'en plaindrait ?

— D'accord, je suppose que je l'ai mérité. Je ne peux pas revenir en arrière et tenter de réparer ce que je vous ai fait, à toi, à Emma, et à votre mère. Mais je ne vais pas retourner en prison uniquement parce que tu ne supportes pas ma présence. Si tu veux que je m'en aille, je m'en irai, mais pas avant que je me trouve un autre endroit et que mon responsable de conditionnelle donne son accord. Je ne m'enfuirai pas de nouveau. Je l'ai fait une fois, et cela m'a coûté une partie de ma vie.

— J'expliquerai personnellement la situation à ton responsable de conditionnelle, déclara Jack.

— Pour que tout le monde sache que je suis ton père ? Parfait, continue comme ça.

Jack jura entre ses dents.

— C'est ce que je pensais, continua Ray. Cela m'étonnerait que tu aies envie que tous ces flics avec qui tu travailles sachent que ton père est un ancien escroc.

— Es-tu en train de me menacer ?

— Non, mon garçon, je suis seulement en train d'expliquer les faits, afin d'éviter les malentendus. Je vais partir, mais je ne m'enfuirai pas. Je n'en ai plus envie. Et je veux voir ce bébé au moins une fois avant de disparaître.

— Il n'en est pas question !

— Je pense que tu me dois bien ça.

— Que je te dois ça ? ! Je ne te dois absolument rien !

Ray n'attendait que cet instant pour abattre sa carte maîtresse.

— Si, tu me le dois, mon garçon. Car nous savons tous les deux que c'est toi qui m'as envoyé en prison.

Jack tenta de dissimuler sa réaction face à cette accusation, mais c'était impossible.

— Mais c'est toi qui as déclenché l'alarme cette nuit-là, dit-il à Ray.

— Non, mon garçon. C'est ce que j'ai dit à ta mère, mais l'alarme n'a pas retenti. Le propriétaire ne la mettait pas en marche le jeudi soir car il revenait toujours ce jour-là pour faire ses comptes après dîner. Il n'y avait donc pas d'alarme, et pourtant les flics sont arrivés à la seconde où j'entrais. La seule chose que je n'arrive pas à comprendre, c'est pourquoi tu as fait ça.

Jack avala sa salive.

— Tu savais… depuis toutes ces années ? demanda-t-il.

— Pourquoi crois-tu que j'ai avoué ? Si j'avais pris un avocat et que l'affaire était allée devant le tribunal, ta mère aurait découvert que tu m'aidais à voler. Je ne crois pas qu'elle avait besoin de ça.

Jack contempla l'homme qui lui inspirait tant de sentiments contradictoires, et il eut du mal à trouver les mots pour s'expliquer.

— Je ne savais pas quoi faire à part te dénoncer. Tu étais en train de tuer maman à petit feu. J'ai pensé que si tu étais sur la touche, nous pourrions prendre un nouveau départ et qu'elle irait mieux.

Au contraire, son état n'avait fait qu'empirer.

Comme il avait pu être naïf. Il avait imaginé que sans Ray, ils auraient pu avoir une belle maison, et peut-être même retrouver Emma et la faire revenir chez eux.

Mais son maigre salaire ne lui avait pas suffi, et ils avaient échoué dans un endroit encore pire que celui qu'ils avaient quitté.

— Si ça peut te consoler, J.T., sache que je ne t'en veux pas.

Jack se leva d'un bond.

— Comme si cela pouvait changer quelque chose !

Il se rua vers la porte et partit en la claquant.

Il avait à peine fait un pas à l'extérieur de la pension qu'il se plia en deux de douleur et fut pris de vomissements.

Lucky descendit l'escalier dès qu'elle se sentit mieux. Ses sœurs et Cal étaient repartis chez eux. Sa grand-mère était dans la cuisine, en train de faire bouillir de l'eau.

— Où est maman ? lui demanda Lucky.

— Elle est devant son émission favorite.

— Ah. Et Papa ?

— Il est en train de lire le journal dans le salon. Je te prépare du thé avec du miel. Moi, ça me fait toujours du bien quand je me sens un peu fatiguée.

— Merci, Mema.

Elle alla chercher la théière chinoise dans le placard, la rinça à l'eau chaude et s'assit à la table, attendant que l'eau frémisse.

Sa grand-mère s'approcha d'elle et lui prit la main.

— Tu te sens mieux, Erin ?

Mema était la seule qui l'appelait encore de son nom de baptême.

— J'avais peur que tu pleures jusqu'à t'en donner des maux de tête. Tu faisais souvent cela lorsque tu étais petite.

— Cela m'arrive encore de temps en temps. Je pense que c'est le genre de choses qui restent, même lorsque l'on devient adulte. J'ai entendu le téléphone sonner tout à l'heure. C'était… Jack ?

— Oui, c'était lui. Il appelait pour savoir comment tu allais. Ton père a dit qu'il voulait venir un peu plus tard et discuter avec eux. Jack a peur que l'on ne veuille plus le voir.

— Et il a raison d'avoir peur… n'est-ce pas ?

— Mmm.

— Tu ne penses pas qu'il a mal agi ?

— Si, et il m'a beaucoup déçue. D'ailleurs je le lui dirai quand il viendra. Mais je ne suis pas là pour le juger, d'autant plus que je ne suis pas au courant de toute l'histoire.

— Tu sais, je ne connaissais rien de son ancienne vie. Est-ce que Papa t'a raconté la façon dont il a grandi ?

— Oui, et j'ai peine à imaginer à quel point cela a dû être dur, de s'occuper d'une mère malade, et d'avoir un père en prison.

— Si seulement il me l'avait dit... j'aurais pu comprendre.

La bouilloire se mit à siffler. Sa grand-mère se leva, versa l'eau dans la théière et l'apporta à la table.

— Un lourd passé est très dur à surmonter, reprit-elle. Reconnais-lui au moins la force de s'en être détaché.

— Je la lui reconnais.

— Et es-tu capable de pardonner ?

— Je peux lui pardonner son passé, oui. Mais je ne sais pas si j'arriverai à lui pardonner sa trahison.

— Réfléchis bien, car ce n'est pas quand tu auras mon âge qu'il faudra le regretter.

Lucky resta chez ses parents jusqu'à 17 heures, puis rentra chez elle en voiture, ne voulant pas laisser Beanie dehors trop longtemps. La chienne se faisait vieille et l'arthrite dont elle souffrait à la hanche gauche empirait en cette saison plutôt fraîche.

Jack avait promis qu'il emporterait quelques affaires et qu'il prendrait une chambre au motel. Il avait tenu parole, et n'était donc pas là, mais avant de partir, il avait laissé les lumières de la terrasse allumées à l'intention de Lucky. Il avait également laissé un mot sur la table de la cuisine. Il n'avait pas eu le temps d'emporter tous ses dossiers de travail, disait-il, mais il viendrait les chercher demain pendant qu'elle serait à son travail.

— Je t'aime, avait-il écrit. J'ai besoin de toi et du bébé. S'il te plaît, pardonne-moi.

Ce message lui brisa le cœur.

Complètement épuisée, elle se fit couler un bain. Plus tard, ses sœurs et Cal l'appelèrent, ainsi que ses parents. Jack était passé chez eux pour s'excuser, lui dit sa mère.

— J'ai eu de la peine pour lui. Il a peur de t'avoir perdue et il est complètement effondré.

— Il a des raisons de l'être, lui dit Lucky.

Elle prit un léger dîner, davantage pour le bien du bébé que pour elle, car elle avait perdu tout appétit. A 19 heures, l'heure à laquelle Jack rentrait d'habitude à la maison, Beanie alla s'asseoir sur le perron pour l'attendre.

— Il ne viendra pas ce soir, ma fille. Tu es coincée ici avec moi, lui expliqua Lucky tout en la caressant.

La chienne se laissa faire, lui donna un coup de langue, puis retourna à son poste d'observation.

— Tu vas attendre longtemps, lui dit Lucky.

Elle ferma la porte à double tour et laissa Beanie à son attente. C'était sans doute à cause de Ray Webster qu'elle se sentait anxieuse, mais autant être prudente.

Promenant son regard dans la chambre du bébé, elle s'arrêta sur le berceau. Un ours en peluche y était couché. Un mobile décoré de licornes était accroché au-dessus.

— Regarde ce que Papa a construit pour toi, Grace.

Partout, la présence de Jack était palpable — de l'eau de Cologne sur le lavabo de la salle de bains, un T-shirt délavé, ses chaussures de sport près de la porte d'entrée.

La nuit précédente, ils avaient consulté un livre de décoration, tentant de se mettre d'accord sur le style de leur nouvelle maison. Il reposait encore sur la table basse. Elle voulait une cabane en rondins. Il désirait pour sa part quelque chose de moderne avec des baies vitrées partout. Comme d'habitude, ils n'arrivaient pas à se mettre d'accord.

Sur le bureau de Jack se trouvait un livre sur l'art décoratif indien. Elle s'assit et se mit à le feuilleter. Elle l'avait envoyé consulter un expert à l'université pour répondre à certaines de ses questions plus spécifiques, et il ne lui avait même pas parlé de son entretien.

C'était également classique, cette façon de la laisser en dehors d'une partie de sa vie. Est-ce qu'il enquêtait toujours sur cette affaire de vol d'objets anciens ? Celle-ci était-elle liée à la disparition de miss Eileen ? Ou à la mort de Bagwell ?

En se penchant, elle jeta un œil sous le bureau. Le carton rempli de dossiers était toujours là. Se permettrait-elle ? Elle avait promis à Jack de n'en rien faire. Mais cette promesse tenait-elle toujours après ce qu'il lui avait fait ?

Elle livra un combat avec sa conscience… pendant deux secondes, puis tira le carton à elle et en ôta le couvercle.

Il contenait des photographies et des coupures de journaux, comme Jack le lui avait dit. Certaines se rapportaient aux objets indiens volés. D'autres concernaient la disparition d'Eileen et la recherche de son corps. Lucky avait déjà vu la plupart d'entre eux.

Mais Jack y avait joint les éditoriaux que le père de Lucky avait écrits pour tenter de faire accuser Terrell Wade. Elle était trop petite pour les avoir lus à l'époque.

Il était sans doute persuadé de la culpabilité de Terrell. Mais elle ne l'était pas. Et plus elle en lisait, plus le sentiment de peine qu'elle avait ressenti toute sa vie s'accentuait. Il était clair que les habitants de Potock — y compris son père et elle — avaient commis une terrible injustice. Ils s'étaient ligués contre ce pauvre Terrell pour la seule raison qu'il n'était pas comme les autres. Et ils avaient fait en sorte qu'il soit mis hors d'état de nuire.

— Mon Dieu, pardonne-nous, murmura-t-elle pour elle-même.

Elle referma le carton et le replaça sous le bureau. Beanie était toujours à sa place devant la porte d'entrée, et Lucky tenta une fois de plus de la faire changer d'avis.

— Il est parti, Beanie. Papa est parti.

La chienne la regarda avec une expression de tristesse infinie, comme si elle avait compris ce qu'elle lui disait. Ce qui déclencha chez Lucky un nouveau torrent de larmes.

— Oh non, pas encore !

Son sac était posé sur la table de l'entrée, et elle y chercha un mouchoir. Dans la poche intérieure, elle découvrit celui de Terrell, qu'elle y avait rangé plusieurs mois auparavant. Elle s'apprêtait à l'utiliser quand elle s'arrêta, pensive.

Qu'avait dit sa grand-mère à propos de la difficulté d'assumer un lourd passé ? En tout cas, elle n'avait pas l'intention de tomber dans ce travers.

Repliant soigneusement le mouchoir, elle le remit à sa place dans le sac. Non, elle ne l'utiliserait pas. Elle avait pris la décision de le rendre à son propriétaire.

Après avoir présenté ses excuses aux parents de Lucky, Jack savait qu'il lui restait une chose à faire avant de pouvoir rentrer au motel — et ce n'était pas la plus facile. Il prit une profonde inspiration et frappa à la porte d'entrée de la maison de Cal. Celui-ci lui ouvrit, la télécommande de la télévision dans une main et un bol de pop-corn dans l'autre.

Son regard glissa sur le costume froissé de Jack et sur son visage fatigué.

— Tu as vraiment l'air d'une épave, lui dit Cal.

— C'est en tout cas comme ça que je me sens, lui répondit Jack.

— Je me doutais que tu passerais ce soir.

— Je suis venu pour m'excuser. J'aurais dû te dire la vérité.

— Tu m'as fait de la peine, mon vieux. Tu nous as tous énormément déçus.

— Je sais. Ta famille…

Il fut de nouveau submergé par une vague de regrets, et les mots peinaient à venir.

— Je vous aime tous beaucoup.

— Je peux comprendre pourquoi tu voulais que personne ne sache quoi que ce soit, mais ce n'est pas pour autant que ton mensonge est plus facile à avaler.

— Si tu ne peux pas me pardonner, est-ce qu'au moins tu peux accepter mes excuses ?

Il lui tendit sa main.

— Tu es comme le frère que je n'ai jamais eu, Cal. Je ne veux pas que tu me haïsses.

Cal soupira, fourra la télécommande dans le bol de pop-corn et lui tendit à son tour sa main libre.

— Bon allez, rentre, lui dit-il. Il y a du football à la télé. Et tu sais comme je déteste regarder un match tout seul.

13.

Le bulletin météorologique avait annoncé une baisse de la température et des gelées pour la nuit. Leona Harrison sortit donc à l'heure du déjeuner pour protéger ses azalées avec une couverture et ses herbes aromatiques avec un seau.

— Madame Harrison ?

Elle se retourna et vit une jeune femme dans le jardin. De petites boucles brunes dépassaient de son bonnet. On pouvait distinguer qu'elle était enceinte à travers l'ouverture de son manteau.

— Oui, je suis Mme Harrison, répondit-elle à l'inconnue.

— Je m'appelle… Erin Cahill. Je me demandais si vous accepteriez de me parler quelques instants de votre neveu, Terrell Wade.

— De Terrell ? De quoi s'agit-il ?

La jeune femme fouilla dans son sac et en sortit un morceau de tissu.

— Il y a quelques mois, je me suis blessée à la tête. Je saignais et Terrell m'a gentiment offert son mouchoir. Je voulais le lui rendre et en profiter pour le remercier.

Leona observa l'objet que la jeune femme tenait à la main et secoua la tête.

— Vous devez faire erreur. Terrell est… malade. Et il n'a pas pour habitude de donner son mouchoir à une inconnue.

Lucky s'approcha de quelques pas.

— Oui, madame, je sais qu'il est autiste, mais je l'ai rencontré par hasard cet été. Je suppose qu'il s'était de nouveau enfui de *Horizon House*.

— Il était dehors ?

— Oui, madame. Près du fleuve, non loin de l'endroit où se trouvait jadis le vieux moulin. J'étais dans ma barque et il était… En fait, je ne sais pas vraiment ce qu'il faisait là. Il avait l'air de jouer dans l'eau.

Le centre ne l'avait pas prévenue de cet incident.

— Il est captivé par l'eau. Il l'a toujours été. Vous dites qu'il vous a aidée ?

— Oui, madame. Et c'est pour cela que j'aimerais le remercier.

Leona n'arrivait toujours pas à comprendre Terrell. Il était complètement asocial ; il n'était capable d'aucune manifestation de sympathie envers quiconque. Comment était-il seulement imaginable qu'il ait put offrir son mouchoir à une jeune femme ?

— Vous avez dit vous appeler comment ?

— Euh, Erin Cahill. Mon nom de jeune fille est Mathison.

— Mathison.

Ce nom sembla ébranler Leona.

— Les Mathison du journal ? demanda-t-elle soudain.

— Oui, madame.

Erin Mathison. Laquelle des filles était… Le visage de Leona changea tout à coup d'expression, et une lueur de haine s'y dessina.

— Vous ! Comment osez-vous venir ici après ce que vous avez fait à Terrell ! ?

— Madame Harrison, je vous promets que je suis ici pour une seule raison, et c'est celle que je vous ai dite. Je saignais et Terrell m'a donné cela pour me l'appliquer sur ma plaie, dit-elle en lui montrant de nouveau le mouchoir.

— Allez-vous-en !

Elle monta quelques marches, mais fut immédiatement suivie par Lucky.

— Je comprends votre attitude, mais…

Leona se retourna aussitôt.

— Vous la comprenez ? Avez-vous une quelconque idée du mal que vous avez fait à ma sœur ? Du mal que vous avez fait à Terrell ?

— Je commence à le comprendre.

— Partez, ou j'appelle la police.

Leona rentra chez elle et claqua la porte.

— S'il vous plaît, madame Harrison, cria Lucky. Je pense que Terrell est innocent et je suis décidée à le prouver. Ne pouvez-vous pas, pour son bien, oublier un instant vos griefs à mon égard et écouter ce que j'ai à vous dire ?

Appuyée contre le mur, Leona réfléchissait à ce qu'elle devait faire. C'était sûrement une ruse. Mais si ça ne l'était pas, elle ne voulait pas prendre le risque de passer à côté du seul espoir qu'elle entrevoyait depuis des années.

Elle entrebâilla sa porte d'entrée.

— Est-ce vous ou votre journaliste de sœur qui avez une nouvelle idée pour un article ? Est-ce pour cela que vous faites tout ceci ?

— Non, c'est une affaire strictement personnelle. Personne ne sait que je suis ici. Et cela n'a rien à voir avec le journal.

— Nous avons assez souffert à cause de vous et de votre père.

— Je comprends. Et je vous jure que je ne suis pas ici pour vous accabler.

— Pourquoi avez-vous dit que vous le pensiez innocent ?

Leona ouvrit un peu plus sa porte d'entrée pour mieux entendre la réponse de Lucky.

— Ce jour-là, au bord du fleuve, Terrell aurait pu me faire du mal s'il l'avait voulu, lui dit celle-ci. Mais il n'en a rien fait. Au contraire, il a été très gentil. Il m'a donné son mouchoir pour que j'éponge ma blessure. Regardez.

Elle écarta d'une main ses cheveux.

— J'ai gardé une petite cicatrice du choc. Cet événement m'a fait réfléchir, et j'ai pensé que peut-être je m'étais trompée à son sujet. J'étais encore une enfant lorsque miss Eileen a disparu. Maintenant que je suis une adulte, je vois les choses sous un autre jour.

— Terrell ne ferait pas de mal à une mouche. Personne ne l'a jamais compris. Il s'isole et peint. Il ne dérange personne.

— Je vous crois. S'il vous plaît, puis-je entrer et vous parler un moment ? Ecoutez-moi, et si ce que je vous dis ne vous plaît pas, je vous promets de partir et de ne jamais plus revenir.

Leona la fit attendre un moment dans le froid, tandis qu'elle réfléchissait. Le vent s'était levé et s'engouffrait dans le manteau de la jeune femme, qui sautait d'un pied sur l'autre pour se réchauffer. Son nez commençait à rougir.

— S'il vous plaît, madame Harrison. J'aimerais réparer mes torts, si c'est encore possible.

Bien qu'elle n'éprouve que de la colère envers cette femme, Leona ne pouvait ignorer qu'elle portait un enfant et que le temps empirait de minute en minute.

— N'allez pas croire que je vais vous laisser mourir de froid devant la maison, lui dit-elle, et elle lui permit d'entrer.

— Merci, dit Lucky.

Leona la fit passer dans la cuisine et lui indiqua un siège.

— Mon mari est absent pour le moment.

— Il adore son jardin, n'est-ce pas ? Je suis passée devant chez vous plusieurs fois cet été, et je l'ai vu y travailler avec application.

— Oui, il aime beaucoup cultiver ses plantes, dit Leona en s'asseyant à son tour. Vous feriez mieux de m'expliquer tout de suite la raison précise de votre visite et de repartir avant qu'il ne soit de retour. Il n'aime pas beaucoup entendre parler de Terrell.

Lucky s'éclaircit la gorge.

— Oui, madame. Je comprends. On dirait que nous avons tous envie d'oublier tout ça. C'est pour cela que je veux découvrir la vérité.

— Et comment comptez-vous vous y prendre ?

— Je n'en suis pas encore tout à fait sûre. Je sais que vous êtes convaincue que Terrell n'a pas tué miss Eileen ce matin-là mais qu'il a été témoin de ce qui lui est arrivé. Je partage votre opinion. Si je lui parlais, peut-être pourrais-je apprendre quelque chose susceptible de le prouver. Le seul problème, c'est que le centre ne me laissera pas le voir sans votre autorisation.

— Terrell ne parle pas. Vous allez perdre votre temps.

— Je sais qu'il ne parle pas. Mais j'ai découvert quelque chose ce jour-là au bord de l'eau. Il savait que j'étais blessée et que j'avais peur, et il a répondu à ma détresse. Dans un sens, nous avons communiqué. Peut-être cela pourra-t-il arriver de nouveau.

— Je ne vois pas comment ce serait possible. Il réagit rarement à ce qui l'entoure, et encore moins aux êtres humains. Du moins... pas depuis le jour où cette miss Olenick est morte.

— Alors comment expliquez-vous ceci ? demanda Lucky en brandissant le mouchoir.

— Je ne sais pas.

— Me laisserez-vous le voir ? Je vous en prie. Même si cela n'aboutit à rien, au moins aurons-nous essayé.

— J'ai besoin de réfléchir à tout cela, déclara Leona après quelques instants de silence.

— C'est normal. Je vais vous donner mes coordonnées.

Elle sortit une carte de visite de son sac et y inscrivit quelque chose.

— J'ai ajouté mon numéro de téléphone personnel, dit Lucky en lui tendant. N'hésitez pas à m'appeler. Et s'il vous plaît, réfléchissez bien à ma proposition.

— Je reste persuadée que ce sera une perte de temps.

— Peut-être, mais le jeu en vaut la chandelle, non ?

Quand Lucky repartit vers sa voiture, elle remarqua la vieille Plymouth qui l'avait suivie toute la matinée garée à quelques pâtés de maisons de là. Elle se dirigea droit sur elle et frappa à la vitre.

— Je dois aller chez le médecin, puis au drugstore Turner, dit-elle au conducteur. Pourquoi, au lieu de me suivre à la trace, ne m'y retrouveriez-vous pas à midi ? Je vous offrirai une tasse de café et un sandwich.

— Quand m'avez-vous repéré ? demanda Ray Webster.

— A la minute où je suis sortie de mon bureau. Alors, qu'en dites-vous, monsieur Webster ? Je peux vous inviter à déjeuner ? Cela nous donnera l'occasion de parler. Vous semblez être aussi curieux que moi.

— Votre proposition me plaît. D'accord pour midi. Et attention de ne pas vous attirer des ennuis d'ici là, madame, lui dit-il en la pointant du doigt.

— Je vous le promets, répondit-elle en esquissant un sourire amusé.

204

Le drugstore étant généralement complet à l'heure du déjeuner, Lucky arriva un peu plus tôt et s'installa dans une des alcôves pour qu'ils puissent converser sans être entendus. Elle commanda des sandwichs et de la tarte, mais attendit pour le café que le père de Jack soit arrivé. Il apparut à midi pile et se fraya un chemin jusqu'à sa table.

— Je vous ai commandé de la salade au poulet, j'espère que ça vous va. Je suis sûre que vous allez adorer.

Webster approuva son choix. Elle fit signe à Byrd pour qu'il leur prépare des cafés.

— Pourriez-vous aller les prendre au bar ? lui demanda-t-elle. Je suis un peu coincée sur cette banquette.

Il alla chercher les cafés et revint s'asseoir en face d'elle.

— Pour quand est prévu le bébé ? demanda Ray.

— Pour la première semaine de janvier, à une ou deux semaines près.

— Savez-vous déjà si c'est une fille ou un garçon ?

— Non, je n'ai pas voulu le savoir à l'avance. Mais je suis presque sûre que c'est une fille.

— Une petite fille. Ce serait chouette.

— Je vais être franche avec vous, monsieur Webster. Vous m'avez flanqué la frousse deux ou trois fois. Vous devriez avoir honte. Si vous êtes venu ici pour voir Jack, pourquoi est-ce moi que vous suivez ?

— J'ai commencé par l'observer lui. Je voulais voir comment il vivait, ce qu'il faisait chaque jour, la façon dont il s'en sortait, dit-il, mordant dans son sandwich tout en parlant.

— Lorsque j'ai vu que tout allait pour le mieux, j'ai appelé mon responsable de conditionnelle et j'ai réfléchi à ce que je voulais faire.

— Et pourquoi avez-vous alors décidé de rester ?

— C'est à cause de vous. J'ai réalisé que j'allais être grand-père, et j'ai décidé que j'allais rester encore un peu. Je ne voulais pas vous faire peur, je vous assure. Mais vous êtes bien plus intéressante à observer que mon fils. De plus, vous avez eu besoin de mon aide à deux reprises.

— Vraiment ? Et quand ?

— A votre avis, qui s'est occupé de ce voleur il y a quelque temps ?

— Vous avez fait quelque chose à cet homme ?

— Il le fallait bien. Sinon, vous auriez vraiment pris des risques. Je m'en suis occupé quand il est sorti en courant par la porte, et je me suis enfui avant que quelqu'un me voie.

— Et l'autre fois ?

— Il y a eu ce jour où vous avez perdu votre porte-monnaie dans l'épicerie.

— Je m'en souviens. Je l'ai retrouvé plus tard sur le plancher de ma voiture, là où je l'avais laissé tomber.

Il secoua la tête.

— Ce n'est pas ce qui s'est passé ? lui demanda-t-elle, surprise.

— Un petit voyou l'a volé dans votre poche à l'intérieur du magasin.

— Et vous vous en êtes aussi « occupé » ?

— Non, cela a été plus facile. Je le lui ai volé à mon tour et je l'ai jeté sur le plancher de votre voiture pour que vous croyiez l'avoir laissé tomber. Vous devriez faire plus attention. Des voleurs comme moi, il y en a partout.

A cette minute, Lucky comprit qu'elle allait bien s'entendre avec Ray Webster. Mais ce sentiment laissa aussitôt place à la culpabilité. Il avait fait tant de mal à Jack.

— J'imagine que vous avez mieux à faire que de me suivre. Vous travaillez ?

206

— Je ne travaille que le vendredi, le samedi et le lundi, de 7 heures à 11 heures. Sinon, je n'ai pas grand-chose à faire.

— Je vous en prié, dites-moi que vous n'allez rien faire qui… puisse vous causer des problèmes.

A ces mots, il s'esclaffa.

— Je vous promets, madame, que je ne quitterai plus le droit chemin.

— Dieu merci. Je n'aimerais pas que vous retourniez en prison, monsieur Webster.

— Appelez-moi Ray.

— D'accord, Ray. Ma famille m'appelle Lucky.

Elle pensa tout à coup à quelque chose qui l'intriguait depuis la veille.

— M'avez-vous espionnée à l'extérieur de mon bungalow ? J'ai senti une présence.

— C'est normal. Je voulais voir où vous viviez tous les deux. J.T. n'a pas su que j'étais là, non ?

Elle fit non de la tête.

— Je m'en doutais. Je l'ai suivi pendant des semaines pendant son travail et il n'a jamais eu le moindre soupçon. C'était vraiment un bon voleur quand il était enfant. Il pouvait crocheter une serrure plus vite que n'importe qui. Est-ce qu'il est aussi bon policier ?

— C'est un très bon policier.

— Je n'en croyais pas mes oreilles quand j'ai appris qu'il était devenu flic en Pennsylvanie. Mais j'imagine que j'aurais dû me douter qu'il tournerait mal un jour ou l'autre, plaisanta-t-il.

A cet instant, Deaton apparut dans l'embrasure de la porte, remarqua Lucky et lui fit signe. Lucky sourit et lui rendit son salut. Il s'approcha alors du comptoir, apparemment pour emporter une commande qu'il avait dû passer par téléphone.

Reportant son attention sur Ray, Lucky demanda :

— Avez-vous parlé à Jack hier, depuis notre dernière rencontre ?

— « Parlé » est un grand mot. Il est venu à mon hôtel et s'est mis en colère. Il veut que je m'en aille, ce qui ne me surprend pas, mais je lui ai dit que je voulais rester encore un peu et voir mon petit-fils ou ma petite-fille. Est-ce que cela vous pose un problème ?

— Cela dépend de Jack, pas de moi. Vous comprenez pourquoi ?

Ray acquiesça.

— Le seul fait que je sois en train de vous parler aujourd'hui lui ferait de la peine s'il le savait.

— Je ne lui dirai pas, si vous en faites autant.

Deaton s'approcha, un sac à la main, et lui adressa la parole avant qu'elle ait pu répondre à Ray.

— Salut. Comment vas-tu ?

Son regard se posa sur son ventre.

— Wouah ! Mais tu es devenue énorme !

— Tu devrais le crier encore plus fort, je suis sûre que la nouvelle n'est pas encore arrivée jusqu'en Georgie !

Il se mit à rire.

— Désolé, mais cela m'a fait un tel choc de te voir pour une fois avec des formes.

— Je te pardonne, mais ne t'avise pas de me redire ça une fois que le bébé sera né. Deaton, je te présente...

Elle ne sut comment présenter le père de Jack.

— ...Ray Webster. Il vient d'arriver en ville. Ray, ce farceur est mon vieil ami Deaton Swain. Nous nous connaissons depuis que nous avons cinq ans. C'est le seul dans le coin qui peut se permettre de me faire remarquer que j'ai grossi à ce point.

Les deux hommes se serrèrent la main.

— Enchanté de vous connaître, monsieur Webster.

Il se retourna vers Lucky.

— Ma mère m'a demandé de te dire qu'elle avait quelque chose à te donner pour le bébé.

— Comme c'est gentil. Remercie-la de ma part.

— Ce sera fait. Bon, ce n'est pas tout ça mais il faut que j'y retourne. Le capitaine est sur le sentier de la guerre aujourd'hui, je ne sais pour quelle raison. Tu ne pourrais pas faire en sorte de le calmer un peu le matin, avant qu'il n'arrive au bureau ?

— J'ai bien peur que non, dit-elle, essayant de continuer à sourire.

— Prends soin de toi, et ne mange pas trop, lui dit-il en lui pinçant le nez.

Puis il prit congé d'eux.

— Les flics, dit Ray après le départ de Deaton, je peux les repérer à des kilomètres à la ronde.

— Vous voulez dire que vous auriez deviné qu'il était policier, même sans avoir vu son talkie-walkie à sa ceinture et s'il n'avait pas dit que Jack était son patron ?

— Oui, madame, je l'aurais deviné. Vous pouvez savoir beaucoup de choses sur les gens rien qu'en les observant et en les entendant parler... ou même s'ils ne disent rien. Vous, par exemple, vous avez affiché un beau sourire lorsqu'il vous a parlé de J.T., mais j'ai lu de la tristesse dans vos yeux. Avez-vous flanqué mon fils à la porte ?

— Oui, je l'ai fait.

— A cause de moi ?

— Non, à cause de lui, car il ne m'avait pas dit la vérité sur vous et sur lui.

— Je reconnais que je n'aurais jamais dû venir ici.

— Non, Ray, je suis heureuse que vous l'ayez fait. Mais tant que vous et votre fils n'aurez pas trouvé un moyen de vous réconcilier avec votre passé et l'un avec l'autre, je crois qu'aucun de nous n'arrivera à être heureux.

Ils se séparèrent après s'être fixé rendez-vous le lundi suivant à midi. Lucky savait que ce n'était pas raisonnable. Jack serait furieux s'il découvrait qu'elle avait parlé à son père aujourd'hui, et encore plus s'il savait qu'ils avaient prévu de se revoir.

Il n'était pas impossible que Deaton fasse allusion à leur rencontre et à un certain M. Webster. Mais elle n'avait pas l'intention de mentir ou de se dérober. Si Jack l'apprenait et se mettait en colère, eh bien tant pis. Mais ce n'est pas elle qui le lui dirait. Même si elle aurait sans doute à le faire tôt ou tard, elle préférait retarder l'échéance au maximum.

Elle avait plusieurs rendez-vous cet après-midi et décida donc d'appeler son bureau pour prévenir qu'elle était en chemin. La réceptionniste lui dit que Leigh voulait la voir dans la salle de conférences dès que possible. Lorsqu'elle arriva, elle se retrouva au beau milieu d'une fête surprise célébrée en l'honneur du futur bébé.

Le plafond était orné de ballons gonflables. Les membres du personnel avaient apporté des gâteaux et des boissons. Ils étaient tous là.

— Vous n'auriez pas dû, leur déclara Lucky.

Elle passa dans la foule, en remerciant chacun d'eux.

— Et tous ces cadeaux, mon Dieu !

— J'ai appelé votre mari et il est en route, lui dit en passant une des employées du département publicité. Laissez-moi couper ce gâteau.

— Est-ce que quelqu'un peut prévenir Cal et lui demander de se dépêcher ? cria-t-elle à la cantonade.

Leigh la prit par l'épaule et l'emmena un peu à l'écart.

— Je suis désolée, je ne savais pas quoi faire. J'ai essayé de leur suggérer que Jack serait peut-être trop occupé pour venir, mais ils ont pensé qu'il fallait au moins lui demander. Il semble qu'il ait accepté.

— Oh non ! Dis-moi que ce n'est pas vrai !

— Tu lui as parlé depuis hier ?

— Non, et je n'en ai aucune envie. Comment vais-je me sortir de tout ça ?

— J'ai l'impression qu'il est trop tard, lui dit-elle en indiquant d'un signe de tête la porte d'entrée devant laquelle Jack venait d'apparaître.

Il promena son regard à travers la pièce et ses yeux se posèrent sur elle. Lucky voulut s'en aller, mais ses pieds étaient comme rivés au sol.

— Tu n'aurais pas dû venir, finit-elle par lui dire lorsqu'il se fut approché d'elle.

— Je voulais te voir, et je savais que c'était peut-être le seul moyen.

Il jeta un œil à sa sœur.

— Leigh…

— Lucky m'a fait promettre de ne pas me disputer avec toi, mais elle m'a permis de te dire ce que je pense de toi. Tu n'es qu'un salaud, Jack.

— Je sais, dit Jack.

Quelqu'un vint près d'eux avec un plateau de gâteaux. Cal arriva ensuite, les bras chargés de pots de glaces, et Lucky dut se plier au supplice d'ouvrir chaque cadeau destiné au bébé avec Jack. La fête toucha à sa fin quarante-cinq minutes plus tard, mais cette supercherie lui sembla durer un siècle.

— Veux-tu que je mette tous ces cadeaux dans ma voiture et que je te les dépose à ton bungalow ? demanda Jack.

— Non, je vais demander à Leigh de m'aider.

— Je peux te parler une minute ?

— Je crois que nous n'avons plus rien à nous dire.

— Je ne te demande que cinq minutes.

Elle finit par accepter et le suivit jusqu'à la chambre noire située à l'étage. Ayant besoin d'une contenance, elle se mit à ranger des négatifs dans une enveloppe.

— Où as-tu dormi la nuit dernière ? lui demanda-t-elle.

— Chez Cal. Mais ne lui en veux pas. Je prendrai une chambre au motel pour cette nuit. Je ne veux pas causer de différends entre vous deux.

— Si tu veux rester chez Cal, ne te gêne pas. Je ne m'attends pas à ce que tu cesses de le voir uniquement à cause de nos problèmes. Etait-ce de cela dont tu voulais me parler ?

— Non. Je voulais te voir pour te demander de réfléchir à la possibilité de mon retour à la maison. Cela ne nous aide ni l'un ni l'autre de rester séparés. Nous l'avons déjà essayé.

— « La maison », cela sonne bizarrement venant de toi. Tu n'as jamais considéré le bungalow comme ta maison.

— C'est toi, ma « maison », Lucky. Où que tu sois, je veux y être aussi.

Elle se sentit déchirée par le désir de l'embrasser et d'effacer la tristesse qu'elle lisait dans ses yeux, et par la peine encore fraîche qu'elle ressentait toujours.

D'un geste, il lui effleura la joue du bout de ses doigts. L'air se bloqua dans ses poumons. Elle ne pouvait relâcher sa respiration.

— C'était horrible de dormir sans toi, la nuit dernière, lui dit-il.

Elle s'était aussi sentie très seule dans son lit, et elle n'avait cessé de bouger toute la nuit à la recherche de son corps.

— Tu m'as manqué aussi.

— Alors laisse-moi rentrer.

— Je ne veux pas risquer de souffrir de nouveau par ta faute.

Il laissa retomber ses bras contre son corps.

— Dis-moi ce que je dois faire pour retrouver ta confiance.

— Je ne vois rien, si ce n'est de me laisser seule afin que j'essaye de panser mes blessures. Je t'aime, malgré ce que tu as fait, mais je ne veux pas avoir affaire à nos problèmes maintenant. Peux-tu me donner un peu de temps ?

— J'ai l'impression que je n'ai pas vraiment le choix.

14.

Thanksgiving arriva, mais pour la première fois de sa vie, Lucky ne le fêta pas chez ses parents. Et les supplications de sa mère n'y changèrent rien.

Bien qu'elle ait participé aux préparatifs avec Leigh, elle ne pouvait supporter d'être avec sa famille tout en sachant que Jack restait seul dans sa chambre d'hôtel. Au lieu de la dinde de sa grand-mère et des patates douces cuisinées par Shannon, Lucky dîna chez elle d'une portion de nouilles chinoises et de quelques biscuits salés, et vécut là l'un des pires moments de sa vie, en pleine détresse.

Jack restait à l'écart, comme elle le lui avait demandé, bien qu'elle ne soit pas sûre que ce fût une bonne idée. La solitude se révélait en fait plus difficile à supporter que sa présence.

Le fait que Leona Harrison ne l'ait pas contactée l'avait également complètement découragée. Elle avait attendu en vain un appel téléphonique de la tante de Terrell. Et sans son autorisation, *Horizon House* ne la laisserait jamais parler à son neveu. S'il savait quelque chose sur ce qui était arrivé à Eileen Olenick il y a vingt et un ans, Lucky n'aurait donc jamais l'occasion de l'entendre de sa bouche.

Après les vacances, elle avait fortement diminué ses heures de travail. Elle était à présent si grosse que ses pieds ne désenflaient quasiment jamais. Heureusement, ses douleurs de dos avaient diminué depuis qu'elle s'était musclé les abdominaux. Tous les exercices dont elle s'était tant plainte mais que Jack l'avait convaincue de faire, soir après soir, étaient enfin payants.

C'était sa dernière semaine de travail. Elle avait réussi à penser à autre chose qu'au bébé à naître en travaillant à mi-temps pour le *Register* et en déjeunant régulièrement avec Ray.

Elle essaya de ne pas retomber dans le travers de se nourrir de plats surgelés et de trop parler à sa chienne, mais sans Jack près d'elle, la chose n'était pas des plus faciles.

Jusqu'à ce qu'elle soit de nouveau seule, elle n'avait pas réalisé combien elle dépendait de lui, notamment sur le plan émotionnel. Soudain, personne n'était là pour la faire rire ou pour prêter une oreille attentive à ses problèmes. Personne n'était là pour contempler avec elle le soleil se lever ou lui faire remarquer qu'elle était grognon.

Il lui avait rendu visite un jour où elle était au journal, puis avait débarrassé le bungalow du reste de ses affaires. On aurait dit à présent qu'il n'avait jamais habité là.

Seule la pauvre Beanie s'en souvenait. Elle l'attendait encore chaque nuit devant la porte, espérant le voir un jour la franchir.

— Il me manque aussi, lui dit Lucky cette nuit-là, en caressant sa tête.

La pluie continuait à tomber au-dehors pour le cinquième jour consécutif, ce qui était plutôt rare en décembre, et les gouttes s'abattaient sur le toit avec une régularité presque musicale.

Le fleuve était à présent si haut — l'eau montait quasiment jusqu'à la hauteur du ponton — que Lucky n'avait pas osé utiliser sa barque comme elle avait l'habitude de le faire chaque jour.

215

Elle finit par persuader sa chienne de s'aventurer dans le froid du jardin. Puis une fois de retour dans le bungalow et consciencieusement séchée, Beanie sembla en meilleure forme. Elle se coucha aux pieds de Lucky sous la table de la cuisine pendant que celle-ci achevait d'emballer ses derniers cadeaux de Noël.

Lucky n'avait pas décoré de sapin cette année. Elle avait pensé en acheter un petit, mais elle ne s'en sentait pas vraiment l'humeur. Le souvenir du Noël précédent, jeune mariée auprès de Jack, avait fini par tuer en elle toute velléité festive.

Noël tombait le mardi suivant, soit six jours plus tard. Sa mère désirait qu'elle vienne chez eux, mais... Elle soupira et caressa doucement son ventre.

— Que devons-nous faire, Grace ? Allons-nous rester ici ou bien rendre visite à tes grands-parents ? Ton papa va être tout seul, et cela me rend triste.

Et qu'en était-il de ce pauvre Ray ? Les autres résidents de la pension partiraient sans doute dans leurs familles respectives, et il se retrouverait également seul. Elle ne supportait pas non plus d'y penser.

Le téléphone sonna alors qu'elle s'apprêtait à confectionner un nœud pour le paquet destiné à la fille de Leigh. Sautant sur ses pieds, elle saisit le combiné qui était posé sur la table basse.

— Allô ?

— Madame Cahill ? Leona Harrison à l'appareil.

Lucky eut le souffle coupé par la surprise. Elle avait abandonné tout espoir d'avoir un jour des nouvelles de cette femme.

— Madame Harrison, comment allez-vous ? lui demanda-t-elle.

— Je vais bien, je vous remercie. Je vous appelle parce que, eh bien, j'ai beaucoup réfléchi à ce que vous m'avez demandé,

216

et j'ai pris la décision de vous laisser voir Terrell. Je ne sais pas si cela sera positif, mais comme vous l'avez dit, nous ne le saurons qu'après avoir essayé.

Si Lucky n'avait pas pris autant de kilos, elle aurait sauté de joie.

— Je vous en suis tellement reconnaissante, dit-elle.

— Je lui rends normalement visite tous les vendredis, mais si vous êtes libre demain matin, disons vers 9 heures, nous pourrons y aller ensemble.

— Ce serait parfait. Je peux vous y retrouver.

— Je vous fais confiance, madame Cahill. S'il vous plaît, ne lui faites pas de mal.

— Non, madame Harrison, n'ayez crainte. La confiance n'est pas quelque chose que je prends à la légère.

Le lendemain matin, la pluie avait enfin cessé et le ciel commençait à s'éclaircir, mais la température s'était fortement refroidie. Lucky arriva à *Horizon House* et après avoir pressé le bouton de l'Interphone, elle déclina son identité et pénétra dans l'enceinte de l'établissement.

Alors qu'elle s'avançait vers la porte d'entrée, son estomac se noua. Son idée était peut-être un peu folle, mais elle méritait d'être tentée. Elle ne pouvait supporter la possibilité de s'être trompée envers cet homme.

Mme Harrison était déjà là et elle l'attendait. Elles furent escortées à l'étage par un des membres du personnel qui leur expliqua que Terrell travaillait aujourd'hui dans sa chambre.

— Préparez-vous à un choc, dit Mme Harrison à Lucky, dont le cœur se mit à battre encore plus vite.

Le surveillant frappa à la porte et l'ouvrit lentement.

— Terrell, vous avez de la visite, dit-il en passant sa tête dans l'entrebâillement. C'est bon, déclara-t-il à l'adresse des deux femmes, vous pouvez y aller.

Lucky suivit la tante de Terrell, puis s'arrêta en observant la pièce. Elle était remplie de peintures et de dessins. Les murs en étaient couverts, et le sol même en était jonché.

— Il est si prolifique que j'ai dû en stocker une bonne partie chez moi, lui dit Mme Harrison.

— Il y en a davantage ?

— Oui, beaucoup plus. Chaque fois que je lui rends visite, il m'en offre une. Il est très généreux.

Terrell travaillait à une table près de la fenêtre, et il n'eut pas un regard pour elles.

— Terrell, c'est tante Leona, lui dit-elle en s'approchant. Je suis venu avec quelqu'un qui aimerait te voir.

Il tourna la page du cahier de croquis sur lequel il travaillait mais ne leva pas les yeux.

Lucky avait peine à dissimuler sa surprise. Les dessins étaient magnifiques, et elle n'avait jamais vu de peintures aussi réalistes. Des paysages, des portraits. De nombreuses représentations de la ville et du fleuve. Des personnes également. Mon Dieu, tous ces gens dessinés ! Il avait par exemple représenté Byrd en train de préparer sa limonade, plus vrai que nature.

— Elles sont superbes, déclara-t-elle. Quand j'étais enfant, j'avais entendu dire qu'il était doué, mais je ne pensais pas que c'était à ce point.

— Il possède une mémoire incroyable pour les détails.

— C'est ce que je vois.

Son cœur se serra en réalisant que cet homme si talentueux était enfermé dans une institution depuis plus de vingt ans.

— Ce que je trouve le plus incroyable, c'est qu'il puisse peindre certaines personnes qu'il n'a pas vues depuis des années, dit Mme Harrison. Comme M. Byrd, par exemple. Terrell n'était qu'un petit garçon quand sa mère a dû cesser de l'emmener avec elle au drugstore. Il n'arrêtait pas de s'enfuir et de courir dans la rue. Il ne comprenait pas que cela pouvait être dangereux.

Elle montra du doigt une peinture accrochée au-dessus de son bureau qui représentait une vieille dame.

— Oh, et celui-là ! Vous la reconnaissez ?

— Oui, c'est Mme Baker-Simms. Elle était bibliothécaire à l'école primaire.

— Elle est morte depuis des années, mais il l'a peinte le mois dernier. Je l'ai trouvée si belle que je l'ai fait encadrer.

— Elle est exactement comme je me la rappelle. Même l'expression du visage est parfaite.

— Il adore peindre les gens. Je trouve qu'il le fait si bien.

Elle se tourna vers lui.

— Terrell, voici Mme Cahill. Elle s'appelait auparavant Lucky Mathison. Elle habitait dans cette grande maison blanche dans Brighton Street.

Lucky se pencha pour essayer de voir son visage. Mon Dieu, comme il avait l'air vieux de près. Il avait l'âge de Leigh, mais il paraissait avoir au moins quarante-cinq ans.

— Bonjour, Terrell, articula-t-elle.

Elle prit le mouchoir dans son sac, le retira du sachet en plastique dans lequel elle l'avait enveloppé et le tendit devant lui.

— Tu te rappelles m'avoir donné ceci ? J'étais dans ma barque et je me suis blessée à la tête. Tu me l'as prêté. Je suis venue pour te le rendre.

Terrell ne quitta pas un seul instant son ouvrage.

— Peut-être, dit Mme Harrison, pourrions-nous rester et te tenir compagnie un moment. Je suis sûre que cela te fera plaisir. A part moi, tu n'as aucune autre visite depuis que ta pauvre mère nous a quittés.

Elle fit signe à Lucky de s'asseoir sur le bord du lit et prit un siège à côté d'elle.

Lucky se mit à lui parler sans interruption de tout ce qui lui passait par la tête — d'elle, de sa famille, du bungalow, même de Beanie — essayant par tous les moyens d'établir la communication avec lui.

— Je crains que cela soit sans espoir, lui déclara Mme Harrison, au bout d'un moment. Je pense qu'il comprend que je suis une amie, mais je ne crois pas qu'il sache qui je suis. Alors vous…

— Mais il me reconnaît ! Regardez ce qu'il est en train de dessiner.

Il avait fait une esquisse d'un portrait de plain-pied représentant une femme enceinte. A côté d'elle, il avait dessiné une petite fille avec de longues nattes brunes.

— C'est moi aujourd'hui, et là c'est moi enfant.

— Mon Dieu, mais c'est vrai !

— Il est en train de me dire qu'il se souvient de moi à cette époque.

Elle voulut tenter sa chance et alla s'asseoir sur la chaise en face de lui, d'où il pouvait mieux la voir. Elle posa le mouchoir en évidence sur la table.

— Oui, c'était moi quand j'étais plus jeune, lui dit-elle en souriant. J'avais de longs cheveux et ma mère me faisait des nattes avec des rubans. J'aimais bien avoir des nœuds de couleurs différentes, et c'est comme cela que tu les as dessinés. Tu es très intelligent.

Il ne répondit pas, et elle ne pouvait qu'espérer qu'il comprenait ce qu'elle lui disait.

— Tu te souviens de miss Eileen ? demanda-t-elle. Elle était ton amie. Elle était aussi mon amie. Terrell… sais-tu

220

ce qui lui est arrivé ? Les gens ont cru que tu lui avais fait du mal, mais moi je ne le pense pas. Je suis désolée d'avoir dit à l'époque que tu n'étais pas son ami. Si tu as vu ce qui lui est arrivé, je t'en prie, essaie de me le dire. Tu peux le dessiner si tu veux.

Elles attendirent mais rien ne se produisit.

Découragée, Lucky se tourna vers Mme Harrison.

— Est-ce que certains des dessins que vous avez chez vous sont liés à cette période ? Peut-être contiennent-ils des indices sur ce qu'il a vu.

— Malheureusement non. Et ce n'est pas faute de les avoir examinés de près. Ils ressemblent à peu de chose près aux autres : différentes vues d'un même lieu, divers portraits de personnes qu'il a vues au fil des années ou qu'il a connues lorsqu'il était enfant. Il n'a peint qu'une fois quelque chose de plutôt dérangeant.

Elle lui raconta qu'il s'agissait d'une aquarelle de miss Olenick et lui décrivit la façon dont il avait représenté son visage.

— Quand était-ce ?

— Deux mois après qu'il eut emménagé ici.

— Donc lorsqu'il est revenu dans cette ville. Peut-être que ce retour a déclenché chez lui un souvenir précis et qu'il a essayé de vous le dire.

— Je ne sais pas. A ma connaissance, c'était la première fois qu'il faisait un portrait d'elle. Il n'aime pas les choses tristes. Vous voyez toutes ces couleurs ?

Mme Harrison avait raison. Tous les paysages étaient ensoleillés et pleins de vie. Pas d'orages, pas de nuages sombres. Les visages étaient souriants et gais.

Lucky essaya de nouveau de parler à Terrell, lui rappelant combien miss Eileen aimait aussi les couleurs vives.

— Elle portait toujours des vêtements bizarres. Et son chapeau — tu te rappelles son chapeau, Terrell ? Tu te rappelles où tu l'avais trouvé ?

Il tourna la page et commença un nouveau dessin à l'aide d'un crayon. Le cœur de Lucky s'accéléra, mais tandis qu'il poursuivait, elle réalisa qu'il ne s'agissait que du vieil entrepôt de chemin de fer et qu'il ne pouvait y avoir aucun rapport avec miss Eileen. Cet endroit avait été démoli il y a des années et à sa place avait été construite une galerie marchande.

Elles restèrent encore une heure, mais en vain. Terrell était assis et continuait à dessiner sans jamais donner l'impression qu'il avait entendu ce que lui avait dit Lucky ou qu'il avait quelque chose à révéler.

— Je vous avais dit que cela ne servirait à rien, dit Mme Harrison. Même s'il sait quelque chose, ses souvenirs resteront à jamais prisonniers de sa mémoire.

Lucky se résigna à ce constat.

Lorsqu'elles firent mine de vouloir s'en aller, Terrell se leva, se dirigea vers le mur et décrocha un dessin, puis le déposa sur le lit.

— Mon cadeau, dit Mme Harrison. C'est sa façon à lui de me l'offrir.

Elle prit le dessin et le montra à Lucky. Il représentait un homme muni d'une bêche travaillant dans un jardin potager.

— C'est votre mari ? demanda Lucky.

— Oui. Merci, Terrell, c'est très beau.

Il retourna vers le mur et prit cette fois un des dessins de la pile rangée contre la paroi, puis le déposa de nouveau sur le lit.

— Je pense que celui-là est pour vous, dit Leona Harrison.

Lucky le prit avec précaution. La scène de printemps était superbe. Des saules sauvages parsemaient les rives d'un plan d'eau. La couleur de l'eau était un peu trop vive et trop bleue, mais malgré cela, sa maîtrise était impressionnante.

— Je l'accrocherai en bonne place, dit Lucky, mais Terrell était déjà revenu à la table et avait recommencé à dessiner.

Elle fit ses adieux à Mme Harrison sur le perron avant de rejoindre sa voiture. Elle resta assise un long moment, épuisée par les événements de la matinée et essayant de retenir ses larmes. Il semblait que le passé ne cesserait jamais de revenir la hanter.

Lucky retourna à son bureau et travailla jusqu'à 16 heures. C'était plus tard que d'habitude, mais le lendemain était son dernier jour et elle voulait s'assurer que tout était en ordre pour l'intérimaire qui allait la remplacer.

Elle était sur le point de partir quand la radio de police annonça des activités suspectes au sein de l'université. Or, celle-ci était fermée depuis la veille pour les vacances de Noël.

Le campus étant sur son chemin, elle attrapa son appareil photo et partit. Des véhicules de patrouille et des voitures banalisées étaient déjà sur place. Elle prit quelques clichés de la barrière mise en place par les policiers, mais cela ne la contenta pas.

— Puis-je passer ? demanda-t-elle au policier en faction.

— Laissez-moi vérifier, répondit-il, saisissant sa radio.

A force d'attendre debout, son dos commença à la faire souffrir. La douleur s'étendit sur le côté, puis au ventre. Elle ouvrit la portière de sa voiture et s'assit de biais afin de se reposer un peu.

Quelques minutes plus tard, Deaton sortit du bâtiment et se dirigea vers elle.

— Fausse alerte, lui dit-il. Le gardien a cru entendre quelqu'un s'introduire par la chaufferie, mais c'était en fait une chatte de gouttière qui a mis bas.

— Oh, la pauvre. Et qui va s'occuper des chatons pendant les vacances ?

— Il les a tous mis dans une grande boîte en carton et va les emporter chez lui. Il a quatre enfants, et ils seront sûrement ravis d'avoir un cadeau de Noël supplémentaire.

— J'aime mieux ça.

— En parlant de progéniture, on dirait que tu vas toi-même mettre bas dans les secondes qui viennent.

— C'est aussi l'impression que j'ai. Je ne sais pas si je vais encore pouvoir tenir très longtemps.

Ils se mirent à rire et cela lui fit du bien.

— Merci pour ce fou rire, dit-elle. J'en avais bien besoin. J'ai eu une journée plutôt difficile.

Elle lui raconta sa visite à Terrell Wade.

— Je suis certaine d'avoir déjà pu communiquer avec lui, Deaton. Si seulement je pouvais passer plus de temps avec lui, je pense que je pourrais découvrir ce qui s'est passé.

— Lucky, si j'étais toi, je ne m'approcherais pas trop de ce type. Ils ne l'ont pas interné pour rien. Il a été violent, non ?

— Pas vraiment. Te rappelles-tu de la date de la disparition de miss Eileen et de ce qui s'est passé après ?

— Vaguement, mais je n'avais que neuf ou dix ans à l'époque. Ce que je sais vient en grande partie de ce que j'en ai entendu dire au fil des années.

— Je ne pense pas qu'il soit devenu violent, mais il était perturbé, et cela n'est pas du tout la même chose. Si tu avais

224

vu quelqu'un se faire assassiner et que tu ne pouvais pas communiquer, tu ne crois pas que tu pourrais agir de la sorte ?

— Peut-être, mais tu ne sais toujours pas si c'est effectivement ce qui s'est passé. Je jurerais qu'il l'a tuée et qu'il a ensuite caché le corps.

— Eh bien, peut-être, mais je n'y crois pas. J'essaierai de nouveau de lui parler après Noël. Je suis sûre qu'il se souvient de quelque chose.

— Est-ce que le capitaine sait ce que tu fais ? demanda Deaton.

— Non, personne ne le sait. Et je compte sur toi pour ne rien dire. Jack pense déjà que ma grossesse me perturbe, et je n'aimerais pas qu'il apprenne quoi que ce soit. De plus, ajouta-t-elle en plissant le front, nous sommes de nouveau séparés… temporairement. Il loue une chambre à la semaine au *Motel Magnolia*. Il prend de mes nouvelles par l'intermédiaire de mes parents, mais nous ne nous parlons pas directement.

— Oh, Lucky, je suis désolé, je ne savais pas. Quand cela est-il arrivé ?

— Avant *Thanksgiving*. Mais que cela reste entre nous, d'accord ? Je ne pense pas qu'il aimerait que ses collègues l'apprennent. Toi, tu es mon ami, alors ce n'est pas pareil.

— Je suis vraiment navré. C'est un chef très strict, mais c'est un type bien. Et tu sais ce que je ressens pour toi.

— Oui, je le sais.

Elle jeta un regard au ciel qui s'assombrissait.

— Je ferais mieux d'y aller. Même si l'orage passe, les routes sont encore boueuses et je n'aime pas tellement rouler de nuit.

Remontant dans la voiture, elle ferma la portière, puis baissa sa vitre.

— Oh, Deaton, je voulais te demander. Est-ce que toi ou ce garde forestier avez finalement trouvé qui a fait ces fouilles dans la réserve fédérale ?

— C'est le capitaine qui t'en a parlé, n'est-ce pas ?

— Oui, mais très brièvement. Il pensait que je pouvais l'aider. Je suis étonnée que tu ne m'aies pas appelée.

— J'ai failli, mais je n'étais pas sûr qu'il apprécie.

— Tu as trouvé quelque chose ?

— Rien, à part des rumeurs. Mais c'est classique dans ce genre de cas. Cela prendra des mois pour suivre les différentes pistes. Je suis en présence de trois types de poteries *a priori* volées, mais personne ne sait vraiment d'où elles viennent ou qui les a déterrées.

— Ce sont des poteries du Mississippi ?

Deaton acquiesça.

— C'est ma spécialité. Je serais très heureuse de pouvoir vous aider. Et j'aimerais beaucoup les voir — sauf si tu penses que Jack n'aimerait pas cela.

— Je te remercie. Dès que les vacances seront finies, je t'appelle.

Il se pencha et l'embrassa.

— Prends soin de toi. Et si je ne te revois pas avant Noël, je te souhaite de bonnes fêtes.

— Moi aussi. Et rappelle-toi de ne rien dire à Jack de tout ce dont nous avons parlé.

— Tu peux me faire confiance.

— Je sais.

Ce soir-là, Lucky disposa la peinture que Terrell lui avait offerte sur un coin de la table, sous une lampe, de façon à pouvoir l'étudier attentivement. Cette peinture était d'un réalisme si saisissant qu'elle avait l'impression de se trouver dans le tableau.

Beanie grogna, ce qui fit sursauter Lucky, et lui causa immédiatement une douleur sourde au côté droit. Elle mit ses deux mains sous son ventre et retint sa respiration jusqu'à ce que la douleur cesse.

— Qu'est-ce que tu as, ma fille ? demanda-t-elle.

Puis, tournant les yeux vers les lumières extérieures, elle observa les alentours à travers la fenêtre de la cuisine. La lune éclairait les nuages sombres d'une douce lumière argentée, mais les bois restaient dans l'obscurité.

Un long grognement s'étrangla dans la gorge de Beanie. Cette fois, elle hérissa son pelage.

Lucky alla à la fenêtre et l'ouvrit d'un coup.

— Ray, c'est vous ? demanda-t-elle.

Mais aucune réponse ne lui parvint.

— Terrell ? appela-t-elle alors, sentant la peur monter en elle.

Sans attendre de réponse, elle alla vérifier que la porte d'entrée était bien fermée à double tour et que la chaîne de sécurité était engagée. Puis elle alla s'étendre de nouveau sur le canapé. A peine deux minutes plus tard, un coup sonore fut frappé à la porte, déchaînant les aboiements de Beanie. Lucky se leva.

— C'est Leigh. Laisse-moi entrer.

Soulagée, Lucky défit la chaîne et le verrou, mais se rappela à cet instant du tableau de Terrell. Elle l'enferma rapidement dans le placard, puis se dépêcha d'aller ouvrir.

— Hé, qu'est-ce que tu fais ici à cette heure ?

— C'est maman qui m'envoie. Elle s'agite au sujet de Noël. Elle m'a demandé de te parler en personne.

— Entre. J'allais me faire du chocolat chaud. Tu viens d'arriver à l'instant ?

227

— Oui, pourquoi ?

Lucky haussa les épaules.

— Beanie a cru entendre quelque chose quelques minutes avant que tu n'arrives. Ce devait être un ragondin qui fouillait dans les poubelles. Où est Susan ?

— Elle passe la nuit avec un de ses amis. Ils fêtent les vacances de Noël.

Lucky fit chauffer du lait et elles s'assirent à la table.

— A propos de Noël… il faut que tu viennes, Lucky. Il le faut vraiment. Maman en fait toute une histoire et rend tout le monde fou. Tu ne vas tout de même pas rester ici toute seule ?

— Non, je…

Un nouvel élancement la fit grimacer de douleur. Par réflexe, elle posa ses mains sur son dos.

— Qu'est-ce qui ne va pas ?

— C'est de nouveau mon dos.

— Je croyais qu'il ne te faisait plus autant souffrir, ces derniers temps.

— Je le croyais aussi, mais aujourd'hui, je ne sais pas pourquoi, les douleurs reviennent. Elles ne durent pas longtemps, mais elles sont très vives et m'obligent à me plier en deux.

— Oh, ça ressemble à des contractions. Elles commencent souvent par des douleurs au bas du dos.

— Non, ce n'est pas possible. Il n'est pas prévu que j'accouche avant deux semaines.

Ces paroles firent rire Leigh.

— Les bébés n'ont malheureusement ni calendrier ni montre, et viennent souvent au monde sans prévenir.

Elle se leva.

— Prépare un sac. Tu vas venir à la maison cette nuit, juste par sécurité.

— Non, ça va aller.

— Je ne te demande pas ton avis. Tu viens avec moi, point final. Même s'il me faut te porter jusque-là. A bien y réfléchir, tu devrais même prévoir des affaires pour plusieurs jours et habiter chez moi jusqu'à ton accouchement. Tu ne dois pas rester ici toute seule.

— Mais Beanie…

— Emporte aussi de la nourriture et son panier. Elle va venir avec nous.

Lucky se laissa convaincre et une heure plus tard, elle était confortablement installée dans la chambre de la fille de Leigh, douillettement pelotonnée dans la chaleur des couvertures.

— Cette pièce est vraiment très jolie. J'aime beaucoup la façon dont tu l'as aménagée, dit-elle à Leigh.

Sa sœur déposa une couverture supplémentaire au pied du lit au cas où Lucky en aurait besoin.

— Susan ne veut plus d'une chambre de « petite fille », c'est pourquoi j'ai essayé de lui faire une chambre de « grande », un peu plus féminine.

— Est-ce que tu m'aideras à finir de décorer la chambre du bébé ? Jack et moi avons commencé, mais…

Les souvenirs se rappelèrent à elle et elle éclata soudain en sanglots.

— Je suis désolée, dit-elle en s'essuyant les yeux avec ses mains. Il me manque tellement. Le seul fait de prononcer son nom me met dans tous mes états.

— Oh, Lucky…

Leigh s'assit à son côté sur le lit et la prit dans ses bras.

— Je ne t'ai jamais vue aussi désemparée que ces dernières semaines.

— C'est comme si… comme si on m'avait arraché une partie de moi-même.

— Je sais. Mais ça va aller mieux. Je te le promets.

Mais comment ? se demandait-elle. Alors que chaque jour aggravait sa peine.

Leigh la quitta un instant et revint avec une boîte de mouchoirs en papier.

— Arrête de pleurer, ou tu vas te déclencher un horrible mal de tête. Je ne veux pas que l'on pleurniche dans cette maison ce soir. C'est bientôt Noël et tu es sur le point d'être mère d'un petit bébé. Tout va donc presque pour le mieux dans le meilleur des mondes. Alors haut les cœurs !

— Bien, madame, répondit Lucky en se mouchant bruyamment.

— Tu as d'autres douleurs ?

— Non, je crois vraiment que ce n'était que mon dos.

— Très bien. Je vais laisser la porte ouverte. Et si tu as besoin de quoi que ce soit cette nuit, appelle-moi.

Lucky la serra de nouveau dans ses bras.

— Je suis si contente que tu sois ma sœur.

— Moi aussi. Maintenant repose-toi. Tu as l'air vraiment épuisée.

Lucky éteignit la lumière et s'endormit à peine quelques minutes plus tard. Mais son sommeil fut agité. Elle rêvait qu'elle était dans l'eau, mais une eau d'un bleu vif étrange, si épaisse qu'elle pouvait à peine remuer ses bras pour rester à la surface.

De tous côtés, l'eau s'étendait à perte de vue, comme si elle se trouvait au milieu d'un océan. Elle savait pourtant d'une certaine façon qu'il ne s'agissait pas réellement de l'océan. Elle se trouvait en fait dans le tableau de Terrell, mais non en tant que personne, mais plutôt comme un grain de poussière, si minuscule qu'un pied était pour elle comme une montagne et chaque ride à la surface comme une énorme vague.

Miss Eileen était aussi là, se débattant avec le courant. Elle portait ce drôle de chapeau orné de symboles indiens et ses jolies boucles d'oreilles en pierre.

Ses boucles d'oreilles en pierre bleues.

Lucky se réveilla à cet instant et s'assit sur le lit. Ce n'était pas de l'eau bleue. C'était les roches qui étaient bleues. Du mica bleu sous la surface donnait à l'eau cette couleur bizarre.

— Oh, mon Dieu !

Terrell avait communiqué avec elle à travers sa peinture. Et il lui avait indiqué où trouver le corps de miss Eileen.

15.

— Je t'ai préparé ton petit déjeuner et j'ai fait sortir la chienne, dit Leigh.

Elle se tenait devant la cuisinière en robe de chambre et pantoufles.

— Assieds-toi, je t'apporte une assiette, ajouta-t-elle.

— Merci, mais il faut que je parte, dit Lucky. Je mangerai un morceau plus tard.

Elle était restée éveillée la majeure partie de la nuit, réfléchissant avec impatience aux deux choses importantes qu'elle voulait faire ce matin : résoudre un meurtre et renouer avec son mari.

Durant la nuit, entre ses douleurs et d'étranges rêves, elle s'était rendue à l'évidence : elle ne serait jamais heureuse tant qu'elle ne se serait pas réconciliée avec Jack. Il ne tenait qu'à elle de lui pardonner et de pouvoir aller de l'avant. Elle n'avait qu'à passer à l'action.

Elle enfila son manteau et son chapeau, puis prit son appareil photo. En passant, elle caressa tendrement Beanie.

— Où vas-tu comme ça ? lui demanda Leigh. Le jour ne s'est même pas encore levé.

— Je vais travailler. Je commence toujours avant 7 heures.

— Si c'est vrai, il va falloir que je t'augmente. Tu mérites plus que ton salaire actuel.

— Je le sais. Je te le rappellerai quand nous aurons réorganisé les locaux avec mon studio de photo et que tu feras appel à mes services.

— Tu t'es décidée ? demanda Leigh, étonnée.

— Oui, je pense que c'est une très bonne idée et que je suis la personne qu'il faut. Mais je voudrais juste apporter un changement aux plans de rénovation.

— Ah bon, et lequel ?

— Je vous en reparlerai, à toi et à Cal, un peu plus tard. Il faut que je développe une tonne de pellicules et j'aimerais commencer tout de suite pour finir plus tôt.

— Comment te sens-tu ? Tu as encore des douleurs ?

— Non, tout va pour le mieux. En réalité, je me porte à merveille.

— Tu ne devrais pas aller travailler aujourd'hui. Tu as besoin de te reposer encore un peu.

Elle lui versa un verre de lait.

— Bois au moins ça si tu ne manges rien maintenant.

Lucky l'embrassa sur la joue.

— Toi, bois-le. Je t'aime, grande sœur, tu es une véritable mère pour toi. Je repasserai plus tard pour prendre Beanie. Laisse le double des clés à l'endroit habituel, d'accord ?

— Je pensais que tu resterais avec moi encore quelques jours.

— C'est gentil de ta part, mais j'ai prévu autre chose. J'ai réalisé cette nuit qu'il était temps de tourner la page. Alors aujourd'hui, quoi qu'il arrive, je veux aller de l'avant.

— Je ne comprends pas. Qu'entends-tu par « quoi qu'il arrive » ?

— Je t'expliquerai plus tard. Oh, et dis à maman que je viendrai pour le dîner de Noël avec mon mari, et demande-lui si elle est d'accord pour qu'il invite son père.

Leigh venait à peine de boire une gorgée de lait et elle faillit s'étrangler.

— Toi et Jack vous vous remettez ensemble ?

— Oui, même s'il me faut le traîner de force. Après quoi… S'il a un peu de jugeote, il ne repartira pas de sitôt.

— Mon Dieu, mais que s'est-il passé depuis hier soir ?

— Je me suis enfin réveillée, dit Lucky, souriant à son propre jeu de mots. Salut !

Arrivée au journal, elle se dépêcha de finir de développer tous ses films avant le bouclage de l'édition dominicale, mais dut soudain s'arrêter et s'asseoir. Les douleurs avaient recommencé de plus belle. Son dos et son ventre la faisaient horriblement souffrir.

L'intérimaire arriva à 10 heures et termina le travail, pendant que Lucky se reposait sur une chaise. Vers 11 h 30, elle sentit assez forte pour se rendre à son rendez-vous avec Ray et était sûre d'avoir trouvé la cause de tous ses problèmes.

— Vous attendez depuis longtemps ? demanda-t-elle à Ray en arrivant chez Turner.

— Je ne suis là que depuis quelques minutes, répondit Ray.

— Je suis désolée d'être en retard. Le samedi matin est toujours très chargé et c'est mon dernier jour, car je suis en congé maternité ce soir.

— Vous n'avez pas l'air dans votre assiette.

— J'ai tellement de choses à vous raconter que je ne sais pas par où commencer.

Ils allèrent s'asseoir à leur table habituelle et commandèrent le plat du jour. Lucky y toucha à peine et en donna une partie à Ray.

— Vous n'avez pas faim aujourd'hui ? demanda-t-il.

— J'ai l'estomac un peu retourné.

— Je me disais bien que cela ne vous ressemblait pas.

Ils sourirent tous les deux. Au cours de ces dernières semaines, elle avait appris à apprécier son beau-père, et elle savait maintenant d'où Jack tenait son sens de l'humour. Ray n'était pas un mauvais bougre ; il s'était seulement fourvoyé dans la vie. Et bien qu'elle ne puisse excuser ses méfaits et le mal qu'il avait pu causer à ses victimes, elle comprenait son désir de repartir aujourd'hui de zéro.

Il avait droit à une deuxième chance, tout comme Jack. Elle avait compris qu'il n'avait pas voulu lui faire de la peine en cachant la vérité. Il avait seulement essayé de faire une croix sur son enfance malheureuse. A présent, elle l'acceptait.

Car elle était elle-même coupable de n'avoir pas compris que c'était le présent qui importait. Les biens matériels, comme son bungalow, n'avaient pas d'importance, seules les personnes en avaient.

Cette nuit, éveillée dans son lit après cet horrible cauchemar, elle avait compris qu'elle ne pouvait continuer à vivre comme elle le faisait, ressassant éternellement les événements — et les peines — passés. Elle aimait Jack, et n'avait pas l'intention de rester un jour de plus loin de lui.

— Alors, qu'est-ce qui vous démange à ce point ? lui demanda Ray. Je peux lire votre excitation sur votre visage.

— Vous vous souvenez de l'histoire que je vous ai racontée au sujet de cet autiste, Terrell Wade, et que j'essayais de persuader sa tante de me laisser lui parler ?

Il acquiesça.

— Nous sommes allées le voir hier.

Elle résuma leur entrevue à Ray et lui parla du tableau.

— Je suis rentrée très déçue, pensant que j'avais perdu mon temps et qu'il ne pouvait pas communiquer avec moi. Mais il l'a fait, Ray. Le tableau était un message. Il voulait me guider vers un endroit précis du fleuve que peu de gens connaissent. Je l'ai découvert moi-même par hasard il y a deux ans.

Ce jour-là, elle avait décidé de remonter le fleuve jusqu'à la limite de sa partie navigable. Y étant parvenue, elle s'était aperçue que les pluies diluviennes des semaines précédentes avaient fait monter le niveau de l'eau et qu'il était possible de passer au-dessus de l'habituel goulet infranchissable. Elle avait alors découvert un petit plan d'eau.

— Les rochers y sont d'un bleu très spécial et donnent cette couleur vive à l'eau, comme dans le tableau de Terrell, continua-t-elle. Je n'ai jamais vu ce phénomène ailleurs. Je n'ai pas tout de suite reconnu cet endroit car je ne l'avais vu qu'une fois, et le tableau est sensiblement différent. Terrell a dessiné les arbres plus petits qu'ils ne le sont en réalité, car il l'a fait d'après ses souvenirs d'adolescent. De plus, j'ai découvert le plan d'eau en hiver et les arbres étaient totalement dénudés. Terrell l'a exécuté comme il était au printemps au cours duquel miss Eileen a disparu.

— Comment savez-vous que cela est lié à sa disparition ? Peut-être que Terrell a peint cet endroit uniquement parce qu'il l'avait vu auparavant et qu'il lui avait plu.

— Non, j'ai compris car je me souviens d'autre chose.

Elle s'arrêta tout à coup, une crampe lui nouant de nouveau l'estomac. Elle se dit que, cette fois, l'accouchement était proche. Puis elle songea que le sac qu'elle avait préparé pour elle et le bébé était resté au bungalow. Il valait donc mieux qu'elle aille le chercher. Elle voulait également récupérer le tableau de Terrell et l'emporter avec elle lorsqu'elle irait voir Jack.

Elle sourit à Ray, bien décidée à ne rien lui révéler. Si elle était effectivement sur le point d'accoucher, elle voulait que ce soit Jack qui en soit le premier averti.

— Excusez-moi. De quoi parlions-nous ? Ah oui… Quand miss Eileen s'est rendue à l'église le dimanche précédant sa mort, elle portait une paire de boucles d'oreilles qu'elle avait confectionnée elle-même. Je l'avais d'ailleurs complimentée à ce sujet. Elles étaient faites de petits éclats de mica bleu. Vous comprenez ? Ou bien elle connaissait l'existence du plan d'eau et elle s'y était déjà rendue, ou bien quelqu'un qui connaissait l'endroit lui avait offert ces pierres.

— Peut-être est-ce ce Terrell qui les lui avait données. Et il serait toujours un assassin potentiel.

— Non, je ne crois pas. Je pense qu'il allait vers le fleuve ce matin-là, qu'il a coupé à travers bois et qu'il l'a découverte près du plan d'eau. Il a aussi vu qui l'a tuée. S'il l'avait assassinée, il ne m'aurait pas dit où la trouver.

— Comment pouvez-vous être certaine que c'est bien cela qu'il a voulu vous dire ?

— Je l'ai senti, Ray. Je suis sûre que le corps de miss Eileen se trouve à cet endroit ou dans les environs. Sans doute sous l'eau, avec sa voiture que l'on n'a jamais retrouvée non plus.

Tout à coup, une autre possibilité s'imposa à elle.

— Toutes les terres environnantes font partie des parcs régionaux ! Il y a peut-être un lien avec cette affaire de trafic d'objets indiens, comme le soupçonnait Jack.

— Je ne vous suis plus, admit Ray. Je n'ai plus la moindre idée de ce dont vous parlez.

— Excusez-moi, c'est un peu compliqué. Il semble que plusieurs affaires sur lesquelles travaille Jack soient liées. Lui comprendra.

— Vous vous parlez de nouveau ?

— Non, mais je vais y remédier cet après-midi. Je dois d'abord passer chez moi pour prendre ce tableau, puis lui et moi nous discuterons en tête à tête.

Le visage de Ray s'illumina.

— Vous allez le reprendre avec vous ?

— S'il le veut bien.

— Je suis persuadé qu'il le voudra. Et sinon, je suis volontaire pour le remplacer.

Elle sourit.

— Peut-être lui dirai-je.

Elle lui prit la main.

— Vous êtes un brave homme, Ray. Oh, et j'aimerais que vous arrêtiez de tourner autour de la maison.

— Je ne comprends pas.

— Je parle de la nuit dernière. Si vous voulez me rendre visite, vous n'avez qu'à frapper à la porte.

— Mais je ne suis jamais venu chez vous la nuit dernière.

— Vous n'y étiez pas ? Mais, je croyais que…

Elle secoua la tête.

— Ce devait être ma sœur que j'ai entendue. Elle est arrivée peu après.

Elle jeta un coup d'œil à sa montre.

— Il ne va pas falloir que je tarde.

— D'accord, mais attendez une minute. J'aimerais que vous fassiez quelque chose pour moi.

Il fouilla dans sa poche, en sortit deux billets et les posa sur la table.

— Je vous invite, mais j'aimerais que vous alliez payer l'addition au comptoir.

— Vous n'avez pas besoin de m'inviter.

— Cela me fait plaisir.

238

Elle le laissa faire cette fois, lui disant qu'elle paierait l'addition la prochaine fois.

A la caisse, elle dut faire la queue pendant quelques minutes. Lorsqu'elle se retourna, Ray s'était éclipsé sans lui dire au revoir, ni même attendre sa monnaie. Bizarre, pensa-t-elle. Pourquoi ne l'avait-il pas attendue ?

La route était encore boueuse et la Buick fit quelques embardées avant que Lucky ne se décide à ralentir. En arrivant au bungalow, elle se gara dans la petite allée en gravier. Le fleuve avait viré au brun et charriait de nombreux débris en même temps que des nappes de boue.

A peine entrée, elle s'assit et écouta les messages sur son répondeur. Jack avait appelé la nuit dernière après qu'elle fut partie avec Leigh. Il paraissait avoir du mal à articuler.

— Je sais bien que j'avais dit que je te laisserais m'appeler quand tu en sentirais l'envie, mais... Tu me manques tellement. Décroche, s'il te plaît. Tu peux me rabrouer si tu veux, je sais que je le mérite, mais j'aimerais au moins entendre le son de ta voix.

Un long silence s'ensuivit.

— S'il te plaît, chérie...

Après une nouvelle pause, Lucky entendit un murmure, comme s'il se parlait à lui-même. Puis il avait raccroché.

— Oh, Jack...

Il avait pensé qu'elle était chez elle mais refusait de lui parler. Comme il avait l'air malheureux. Et elle en parlait en connaissance de cause.

Elle était d'autant plus décidée à faire en sorte qu'ils se réconcilient. Elle ne voulait plus jamais entendre sa voix empreinte de tant de tristesse.

Tout à coup, une contraction la saisit. Prenant de rapides inspirations, elle se calma peu à peu. Mais elle se rendit compte qu'il lui restait sans doute moins de temps qu'elle ne le croyait avant l'accouchement.

— Grace, je t'en prie, ne sois pas si pressée. Donne-moi encore une heure pour retourner en ville et voir ton papa…

Le sac qu'elle avait préparé pour l'hôpital se trouvait dans la chambre du bébé. Elle s'y rendit et vérifiait qu'elle n'avait rien oublié lorsqu'un bruit la fit sursauter. Une des lattes du parquet avait grincé dans le salon. Son cœur s'emballa.

Lucky s'appuya lentement sur la porte et tendit l'oreille. Le bungalow était plongé dans un silence total.

Rien dans la pièce ne pouvait lui servir d'arme. Elle se glissa dans la réserve et se saisit d'une rame. La brandissant comme une massue, elle retourna à tâtons vers le couloir. Même s'il s'agissait de Ray, elle était résolue à le frapper pour lui apprendre à l'effrayer de la sorte.

Se préparant à une attaque venant de la cuisine, Lucky longea le mur et… n'y trouva personne. Abaissant la rame, elle se prit à sourire de sa propre frousse.

Soudain, un homme arriva par-derrière. Elle hurla et se débattit, le frappant à l'épaule avec la rame, mais cela ne l'arrêta pas. Il se jeta sur elle, la plaqua contre le sol et lui arracha la rame des mains.

Il était collé contre elle à présent, et Lucky tentait par tous les moyens de se libérer de son étreinte, lui griffant le visage et cherchant à atteindre ses yeux, comme Jack le lui avait appris. Le poids de l'homme lui pesait atrocement sur le ventre.

Voulait-il la cambrioler ? La violer ?

Se souvenant toujours des conseils de Jack, elle frappa aussi fort qu'elle le put sur le nez de son agresseur.

Il cria de douleur et tomba en arrière, lui donnant assez de temps pour se relever. Elle agrippa de nouveau la rame et le frappa à la tête de toutes ses forces. Il chancela, mais parvint rapidement à se dégager et à se remettre sur ses pieds. Il ne lui servait à rien de courir vers le fond du bungalow car il ne comportait aucune issue. Et l'homme lui barrait le chemin vers la porte d'entrée.

Tout à coup, elle le reconnut, le souffle coupé. Ce n'était pas un quelconque cambrioleur, mais Paul Hightower, le ranger.

Elle comprit aussitôt pourquoi il était là, et sa surprise se mua en terreur. Il était venu la tuer.

Il sortit un pistolet de sa poche.

— Vous n'avez pas pu laisser tomber, dit-il. Il a fallu que vous alliez mettre votre nez dans ce qui ne vous regardait pas.

— Je ne sais pas de quoi vous parlez, bégaya Lucky. Qui êtes-vous et que me voulez-vous ?

Elle tentait de paraître calme, mais des tremblements la parcouraient de la tête aux pieds, trahissant sa peur.

— Ne jouez pas au plus fin avec moi. Vous savez très bien qui je suis. Et je sais que vous êtes allée voir Wade hier.

— Vous m'avez suivie ?

— Je me serais déjà occupé de vous la nuit dernière si votre sœur ne s'était pas pointée.

Mon Dieu ! C'était donc lui qu'elle avait entendu dans la nuit. Il l'espionnait et s'apprêtait à la tuer. L'arrivée inopinée de Leigh lui avait sauvé la vie. Mais à présent, personne ne viendrait la secourir.

Elle tenta désespérément de trouver un moyen de s'échapper. Mais personne à part Ray ne savait qu'elle était ici.

Hightower désigna la rame d'un signe de tête.

— Lâchez-la, tout doucement, lui ordonna-t-il, ou je vous tue tout de suite. Voilà. Maintenant, poussez-la du pied vers moi.

Elle s'exécuta, essayant à tout prix de gagner du temps.

Une fois qu'elle fut désarmée, il la saisit et la fit brutalement pivoter, lui enfonçant le canon de son arme sur la nuque.

— Je vous en prie, ne me faites pas de mal, le supplia Lucky.

— Oh, mais ce n'est pas mon intention.

De sa main libre, il la guida vers la porte d'entrée.

— Vous allez avoir un accident, madame Cahill.

Il lui fit descendre les marches et la dirigea vers le ponton.

— Mais pourquoi ? Je ne vous connais même pas.

— Parce que vous savez ce que j'ai fait — ou du moins Terrell aurait fini par trouver un moyen de vous le faire comprendre.

— Vous étiez l'amant d'Eileen Olenick, n'est-ce pas ? Et vous l'avez tuée.

— C'est exact. Elle a tout découvert au sujet de mon petit trafic d'objets indiens et elle m'a menacé de tout raconter.

— Et Terrell était dans les bois et vous a vu la tuer.

— Oui, mais je ne le savais pas jusqu'à ce que je le voie plus tard avec ce couvre-chef ridicule. Il s'était imaginé que je l'avais tuée pour son chapeau. Mais Rolly Akers s'est persuadé que c'était Terrell le meurtrier. Et comme le garçon était incapable de dire le contraire…

—… vous vous en êtes tiré sans dommages.

— Oui. Rolly a toujours eu un faible pour Eileen. Tout comme votre père, d'ailleurs.

— Que voulez-vous dire ?

— Exactement ce que j'ai dit.

242

— Vous mentez. Mon père n'était pas… C'est impossible.

Il se mit à rire.

— Croyez ce que vous voulez. De toute façon, pour ce que ça change maintenant.

Ils avaient atteint le ponton et il la poussa en avant.

L'eau glacée s'insinua dans ses chaussures et mouilla les revers de son pantalon.

— Comment avez-vous pu tuer quelqu'un que vous disiez aimer ?

— C'était très facile. Cette garce a menacé de me dénoncer si je ne quittais pas ma femme pour me marier avec elle. Elle a eu le culot de me narguer et de porter ce foutu chapeau avec ces trucs indiens à l'église pour me montrer qu'elle ne plaisantait pas en disant qu'elle pouvait me donner aux flics. Pour la faire taire, j'ai prétendu que j'avais demandé le divorce et je lui ai donné rendez-vous le dimanche matin suivant au petit plan d'eau où nous allions parfois. Je lui ai dit que j'avais une bague à lui offrir. Je lui ai promis que nous irions ensemble à l'église afin que tout le monde puisse nous voir.

— Salaud ! C'est pour cela qu'elle avait décoré son chapeau avec un voile de tulle ce matin-là. Elle pensait qu'elle allait se marier.

— Elle a vraiment cru que j'allais quitter ma femme pour elle. Au lieu de ça, je l'ai assommée, j'ai mis son corps dans le coffre de sa voiture et je l'ai poussée dans l'eau. Personne ne connaissait cet endroit à part Charlie et moi.

— Charlie Bagwell ?

Hightower se contenta de sourire.

Miss Eileen, M. Bagwell, les vestiges indiens. Tout était désormais horriblement limpide.

— Oh, mon Dieu ! Vous et lui étiez associés !

— Pauvre madame Cahill, dit-il avec un air faussement contrit, tout en la poussant vers le bout du ponton. Elle est allée se promener sur le ponton, a glissé et s'est cogné la tête. Elle est tombée dans le fleuve.

— Je vous en prie, ne faites pas ça.

Il grimaça, lui montrant du doigt le fleuve.

— L'eau était si froide et le courant si fort qu'elle n'a pas pu nager jusqu'à la rive. Elle a coulé à pic avec l'enfant qu'elle attendait. Comme c'est triste.

Elle se mit à pleurer, implorant l'homme d'épargner la vie de Grace.

— Je vous en supplie, vous ne pouvez pas faire ça à mon bébé. Il n'a rien à voir dans tout cela. Il est innocent.

— Arrêtez de gémir, ordonna-t-il.

L'eau tourbillonnait à ses pieds, comme prête à l'engloutir.

— M. Bagwell a pris peur quand Terrell est revenu en ville, n'est-ce pas ? Vous l'avez tué, lui aussi, car vous craigniez qu'il aille se livrer à la police et raconte ce que vous faisiez tous les deux depuis toutes ces années.

— Oh, je n'ai pas tué Charlie. J'étais à Atlanta avec ma femme, comme je l'ai dit aux flics.

— Sa mort était un accident ?

Il rit.

— Disons qu'il a été tué accidentellement par un train.

— Mais je ne comprends pas. Si vous ne l'avez pas tué, qui l'a fait ?

— Ce pourrait être…

Il tourna la tête vers la rive sur laquelle se tenait un autre homme armé d'un fusil, le visage marqué par un rictus menaçant.

—… lui. Je vous présente mon associé.

— Salut, Lucky, dit Deaton.

16.

— Bon sang !

Jack raccrocha avec fracas le combiné du téléphone, et regretta aussitôt son geste lorsque le bruit du choc résonna péniblement dans son crâne. Il se jura qu'il n'essaierait plus jamais de noyer ses problèmes dans l'alcool.

Lucky n'était ni à son travail, ni au bungalow. Il avait laissé des messages sur son téléphone mobile, et elle ne l'avait pas rappelé. Il voulait lui parler, ou plutôt il fallait qu'il lui parle s'il ne voulait pas devenir fou.

Les dossiers s'accumulaient sur son bureau, et il n'était capable de penser qu'à une seule chose : sa femme.

Il prit sa veste du dossier de sa chaise et se rua vers la salle de réunion.

— Mais où est donc Swain ? demanda-t-il à Rogers qui se tenait devant la photocopieuse. Il devait me donner un rapport écrit de l'avancement de ses dossiers.

A l'autre bout de la pièce, Domingo répondit à sa place.

— Il est sorti, capitaine. Pour affaire personnelle.

— Ah oui, c'est vrai, je m'en souviens.

Jack se malaxa les tempes du bout des doigts.

— J'ai l'impression d'avoir des aiguilles plantées dans le crâne aujourd'hui.

— J'ai de l'aspirine, si vous voulez, lui dit Rogers.

— Merci, je crois que je vais en prendre deux.

Il la suivit jusqu'à son bureau et prit les deux comprimés qu'elle avait sortis de son tiroir.

Tout à coup, sa curiosité fut éveillée par un manche à balai appuyé contre le mur, mais qui comportait à son extrémité une longue pointe métallique.

— Qu'est-ce que c'est ? demanda Jack.

— Le Chef m'a désignée comme volontaire pour le nettoyage des aires de repos demain, expliqua-t-elle. J'ai emprunté ce truc pour ne pas me briser le dos. C'est très pratique pour ramasser les papiers qui traînent.

Jack oublia un instant son mal de tête en examinant de plus près l'instrument. Le clou à deux pointes fiché à son extrémité était exactement semblable à celui qui avait crevé le pneu de la voiture de Charlie Bagwell.

— Vous l'avez emprunté au Chef ? demanda-t-il.

— Non, monsieur, ceci appartient à Deaton.

La gueule de bois de Jack ne l'empêcha pas de noter l'importance de cette information. Son cerveau se mit à travailler à toute allure, visualisant les événements, remplissant les vides, examinant les hypothèses. Toutes les pièces du puzzle se mirent peu à peu à s'assembler...

Le coup de téléphone anonyme qui avait amené Jack à se rendre à l'usine de cartons et l'éloignant ainsi du lieu de la mort de Charlie Bagwell. *Deaton* ? Sans doute... Et si tel était le cas, cela expliquait pourquoi la voix à l'autre bout du fil était maquillée. Dans le cas contraire, ses collègues l'auraient aussitôt reconnu.

La suite d'erreurs de procédure sur les lieux du crime et qui avait, selon Jack, conduit à la destruction de certaines preuves essentielles ? *Deaton*, encore.

Les affaires de vol d'objets d'art indien sur lesquelles la police travaillait depuis les deux dernières années, mais qui n'avaient pu être résolues ? *Deaton,* enfin.

Deaton qui s'était porté volontaire pour se rendre chez Bagwell ce matin-là et avait alors probablement vidé la cachette où lui et Charlie avaient stocké ce qu'ils avaient volé…

— Quel idiot je suis ! s'exclama Jack. La solution était là, sous mes yeux !

Il demanda à Rogers de mettre le manche à balai sous scellés en tant que pièce à conviction éventuelle dans une affaire de meurtre et ordonna à Domingo de sortir tous les dossiers concernant les vols d'objets d'art indien sur lesquels Deaton avait enquêté depuis les cinq dernières années.

— Un meurtre, Chef ? demanda Rogers, interloquée.

Ayant entendu, Domingo se leva de sa chaise et vint près d'eux.

— De quoi s'agit-il ? demanda-t-il.

— Je veux que vous lanciez un message radio et que vous trouviez Deaton, dit Jack à Rogers. Ne parlez pas de meurtre. Dites-lui seulement que je veux qu'il revienne au bureau. S'il pose des questions, dites-lui que vous ne savez rien.

— D'accord, Chef. Mais je continue à ne pas comprendre.

Jack commença à lui raconter toute l'histoire mais fut interrompu par l'arrivée d'un policier en civil escortant Ray.

— Capitaine, cet homme faisait un raffut de tous les diables à la réception. Il dit qu'il veut vous voir immédiatement. Il prétend qu'il s'agit d'une urgence.

— Fiche le camp, Ray, ordonna Jack. Je n'ai pas de temps à perdre avec toi.

Il n'avait revu son père qu'une seule fois depuis ce matin où il l'avait surpris en train de suivre Lucky. Il l'avait rencontré à la station de lavage automobile pour lui rappeler qu'il n'était pas le bienvenu en ville.

— Maintenant écoute-moi, mon garçon, cria Ray pardessus l'épaule de l'agent de police. Tu vas le trouver, ce temps. C'est au sujet de Lucky. Il se pourrait bien qu'elle se soit fourrée dans un sacré guêpier, et je ne partirai pas d'ici avant que tu aies écouté ce que j'ai à te dire.

Le policier demanda à Jack s'il voulait que Ray soit expulsé du bâtiment.

— Attendez, lui répondit Jack. De quoi parles-tu, Ray ? Qu'est-ce que Lucky vient faire là-dedans ?

— Elle a fait sa propre enquête en cachette, et elle a parlé à cet autiste… ce type avec un problème mental, et elle pense avoir trouvé où a été caché le corps de cette femme… cette Eileen.

— Eileen Olenick ?

— Oui, c'est ça. Mais elle a apparemment mis un pied là où il ne fallait pas. Je pense que quelqu'un a tourné autour de chez elle la nuit dernière et l'a espionnée. Et pas plus tard que tout à l'heure, deux types dans une camionnette noire l'ont suivie depuis le drugstore.

Il lui tendit un bout de papier avec un numéro de plaque minéralogique.

— Je ne connaissais pas celui qui conduisait, mais j'ai reconnu l'autre. C'était ce Deaton qui dit être son ami.

— Mon Dieu !

— J'ai toujours trouvé qu'il avait quelque chose de louche. Son sourire peut-être.

Jack tendit le papier à Domingo. Bien qu'il pense déjà savoir qui était le conducteur du véhicule, il lui demanda de vérifier la plaque d'immatriculation.

— Ray, tu as raison. Lucky est en danger. Sais-tu où elle allait ?

— Elle se rendait chez elle.

— Rogers, vous nous suivez dans votre voiture et vous appelez du renfort. Ray, tu viens avec moi. Tu me dois quelques explications.

— Oh, non ! Deaton ! Ce ne peut pas être toi !

Lucky fondit en sanglots.

— Pourquoi as-tu fait cela ?

— Je ne pouvais pas laisser ce vieux Charlie tout gâcher. Il a pris peur lorsqu'il a su que Terrell était de retour, et il a voulu mettre un terme à notre association. J'ai simplement fait ce qu'il demandait.

— Mais tu n'étais qu'un enfant lorsque miss Eileen a disparu. Tu ne peux pas être impliqué dans sa mort ou dans les vols d'antiquités qui ont eu lieu à l'époque.

— Je n'étais pas impliqué. Je ne savais même pas, jusqu'à il y a quelques années, lorsque le Chef m'a demandé de le seconder dans une enquête, que l'on pouvait tirer de l'argent des vieilles reliques indiennes. Quand j'ai découvert que Paul et Charlie étaient les coupables, je suis rentré dans l'affaire pour un tiers des bénéfices. Maintenant que Charlie n'est plus là, mon pourcentage a sacrément augmenté.

— Mais tu es officier de police.

— Oui, mais je suis mal payé.

— Mais quelques poteries et ornements ne valent pas la mort d'un homme.

Il haussa les épaules, ne semblant pas vraiment réaliser la portée de ses actes.

— Il faut bien vivre, se contenta-t-il de dire en guise d'explication.

Soudain, Lucky se sentit moite, et elle s'aperçut qu'elle venait de perdre les eaux. Une autre contraction la saisit et elle se plia en deux sous la douleur, mais Hightower la remit sur ses pieds.

— Je t'en prie, ne fais pas ça, Deaton. On a toujours été amis.

— Je suis désolé, Lucky. Je t'aime bien. Vraiment, je t'assure.

Il fit claquer sa langue.

— Si seulement tu ne m'avais rien dit au sujet de ta visite chez Terrell et la façon dont tu pensais pouvoir communiquer avec lui...

— Tu ne pourras pas t'en tirer comme ça.

— Si, et c'est déjà fait. Ton mari se prend pour un enquêteur de premier ordre, mais il est totalement hors du coup. J'ai tout fait devant son nez, et il n'a même pas un suspect en tête.

— Tu te trompes, il va tout découvrir. Et si tu nous tues, moi et son enfant, il te poursuivra jusqu'en enfer.

— Dans ce cas, peut-être vais-je également être obligé de le tuer.

— Non !

Il s'approcha du ponton et prit la place de Hightower. Il saisit Lucky par les cheveux, jusqu'à quasiment les lui arracher.

— Il est temps d'aller se baigner, ma chérie, déclara-t-il.

— Deaton, je t'en supplie ! Mon bébé !

— Lucky, voyons, sois sage.

La voiture de Jack roulait à tombeau ouvert, toutes sirènes hurlantes, zigzaguant à travers les plaques de boue qui recouvraient la route. Le bungalow se trouvait à moins de cinq miles du poste de police, mais il craignait néanmoins qu'ils arrivent trop tard.

Ray était assis côté passager, s'appuyant d'une main sur le tableau de bord et tenant de l'autre le téléphone mobile de Jack, essayant de joindre Lucky. Rogers les suivait de près.

— Continue de l'appeler, ordonna Jack à son père. Essaye chez elle.

— Il n'y a personne, dit Ray.

La radio leur apprit que trois voitures de patrouille étaient en chemin pour les seconder et que le shérif du comté avait également été prévenu. Domingo avait confirmé que la plaque d'immatriculation était bien celle de la camionnette du ranger Paul Hightower.

— Est-ce une bonne nouvelle ? demanda Ray.

— Non, c'est une très mauvaise nouvelle.

Alors qu'ils continuaient à la même allure, Ray lui raconta rapidement ce que Lucky lui avait appris aujourd'hui, y compris les détails de sa visite à Terrell Wade. Jack se demanda pourquoi Ray et Lucky s'étaient vus au déjeuner, mais cette question pouvait attendre.

— Bon sang ! s'écria-t-il, mais pourquoi ne m'a-t-elle rien dit ? !

— Elle était sur le point de le faire. Elle m'a dit qu'elle t'expliquerait tout cet après-midi, mais qu'il lui fallait avant tout aller chercher ce tableau.

— Non, je veux dire pourquoi a-t-elle attendu si longtemps ? Elle ne se rend pas compte dans quelle machination elle a mis les pieds. Ils vont la tuer !

Deaton eut un instant d'hésitation lorsqu'il entendit les sirènes au loin.

— Les flics ! cria Hightower. Fichons le camp, dit-il, tournant les talons.

— Reviens ! lui cria Deaton.

— C'est Jack, lui dit Lucky, tout en priant pour qu'il ne s'agisse pas d'un camion de pompier se dirigeant dans une autre direction. Tu ferais mieux de t'enfuir aussi.

— Ferme-la !

Il la tira de nouveau par les cheveux, lui faisant presque perdre l'équilibre.

— Il est plus malin que tu ne le croyais, continua Lucky. Si tu te rends maintenant, tu seras condamné à la prison à vie. Mais si tu me tues, tu auras droit à la chaise électrique.

— J'ai dit ferme-la !

Il empoigna le fusil pour la frapper, le visage crispé par la colère, mais cette fois, Lucky était bien décidée à vendre chèrement sa peau. Elle saisit fermement sa main et se battit pour sa vie et celle de son enfant.

Dans le dernier tournant avant l'embranchement de la route, Jack aperçut une camionnette noire garée à la lisière des bois. Il attrapa la radio.

— Rogers, il y a une camionnette noire à votre droite. Arrêtez-vous et allez voir. Mais rappelez-vous que Deaton est suspecté de meurtre. Considérez-le comme armé et dangereux.

Il se tourna vers Ray.

— Nous y sommes presque. Je veux que tu restes dans la voiture et que tu baisses la tête, c'est compris ?

— Il n'en est pas question.

Comme dans toutes les voitures de patrouille, un fusil à pompe était fixé au siège. Ray s'en saisit.

— Cela fera l'affaire.

— Laisse ça ! lui cria Jack en lui arrachant des mains et le remettant en place. N'oublie pas que tu es un prisonnier libéré sur parole. Tu ne peux pas te promener avec une arme.

— Je ne vais quand même pas rester assis dans la voiture quand ma belle-fille est en danger.

— Bon sang, Ray ! Je ne pourrais pas l'aider s'il faut aussi que je veille sur toi.

— Tu ne t'es jamais soucié de moi auparavant, alors ce n'est pas maintenant que tu vas commencer.

Jack jura entre ses dents. Il y avait beaucoup de choses qu'il ne pourrait jamais lui pardonner, mais Ray se trompait en disant qu'il ne s'était jamais soucié de lui.

— Derrière le siège, il y a une caissette noire. A l'intérieur, il y a plusieurs pistolets d'autodéfense.

— A la bonne heure ! dit Ray en se retournant pour saisir la boîte.

— Prends celui avec la poignée orange, dit-il à Ray. Tu n'as pas besoin d'être tout près pour actionner la détente. Il tire à distance et la décharge est assez puissante pour mettre un type K.O. pendant au moins trente minutes.

— J'ai compris, dit Ray, se saisissant de l'arme.

— Ne joue pas les héros et surveille tes arrières. Et, Ray, une fois que tout ça sera fini, il va falloir que l'on mette certaines choses au point tous les deux.

— Je suis à ta disposition.

Jack avala sa salive. Malgré tout ce qui les séparait, il ressentait encore quelque chose pour ce vieil escroc.

— Je suis content que tu sois là.

Ray le fixa avec étonnement, puis sourit.

— Moi aussi. On se croirait revenu au bon vieux temps. Toi et moi, de nouveau associés.

— N'en fais pas trop, mon vieux.

Jack prit le tournant sans même ralentir, évitant un arbre de justesse, et déboucha devant le bungalow. Il n'eut pas le temps de freiner lorsque Hightower surgit de derrière la voiture de Lucky et le heurta de plein fouet. Il rebondit sur le capot, mais parvint à retomber sur ses pieds et continua à courir vers la route. Jack entendait les sirènes des voitures arrivant en renfort.

— Celui-là est pour moi ! cria Ray alors qu'ils sortaient tous deux de la voiture.

Ils prirent chacun d'un côté. Alors que Jack tournait au coin du bungalow, il vit Lucky en train de lutter avec Deaton sur le ponton. La terreur l'immobilisa presque. Il sortit son arme et se précipita vers eux. Deaton frappa Lucky en plein visage.

— Lâche-la ! hurla Jack.

— Stop ! lui ordonna Deaton alors que Jack arrivait au ponton.

Il n'eut d'autre choix que de s'exécuter.

Deaton serrait maintenant le cou de Lucky avec son bras, maintenant son arme sur sa tempe. Elle commença à suffoquer, tandis qu'il resserrait encore son étreinte. Dans les yeux de Lucky se lisait une peur panique.

— Je vais la tuer ! hurla Deaton à l'adresse de Jack. Je vous jure que je vais le faire !

Il la força à se rapprocher du bord du ponton. Ne la retenant plus maintenant que par son T-shirt, il la maintenait juste au-dessus des flots tumultueux.

Le hurlement des sirènes se rapprocha. Derrière lui, Jack pouvait percevoir le bruit des portes claquer, le chuintement des radios, et les pas des agents accourant vers lui. Mais ses yeux restaient rivés sur les deux silhouettes se tenant devant lui.

— Tu n'es pas stupide, dit doucement Jack, essayant de calmer le jeu. Tu sais comment finissent ce genre de choses.

— Oui, dit Deaton, une lueur de menace dans le regard.

— Laisse-la partir.

— Bien sûr, patron.

Deaton fit feu. Et laissa tomber Lucky dans le fleuve.

Cette fois, il ne s'agissait pas d'un rêve. L'eau n'était pas bleue, mais brune comme la boue. Elle était si froide que Lucky ne sentait presque plus ses membres. Seule une chaleur diffuse irradiait son côté droit, là où la douleur l'étreignait comme une braise incandescente.

Au lieu de flotter comme dans le tableau de Terrell, elle était emportée au gré du courant. Une seule pensée l'habitait : survivre. Si elle ne pouvait le faire, alors Grace mourrait avec elle. Il fallait qu'elle reste consciente assez longtemps pour qu'on puisse la secourir, et qu'elle essaie de ne pas penser aux blessures que la balle avait pu occasionner à son enfant.

Quelque chose la heurta. Elle le saisit et s'y cramponna aussi fort qu'elle en fut capable.

Avant que Deaton n'ait pu tirer de nouveau, Jack fondait sur lui. Le bruit sourd de la détonation, la vision du corps de Lucky tombant à l'eau lui avaient complètement fait perdre la raison. Hors de lui, il frappa Deaton, encore et encore, jusqu'à ce que le corps de l'homme allongé sur le ponton paraisse sans vie.

Quatre policiers se précipitèrent pour l'écarter de Deaton. Lorsqu'il tenta de se jeter à l'eau à la suite de Lucky, ils le maîtrisèrent, lui criant que cela ne servirait à rien, sinon risquer sa propre vie. Mais il n'en avait cure. Sans elle, il n'avait de toutes façons plus de raison de vivre.

Rogers tenta de lui faire entendre raison.

— Capitaine, écoutez-moi ! lui cria-t-elle.

Mais il était sous le choc, encore immobilisé par les policiers. Rogers s'agenouilla près de lui.

— Vous devez vous reprendre, vous m'entendez ? Elle est peut-être encore vivante. Aidez-moi à organiser les recherches.

Les mots parvinrent à son esprit. *Vivante. Recherches.* Rogers avait raison. Il fallait qu'il garde espoir.

— Aidez-moi à me relever ! dit-il en se débattant.

— D'accord, mais seulement si vous restez tranquille, lui dit Rogers. Nous n'arriverons à rien sinon.

— Oui, dit-il, arrêtant de gesticuler. Dites-leur de me lâcher.

Rogers fit d'abord emmener Deaton hors de portée de Jack, et le fit escorter jusqu'à une voiture de patrouille.

— C'est bon, relâchez-le.

Jack se leva, essayant désespérément de remettre de l'ordre dans ses idées.

— La barque de Lucky, dit-il, cherchant du regard autour de lui.

Il se mit à jurer en l'apercevant sur la rive, là où Cal l'avait probablement mise à l'abri de la crue à la demande de Lucky.

— Elle est trop petite, capitaine. J'ai appelé l'équipe de secours fluvial. Aidez-moi à organiser les recherches sur les bancs de sable. Elle a peut-être réussi à s'y hisser.

— Bonne idée.

Heureusement que quelqu'un avait gardé la tête froide.

— Il nous faut des cartes.

— Lucky a des cartes de navigation dans son bungalow, sur les étagères de sa bibliothèque. Envoyez quelqu'un les chercher. Et demandez aussi du renfort aux shérifs des comtés de Walker et de Jefferson. Réunissez tous les volontaires que vous pourrez trouver.

— J'ai déjà fait passer le mot, Chef.

— Et Hightower ?

— Il est sous bonne garde. Lorsque les renforts sont arrivés, ils l'ont trouvé allongé sur la route, assommé par votre ami. Ce vieux bonhomme, c'est quelqu'un !

— Ce n'est pas mon ami, Rogers. Ray est mon père. Mais vous avez raison, il n'y en a pas deux comme lui.

Quelques minutes plus tard, des volontaires arrivèrent de toutes parts. Ils se regroupèrent et commencèrent à explorer les bancs de sable. Jack coordonnait les opérations depuis le poste de commandement qu'ils avaient installé sur la rive principale. Plus les minutes passaient, plus il se sentait impuissant et désespéré. Lucky avait disparu dans l'eau glacée depuis maintenant plus de trente minutes.

Elle était très bonne nageuse, mais même si elle avait survécu au coup de feu et qu'elle était toujours consciente, elle devait perdre beaucoup de sang et être menacée d'hypothermie. Et que dire du bébé ? Il ne pourrait supporter sa perte.

Jack se leva et alla sur le ponton, scrutant les flots tourbillonnants.

— Tiens bon, murmura-t-il, comme si Lucky pouvait l'entendre. Je vais te sauver.

Des cris retentirent soudain.

— Capitaine ! Ils l'ont retrouvée ! hurla Rogers.

Une foule de membres du personnel médical et d'agents de police en uniforme ou en civil emplissait la salle des urgences de l'hôpital de Riverside. Leigh et Cal étaient arrivés peu de temps après Jack. Shannon apparut quelques minutes plus tard, les parents de Lucky et sa grand-mère la suivant de près. Tous avaient été informés du drame par Ray.

Personne ne savait rien, à part que Lucky était vivante quand ils l'avaient emmenée ici. Ils l'avaient trouvée cramponnée à un rondin flottant à trois miles plus loin sur le fleuve, et elle s'était évanouie au moment où ils l'avaient hissée dans le bateau.

Quatre heures s'étaient écoulées depuis. Jack était assis à part, désirant rester seul, enfermé dans sa tristesse. Il craignait également d'être définitivement renié par Matt et Ruth, étant donné qu'il avait mis en danger la vie de leur fille et sans doute laissé tuer leur petite-fille.

Il n'avait même pas entendu Rogers expliquer que Deaton et Hightower ne cessaient de s'accuser mutuellement afin d'éviter de trop lourdes charges.

Jack ne se souciait déjà plus d'eux.

Une violente douleur avait pris naissance au creux de sa poitrine et s'étendait à travers tout son corps. La peine. Le désespoir. Le bébé ne pouvait pas avoir survécu. Il prit sa tête dans ses mains et pria pour que Lucky ait la vie sauve, ne pouvant supporter de les perdre tous les deux à la fois.

— Mon Dieu, je vous en supplie, ne me la prenez pas, supplia-t-il.

— Cahill ? appela un homme en blouse blanche.

— Ici, dit Jack, tout en se redressant.

La famille de Lucky s'approcha aussitôt.

— Je suis le Dr Chopra. L'état de votre femme est très alarmant, mais il est stationnaire. La balle a ricoché sur une côte avant de ressortir par son abdomen sans avoir touché aucun organe vital.

258

Jack retint son souffle, attendant qu'on lui annonce à présent la mauvaise nouvelle.

— Sa température corporelle est très basse, continua le médecin, et elle a ingurgité une grande quantité d'eau, mais...

Le Dr Chopra se gratta la tête.

—... en fait, l'eau glacée lui a plutôt été bénéfique. Elle a ralenti sa circulation sanguine et évité qu'elle perde trop de sang par ses blessures. Je dirais que le fait de tomber à l'eau lui a sauvé la vie.

Un murmure parcourut l'assistance. Leigh et Shannon se mirent à pleurer, aussitôt imitées par leurs parents.

— Merci, mon Dieu, dit Cal, embrassant sa grand-mère.

Jack sentit ses jambes se dérober sous lui.

— Etes-vous en train de me dire qu'elle va s'en sortir ?

— Avec beaucoup de repos, elle devrait bientôt être hors de danger, lui répondit le médecin.

— Et le bébé ? Est-il vivant ?

— Oui.

— Et Lucky pourra-t-elle le garder jusqu'à son terme ?

— Du fait que le travail avait déjà commencé lorsque votre femme a reçu la balle, le bébé s'était déjà retourné et c'est grâce à cela qu'il a pu éviter le projectile. Elle n'a pas été touchée.

— Vous avez dit « elle » ?

Le médecin sourit.

— Votre femme a donné le jour à une petite fille juste après être arrivée ici. Je vous enverrai une infirmière dès que vous pourrez la voir. Elle est pour l'instant sous couveuse, mais ne vous inquiétez pas, elle se porte bien.

Il lui tapota l'épaule tout en le félicitant encore.

— Laissons encore quelques heures de repos à votre femme avant que vous n'alliez la voir. Elle est toujours en salle de réanimation.

Jack tenta en vain de retenir ses larmes. Ses jambes ne pouvaient plus le porter et il eut à peine le temps de s'approcher du banc pour s'y effondrer, sur le point de s'évanouir. Il se prit le visage dans les mains et se mit à pleurer.

Un craquement du banc lui fit sentir une présence à côté de lui. Il ouvrit les yeux et reconnut Leigh.

Elle l'entoura de ses bras. Il se pressa contre elle, ayant à cet instant désespérément besoin de cette affection qu'elle lui avait jusqu'ici refusée. Ils sanglotèrent ainsi, réconciliés.

17.

Où donc était Jack ?

Lucky appuya sur la télécommande pour régler son lit d'hôpital en hauteur. Elle voulait lire les journaux que son père lui avait apportés, mais elle ne cessait de penser à son mari en fuite.

Après deux semaines de soins intensifs, puis une autre semaine en soins progressifs, les médecins avaient ordonné, trois jours plus tôt, qu'elle soit mise en observation. Toute la famille s'était relayée à son chevet : ses parents, sa grand-mère, ses sœurs et enfin son frère. Ray lui-même avait fait une rapide apparition.

Mais le seul qui n'était pas venu était celui qu'elle avait le plus envie de voir.

— Voilà l'article du *Register* que je voulais te montrer, dit son père, le tendant à Lucky.

L'article paru le dimanche, le lendemain du jour où elle avait été sévèrement blessée par balle, était intitulé :

Une mère et son enfant sauvés des eaux

— C'est gentil, papa. Le titre rappelle l'article de 1973.

— J'ai pensé que cela te plairait et je l'ai fait spécialement encadrer pour toi. Tu pourras l'accrocher dans le couloir de ton bureau lorsque le bâtiment aura été rénové.

— Merci, dit-elle, lui faisant signe de se pencher pour qu'elle puisse l'embrasser.

— Tu as l'air quasiment rétablie, ma fille, lui dit Matt.

Son côté droit lui faisait terriblement mal quand elle parlait, mais elle pouvait enfin marcher seule et porter ses propres vêtements, maintenant qu'elle n'était plus sous perfusion.

— Leigh m'a aidée à me faire un shampooing et aussi ma toilette. Je me sens beaucoup mieux. Comment va Grace, aujourd'hui ?

— Elle va très bien. Elle pleure souvent, mais c'est sûrement parce que sa mère lui manque.

— Elle me manque aussi. Je suis pressée de la revoir enfin.

Grace Emma Cahill avait les yeux et les cheveux foncés de son père. Elle n'avait pas souffert des traumatismes de sa naissance et était sortie de l'hôpital une semaine plus tôt. Son père vivant dans une chambre d'hôtel, elle avait été recueillie par ses grands-parents.

Les médecins avaient conseillé à Lucky de ne pas faire venir son bébé, car un trop grand nombre de patients avaient contracté la grippe à l'hôpital. Lucky n'avait vu Grace que quelques minutes depuis sa naissance et mourait d'envie de pouvoir enfin la prendre dans ses bras.

— Jack vient-il toujours la voir tous les soirs ? demanda-t-elle à son père, souffrant au son de sa propre voix prononçant son nom.

— Oh ! oui, avec une régularité de métronome. Il arrive à 18 heures et reste pendant une heure. Il lui donne son bain et la met au lit. Il est formidable avec elle.

— J'en étais sûre, dit-elle, rassurée que Jack rende visite à sa fille. Lui as-tu parlé ? Lui as-tu dit que je voulais le voir ?

— Je lui ai dit, répondit Matt. Mais il m'a déclaré qu'il ne viendrait pas, ma chérie. Il se sent responsable de ce qui t'est arrivé.

— Mais c'est totalement faux ! Ce n'est pas sa faute.

— Je sais, mais il s'est persuadé qu'il était coupable de vous avoir mises en danger, Grace et toi, car tu ne pouvais plus lui faire confiance.

— C'est ridicule ! C'est moi et moi seule qui nous ai mises en danger. Il a fait de son mieux pour m'empêcher de m'impliquer dans l'affaire, dit-elle.

Matt haussa les épaules.

— Et encore, sache que je n'ai pu obtenir cette confession qu'à l'arrachée, précisa-t-il.

— Ne penses-tu pas que tu pourrais essayer de le raisonner ? Je lui ai laissé des messages à son motel et au commissariat, mais il ne me répond pas.

— J'ai essayé de lui parler. Ta mère lui a même proposé de venir s'installer chez nous jusqu'à ta sortie de l'hôpital. Elle a pensé qu'il se sentirait en famille, et comprendrait que nous ne ressentons aucun grief envers lui.

— Il n'a pas accepté ?

— Non, il a refusé catégoriquement. Et j'ai remarqué qu'il avait aussi pris ses distances avec Cal, récemment.

— Il a tort. Ils ont toujours été si proches, tous les deux.

Elle poussa un long soupir, et son père lui prit affectueusement la main.

— Ne t'inquiète pas trop pour cela, ma chérie, lui dit-il. Laisse-lui le temps de se remettre de ce dont il a été témoin ce jour-là. Il a cru qu'il vous avait perdues, toi et la petite.

— Et est-ce pour cela qu'il m'a laissée tomber lorsqu'il a su que j'allais bien ? demanda Lucky. Mais avec quel genre d'idiot me suis-je donc mariée ?

Matt s'esclaffa.

— Vous aurez l'occasion de remettre les pendules à l'heure à ta sortie de l'hôpital, dit-il.

Jack lui faisait envoyer des roses chaque jour, avec pour seul accompagnement une carte avec ces mots : « De la part de Jack qui t'aime ». Mais elle n'avait cure de ses fleurs. C'est Jack en personne qu'elle voulait voir. A la première occasion, elle l'agonirait d'insultes pour l'avoir lâchement abandonnée à son sort.

— Papa, dis-moi. Chaque fois que je demande au médecin de me dire quand je pourrai sortir, il refuse de me répondre. Que t'a-t-il dit ?

— Il ne m'a rien dit de précis. Peut-être te faudra-t-il encore patienter une semaine, peut-être un peu plus.

— Une semaine, répéta-t-elle, se sentant incapable d'attendre si longtemps pour clarifier les choses avec Jack.

— Lorsque tu sortiras de l'hôpital, nous pourrons fêter Noël tous ensemble, reprit Matt. Personne n'avait le cœur à fêter quoi que ce soit, te sachant seule en convalescence. J'ai dû enlever l'arbre de Noël, bien sûr, car il avait séché. Nous avons laissé tous les cadeaux là où ils se trouvaient, en bas du sapin. Il ne manque plus que toi.

— Vous auriez dû le fêter sans moi, observa Lucky.

— Nous avons fait un dîner très simple. C'était suffisant.

— Et Jack, qu'a-t-il fait pour Noël ? demanda-t-elle.

— Nous l'avions invité à dîner avec nous, mais il s'est contenté de passer un peu de temps avec le bébé, puis a prétendu qu'il devait s'en aller. Quelques jours plus tard, Ray m'a dit qu'il était arrivé sans prévenir et qu'il avait voulu l'inviter à dîner.

— Ray et lui ont passé le réveillon de Noël ensemble ?

— C'est ce que Ray m'a dit, confirma son père.

— Oh, Papa, c'est fantastique !

Cette nouvelle la réjouit un peu, mais elle savait qu'elle ne serait pas heureuse tant que Jack ne se tiendrait pas là devant elle.

— Euh, Papa ? Leigh t'attend-elle toujours dehors ? Il y a quelque chose que j'ai oublié de lui dire tout à l'heure.

— Oui, je crois. Tu veux que j'aille la chercher ?

— S'il te plaît, oui.

— J'y vais, puis ensuite, je devrai me sauver pour rentrer à la maison, pour voir si jamais ta mère a besoin d'aide avec la petite. Sauf si tu préfères que je reste encore un peu avec toi.

— Non, tout va bien, tu devrais rentrer. Oh, encore une chose : dans ces journaux que tu m'as apportés, y a-t-il des articles sur les habitations construites par les anciennes tribus indiennes ? Leigh m'a dit que l'université avait fait quelques découvertes, récemment.

— Oui, seize huttes au total ont été mises au jour. On parle même d'une découverte historique. Ce qui est très intéressant, c'est que ces abris étaient situés bien plus loin du fleuve que les chercheurs ne les trouvent habituellement.

— Les indigènes avaient peut-être choisi un endroit plus reculé pour protéger leur ville des eaux montantes pendant les grandes inondations. Le fait d'être proche d'un affluent leur donnait accès au fleuve sans avoir à construire leur village directement sur les rives, avança Lucky.

— Oui, cela me semble logique.

— Et ces abris avaient-ils été pillés ?

— Quelques-uns d'entre eux, mais les vandales ont dû rester discrets sur leurs activités pour ne pas être repérés, et n'ont pas pu visiter toutes les huttes.

« Des vandales », se répétait-elle. Et Deaton faisait partie de l'équipe. Les larmes lui vinrent aux yeux. Elle se demandait si elle serait jamais capable d'accepter que son plus vieil ami ait tenté de la tuer.

— Leigh a écrit plusieurs articles sur ce sujet, dit son père. Tu les trouveras dans la pile que je t'ai apportée.

— Très bien, je regarderai. Et à propos de la voiture de miss Eileen. A-t-elle été retrouvée ?

— Non, et la police a abandonné les recherches. Les fonds du plan d'eau et l'affluent du fleuve ont été passés au peigne fin, en vain. Les eaux des crues ont dû la transporter plus en aval et je doute qu'on la retrouve un jour.

— Le fait que le corps n'ait jamais été retrouvé aura-t-il un impact sur l'affaire Hightower ? demanda Lucky.

— Je pense que non, puisqu'il t'a fait des aveux. Mais il semble injuste que cette pauvre Eileen ne puisse pas reposer en paix.

Il s'approcha pour lui dire au revoir. A cet instant, ce que Hightower lui avait dit sur son père et miss Eileen lui revint à l'esprit. Matt aurait-il pu avoir une liaison avec sa maîtresse d'école ?

— Papa ?

— Autre chose, ma chérie ?

— Oui, je…

Lucky regarda son père droit dans les yeux. Cet homme qui aimait profondément sa mère avait toujours été là pour elle, et elle prit soudain conscience qu'il s'agissait d'un détail insignifiant au regard de tout cela. Ce qu'il avait pu faire dans le passé devait y rester enfoui à jamais.

— Je voulais te dire que ta fille t'aime beaucoup, Papa.

— Je t'aime aussi, ma chère fille, lui dit-il en souriant. Essaie de te reposer un peu aujourd'hui. Et n'en fais pas trop.

Quelques instants plus tard, Leigh entra à son tour.

— J'allais juste retourner au bureau. As-tu encore besoin de quelque chose ? demanda-t-elle.

266

— Oui, s'il te plaît. Des vêtements et… que tu m'emmènes en voiture. Je dois absolument voir Jack. Sors-moi d'ici, Leigh !

— Non, Lucky. Je t'ai déjà dit ce matin que je ne me prêterai pas à cela. Et ça n'est pas la peine de demander à Shannon ou à Cal de t'aider si je m'y refuse. Je leur ai déjà interdit de te céder.

— Leigh, je t'en prie, supplia-t-elle. Je dois lui parler. Tu as certainement oublié quelque chose, quand tu lui as rapporté ce que j'avais dit de lui, la dernière fois.

— Non, pas du tout. Je lui ai raconté ce que tu avais dit ce matin-là, et que tu avais l'intention de lui demander de revenir dans votre maison. Il m'a remerciée de lui avoir dit cela, sans manifester la moindre réaction.

— Dans ce cas, j'ai besoin de le voir face à face. Il doit entendre ces mots de ma bouche pour les croire.

— Tu auras tout ton temps lorsque ta convalescence sera terminée.

— Mais…

— Non, je te répète qu'aucun d'entre nous ne t'aidera à t'enfuir d'ici, alors c'est inutile de me supplier, moi ou les autres.

Lucky grogna de frustration. Toute sa famille était contre elle. Enfin, peut-être pas exactement toute sa famille.

Elle retint un sourire alors qu'un nouveau plan prenait forme dans son esprit et la réjouissait à l'avance. Pour le mener à bien, il lui fallait un chauffeur, qui sache également forcer les serrures, pour qu'elle puisse rentrer chez elle. Et elle avait en tête quelqu'un qui pouvait très bien faire l'affaire.

Laissant Leigh repartir, elle prit le téléphone et appela Ray. Ray allait donc pouvoir aider celle qu'il appelait sa « préférée » à se faire la belle.

* *

Lorsqu'il repartit en direction de son motel ce soir-là après sa visite quotidienne à Grace, Jack se sentait plus épuisé que jamais. Il aurait aimé pouvoir consacrer davantage de temps à sa fille, mais les multiples rebondissements des enquêtes sur Deaton Swain et Paul Hightower l'occupaient pratiquement jour et nuit.

Lors d'une perquisition chez Deaton, Jack avait trouvé des objets d'art indien, les dossiers disparus de l'affaire Olenick et un des pistolets d'autodéfense que le département de médecine légale avait enfin résolu de tester pour vérifier le rapport éventuel avec les marques relevées sur le corps de Bagwell. Il avait découvert d'autres objets pillés dans le garage de Hightower et une importante somme d'argent liquide. Les deux affaires seraient entendues par un jury spécial, dès que Lucky serait en mesure de témoigner.

Lucky. Elle laissait régulièrement des messages sur sa boîte vocale. Elle semblait à la fois très en colère et blessée, et cela lui fendait chaque fois le cœur. Mais il était déterminé à tenir la promesse qu'il s'était faite : rester à l'écart.

Certes, il n'abandonnerait jamais son enfant, et il espérait que Lucky le laisserait jouer son rôle de père dans la vie de Grace. Mais c'est elle qui avait vu juste à propos de l'échec de leur mariage. En effet, une femme avait besoin d'être en sécurité et de se sentir protégée, et il n'avait pas su satisfaire ce principe essentiel. Lucky méritait un mari en qui elle pouvait avoir confiance, et il ne s'était pas montré digne d'elle.

Après une douche chaude, il enfila un pantalon de sport et s'assit sur son lit pour regarder la télévision. Il n'y avait pas beaucoup d'autres distractions possibles dans cette chambre d'hôtel. Lorsque Lucky lui avait demandé de partir du bungalow, il avait déposé tous ses livres et cassettes au garde-meuble qu'ils avaient loué quelque temps plus tôt.

Mais il allait bientôt devoir trouver un endroit où s'installer définitivement. Sa chambre d'hôtel grevait beaucoup trop ses finances et il était devenu presque allergique à la nourriture sous vide.

Il bâilla à s'en décrocher la mâchoire. Son épuisement était émotionnel autant que physique. Son travail lui avait pris tout son temps, mais il n'avait pu s'empêcher de revivre sans arrêt la scène de terreur qu'il avait connue ce jour-là près de l'embarcadère.

Soudain, quelqu'un frappa doucement à la porte de sa chambre. Il ouvrit et sa surprise fut si grande de trouver Lucky devant lui qu'il resta pratiquement sans voix.

— Comment se fait-il que tu sois sortie de l'hôpital ? parvint-il enfin à articuler une fois qu'il eut repris son souffle. Et comment es-tu venue jusqu'ici ?

— Ray m'a conduite jusqu'ici, répondit Lucky. J'ai dû forcer la serrure de la maison pour aller prendre des vêtements propres.

— Ce vieil imbécile ne perd rien pour attendre, dit-il, refermant la porte derrière elle.

Il saisit une chemise de coton sur le lit puis passa ses chaussures de sport.

— Je vais te reconduire à l'hôpital immédiatement, dit-il.

— Je ne vais nulle part, lui rétorqua Lucky. Lorsque tu es parti du bungalow, tu as emporté quelque chose qui m'appartient.

— Lucky ! Tu as reçu une balle, tu as frôlé la noyade et tu viens d'accoucher. Quelle que soit la nature de cet objet, ne crois-tu pas que cela peut attendre ?

— Non, cela ne peut pas attendre. J'ai besoin de savoir qu'il est en sécurité.

Il leva les bras en l'air, désarmé, incapable d'imaginer ce qu'il avait pu emporter par accident.

— Qu'est-ce donc ? Qu'ai-je donc bien pu prendre chez toi qui vaille la peine que tu risques ta vie pour le récupérer ?

Elle avança de quelques pas vers lui, puis s'arrêta net, livide. Elle se tourna légèrement vers la commode et s'appuya pour ne pas tituber.

— C'est mon cœur que tu as pris, Jack, lui dit-elle. J'ai besoin de savoir ce que tu comptes en faire.

— Le moment est mal choisi pour faire des plaisanteries, tu sais.

— Pourquoi n'es-tu jamais venu me voir ? demanda Lucky. As-tu décidé de me quitter ?

— Nous verrons cela ensemble quand tu iras mieux.

— Je ne te laisserai jamais demander le divorce, autant que tu le saches dès maintenant. J'avais très mal quand je t'ai demandé de partir du bungalow, mais je sais maintenant que j'avais tort. Cela m'est égal de savoir qui tu es ou quel est ton vrai nom. Cela m'est égal de connaître ton passé ou non. La seule chose qui importe est que nous nous aimions. Je t'en prie… pardonne-moi. Je ne te rendrai plus jamais malheureux, je te le jure.

— Que je te pardonne ! s'exclama Jack. Mais c'est moi qui ai tous les torts.

— Non, les torts sont plus que partagés. Je n'ai pas su comprendre pourquoi c'était si important pour toi d'avoir un foyer et une famille, mais je le comprends maintenant. Et je veux que ton rêve se réalise, Jack. Je veux que nous formions une famille, toi, moi, notre fille, nos autres enfants, Ray…

— C'est trop tard, Lucky.

— Non, ça n'est pas trop tard. Pardonne-moi mes erreurs et je te pardonnerai les tiennes. C'est ce que font les gens qui s'aiment : ils laissent derrière eux les blessures du passé et ils repartent de zéro.

— Oui, mais nous avons déjà utilisé notre deuxième chance, et j'ai tout gâché.

— Alors faisons un troisième essai.

— Je ne peux pas. Tu mérites mieux que cela, Lucky.

— Jack, je t'en supplie. J'ai besoin de toi, dit-elle en tendant les bras vers lui, mais sans pouvoir l'atteindre.

Il s'éclaircit la voix nerveusement.

— Je veux que tu retournes à l'hôpital avant que tu ne prennes froid.

Elle ne l'entendait pas. Elle s'avança vers lui. Il se détourna de nouveau, montant sur son lit pour l'éviter.

— Oh, j'ai compris, s'exclama-t-elle, riant cette fois. Tu as peur que je t'approche. Si je te touche une seule fois, tu perdras tous tes pouvoirs devant moi. Un baiser et je t'ensorcelle, et tu es de nouveau à ma merci.

— Qu'est-ce qui te fait dire cela ?

— Eh bien, c'est ce que je ressens pour toi.

— Tu as tort.

— Je pense que je…, bégaya-t-elle, toussant et tenant sa hanche. Oh, Jack, aide-moi…

— Lucky !

Il la rattrapa au vol, avant qu'elle ne s'effondre. Il la porta dans ses bras et l'allongea sur le lit, puis saisit le téléphone pour appeler les urgences. Subitement, elle le prit par le cou, un sourire aux lèvres.

— Je t'ai bien eu ! s'exclama-t-elle soudain.

— Toi alors, quelle comédienne ! s'écria-t-il.

Il tenta de se dégager, mais elle grimaça de douleur.

— Oh, ne bouge pas, s'il te plaît. Ça me fait mal, quand tu me résistes. Fais un effort, dit-elle, l'attirant vers elle, jusqu'à ce que son visage effleurât le sien.

— Voilà qui est mieux. Maintenant, dis-moi si tu m'aimes.

— Je t'aime, et tu le sais déjà. Je t'aimerai toujours.

— Alors promets-moi que tu vas revenir, pour ne plus jamais repartir.

— Non, je ne peux pas faire ça.

— Ray m'a dit que si tu refusais de venir t'installer de nouveau à la maison, il s'installerait peut-être à ta place. J'aime assez cette idée. Imagine, Ray et moi sous le même toit. Je pense que nous pourrions même devenir associés et fonder notre propre agence de détectives privés.

— Oh, non, j'ai du mal à l'imaginer.

Elle rit.

— Si c'est ça, reviens à la maison, et occupe-toi de moi. Je ne peux pas te promettre une vie modèle, mais je peux te garantir d'avoir une famille. Nous ferons construire une maison ou bien nous l'achèterons, comme tu voudras. Grace et moi viendrons avec toi à Pittsburgh pour que tu puisses prendre ce poste qui t'avait été offert, si cela peut te rendre heureux.

— Tu veux dire que tu vas vendre le bungalow et le terrain ?

— C'est toi qui importes, Jack, pas la maison. Où que tu ailles, j'irai.

Les yeux de Jack se remplirent de larmes.

Il ne mériterait jamais l'amour de cette femme, pensa-t-il.

— Que puis-je dire ? demanda-t-il.

— De tout mon cœur, je te demande de ne pas dire non à tes rêves, dit-elle, et aux miens. Tu ne seras jamais heureux sans moi, autant que tu l'acceptes.

Elle avait raison. S'il laissait échapper cette occasion, le bonheur ne frapperait plus jamais à sa porte, il le savait.

— Et si je n'accepte pas, dit-il, est-ce que j'aurai droit à une de tes crises de furie ?

— Oh oui ! La plus violente jamais connue en Alabama. Je crierai et je donnerai des coups de pied et je gémirai, jusqu'à ce que nous soyons renvoyés de cet établissement.

— Dans ce cas… je ferais mieux de rentrer à la maison.

Elle sourit.

— Nous allons tout recommencer. Et cette fois-ci, ça va marcher, tu verras.

— Faudra-t-il que nous nous fiancions de nouveau ?

— Non, je n'ai plus envie d'être ta fiancée, ni d'organiser un mariage en grande pompe. Je me contenterai d'être ta femme. Je me contenterai aussi de longues années de mariage, avec leurs problèmes, et aussi leurs joies. Tu peux me promettre cela ?

— Oui, mon amour, même si cela doit me prendre toute la vie.

Épilogue

Le hamac se balançait doucement dans la brise de printemps. Profitant de l'instant présent, Lucky n'avait pas envie de se lever. Mais elle avait une centaine de choses à préparer pour le vernissage de la galerie d'art attenante à son nouveau studio de photographie.

— Reste avec moi, supplia Jack, l'attirant près de lui alors qu'elle faisait mine de vouloir se lever.

— Je ne peux pas rester, dit-elle. Peux-tu t'occuper de Grace ? Je dois aller au bureau pour vérifier quelques détails de dernière minute.

— Tu dois vraiment y aller maintenant ? demanda-t-il, glissant sa main sous son chemisier. Je croyais que nous allions nous mettre au travail pour donner un petit frère à Grace, comme nous l'avons décidé la nuit dernière.

— Cela me semble très intéressant, mais je dois vraiment me sauver pour l'instant. Je dois retrouver Ray à 15 heures pour tester le système d'alarme.

— Tu n'aurais jamais dû embaucher cette vieille canaille, dit-il, sa voix trahissant l'affection qu'il portait à son père.

— Mais j'aime cette vieille canaille, et cesse de prétendre que tu n'es pas d'accord avec moi. Il a fait un travail remarquable en installant ce nouveau système, et je pense que j'aurai d'autres choses à lui confier. Il est vraiment imbattable sur les questions de sécurité.

Jack s'esclaffa.

— Oui, tu as raison. Il a désactivé tellement d'alarmes qu'elles n'ont plus aucun secret pour lui. Surveille-le bien, et fais attention qu'il n'en profite pas pour te détrousser.

— Jack ! Tu sais bien qu'il en serait incapable. Il a fait une croix sur son passé, voyons. Toi aussi, d'ailleurs, dit-elle, lui tapotant affectueusement la jambe.

Lucky se leva et il se redressa à son tour.

— Va au studio, je m'occupe de Grace.

— Merci, dit-elle en l'embrassant. Je n'en ai que pour une heure ou deux. Et à mon retour, je te promets que nous travaillerons de plus près sur ce projet de petit frère.

Il fit un signe de tête en direction du bébé, qui gazouillait béatement dans son siège à côté de lui. Beanie se tenait également près de Grace, surveillant le gâteau qu'elle tenait dans la main, prête à l'attraper au vol à la première occasion.

— Regarde comme c'est facile de garder Grace. C'est Beanie la baby-sitter.

— Et dire que tu étais l'homme de ses rêves. Ceux de Beanie, je veux dire, plaisanta Lucky.

— Ce temps-là est bien fini. Elle obtient plus de gourmandises de Grace que de moi, maintenant.

Lucky rit de bon cœur. Elle respira profondément l'air de la terrasse, empli de la senteur des pins. Elle soupira, heureuse de ce moment qu'elle vivait. Le ciel était d'un bleu intense, parsemé des petites touches de blanc formées par quelques nuages potelés. Le soleil se reflétait sur le bord de l'eau, au fond du jardin, avec un scintillement incomparable.

De leur véranda, elle avait une vue spectaculaire du fleuve. L'emplacement était unique.

— Regrettes-tu un instant que nous ne soyons pas allés à Pittsburgh ? demanda-t-elle à Jack.

— Non, pas une seconde.

— Moi non plus, j'adore cette maison.

Ils avaient trouvé l'endroit idéal pour construire, sur une colline surplombant le fleuve, loin des risques de crues.

La maison associait dans une combinaison éclectique les styles moderne et rustique. Jack avait tout ce qu'il souhaitait : un jardin avec pelouse, un grand salon et la ville à proximité. Quant à Lucky, c'est la structure de bois de l'édifice qui la comblait. Ses coquillages, ses fossiles et ses plumes d'oiseaux des marais, trésors glanés sur les bords du fleuve, étaient mis en valeur à même les rondins de bois.

Une grande véranda surplombait le fleuve, et constituait un point panoramique idéal pour admirer chaque soir le spectacle du soleil couchant. Une terrasse découverte permettait également d'explorer le ciel depuis le télescope de Jack.

Ils avaient emménagé deux mois plus tôt, juste à temps pour éviter la catastrophe. La plus importante crue des cinquante dernières années avait emporté le bungalow de Lucky, formant ainsi un nouvel affluent. Sa terre était maintenant une île.

Elle avait pleuré, longtemps, mais avait fini par accepter cette perte. Le fleuve était sans pitié, imprévisible et incontrôlable. De temps en temps, elle avait besoin qu'il se rappelle à elle.

— Combien de personnes attends-tu pour ce vernissage ? demanda-t-il, prenant le bébé dans ses bras pour l'accompagner à la voiture.

— Je pense que les gens vont venir en masse. Plusieurs collectionneurs prennent spécialement l'avion pour voir les toiles hors exposition. Et je pense que nous aurons aussi beaucoup de curieux.

La rénovation du siège du *Register* avait permis d'installer un studio de photographie, comme prévu, et Lucky avait eu l'idée d'y ajouter une galerie d'art pour exposer les œuvres d'artistes et de peintres locaux. Avec le vernissage de demain, elle inaugurerait sa première exposition : les paysages de Terrell Wade.

Des offres intéressantes lui étaient déjà parvenues sur les œuvres sélectionnées, grâce au reportage sur les peintures de Terrell qu'avait publié un grand magazine national. Les recettes iraient à un fonds créé pour assurer l'avenir de Terrell et financer un programme de création artistique dans les écoles de la région.

— Et Terrell comprend-il tout ce qui se passe ? demanda Jack.

— Oui, je pense, répondit Lucky avec confiance. Peut-être quelques subtilités lui échappent-elles, mais il sait que les gens viennent voir ses toiles et qu'elles sont appréciées. Et cela lui fait très plaisir.

— C'est très bien, ce que tu as fait.

— Cela me semble bien peu, en regard de ce que je lui ai causé comme problèmes il y a tant d'années.

— Lucky, la plupart des autistes comme lui finissent dans des établissements spécialisés. Sa propre tante a admis cela. Bien avant l'affaire Olenick, sa mère avait déjà pris la décision de le confier à des médecins car elle ne pouvait plus s'occuper de lui chez elle.

— Oui, je sais.

— Tu dois te pardonner à toi-même. Terrell, lui, t'a déjà pardonné.

Jack avait raison. Au-dessus de leur cheminée, trônait une peinture dont Terrell leur avait fait cadeau. Elle représentait Lucky et le jeune homme assis au bord du fleuve, souriants. Terrell lui avait en effet pardonné. Il ne lui restait plus qu'à suivre le conseil de Jack. Accepter sa faute. Et cette exposition était un bon début.

Puis, le fait que Deaton Swain et Paul Hightower payent pour ce qu'ils avaient fait l'aiderait aussi à tourner la page. Deaton avait plaidé coupable d'homicide et de tentative d'homicide. Il purgeait une peine à perpétuité.

Hightower, lui, avait décidé de faire appel. Il avait fondé sa défense sur l'absence du corps de la victime, ce qui rendait difficile la preuve de sa culpabilité. Certes, il avait été condamné à vingt ans d'emprisonnement pour la tentative de meurtre sur Lucky. Mais elle priait pour qu'il paie aussi pour l'impitoyable assassinat de miss Eileen.

Elle embrassa Jack et le bébé, et mit le contact. Jack s'accroupit pour lui parler à travers la vitre baissée, posant Grace entre ses jambes. Beanie accourut à ses côtés.

— Fais attention. Tu as ton téléphone portable sur toi ? demanda-t-il.

— Oui, « Jack l'angoissé », je l'ai.

— Appelle-moi s'il se passe quoi que ce soit.

— Non, s'il te plaît, ne recommence pas.

— Moi ? Je recommence, dit-il, secouant la tête pour lui signifier son agacement. Le terme « hold-up », cela te dit quelque chose ?

— Comment pouvais-je savoir qu'un fou allait faire le premier hold-up jamais vu à Potock, juste au moment où j'allais déposer un chèque à la banque ? Et puis cela fait des mois que je n'ai eu aucun problème depuis cet incident.

— C'est justement ce qui m'inquiète. Cela fait trop longtemps.

— A tout à l'heure. Je te promets de faire attention.

— Et n'oublie pas : à ton retour, on se met au travail pour faire un petit frère à cette demoiselle. Tu es d'accord, Gracie ? demanda-t-il à la fillette, la faisant rebondir sur ses genoux, ce qui ne manquait jamais de la faire hurler de rire.

— Tu vois ? Elle dit oui, oui !

— Tu me fais rire.

— C'est pour cela que tu m'aimes.

— Oui, et pour des millions d'autres raisons. Bon, maintenant, laisse-moi filer. Je veux prendre encore quelques clichés des vestiges de la crue sur la route.

En haut de l'allée, elle prit à droite, en aval du fleuve. Le reflux des eaux avait laissé un paysage morne d'arbres déracinés, de masses boueuses et d'objets domestiques emportés par la crue qui avait détruit tout ce qui se trouvait sur son passage, y compris les habitations.

Lucky enfila des jambières en caoutchouc et chargea son appareil photo.

Une heure, et deux rouleaux complets de clichés plus tard, elle engagea son 4x4 à travers un raccourci qu'elle connaissait et qui coupait par d'anciennes carrières désaffectées, le long du fleuve.

Elle allait retrouver la route goudronnée lorsque quelque chose lui sauta aux yeux. Rechargeant son appareil, elle avança à travers les arbres et la boue séchée, jusqu'à la limite de la zone de crue. A quelques centaines de mètres du lit du fleuve, les eaux montantes avaient déposé des débris de toutes sortes, parmi lesquels se détachait une masse boueuse. Cette épave avait perdu sa couleur, mais sa forme était tellement reconnaissable, avec ses drôles d'ailerons pointus et son nez rond, qu'elle sut immédiatement qu'elle avait découvert une Metropolitan modèle 1960, la voiture égarée d'Eileen Olenick.

Elle remonta dans son véhicule pour appeler Jack, qui décrocha immédiatement.

— Tu ne voudras jamais croire ce que je viens de trouver, dit-elle.

— Oh, si. J'imagine que si, dit-il sans hésitation.

Chère lectrice,

Vous nous êtes fidèle depuis longtemps?
Vous venez de faire notre connaissance?

C'est pour votre plaisir que nous avons
imaginé un rendez-vous chaque mois
avec vos auteurs préférés, vos
AUTEURS VEDETTE dans les
collections Azur et Horizon.

Les AUTEURS VEDETTE vous
donneront rendez-vous pour de
nouveaux livres vedette.

Pour les reconnaître, cherchez
l'étoile ... Elle vous guidera!

Éditions Harlequin

HARLEQUIN

LE FORUM DES LECTEURS ET LECTRICES

CHERS(ES) LECTEURS ET LECTRICES,

VOUS NOUS ETES FIDÈLES DEPUIS LONGTEMPS?

VOUS VENEZ DE FAIRE NOTRE CONNAISSANCE?

SI VOUS AVEZ DES COMMENTAIRES, DES CRITIQUES À FORMULER, DES SUGGESTIONS À OFFRIR, N'HÉSITEZ PAS... ÉCRIVEZ-NOUS À:

> LES ENTERPRISES HARLEQUIN LTÉE.
> 498 RUE ODILE
> FABREVILLE, LAVAL, QUÉBEC.
> H7R 5X1

C'EST AVEC VOS PRÉCIEUX COMMENTAIRES QUE NOUS ALLONS POUVOIR MIEUX VOUS SERVIR.

DE PLUS, SI VOUS DÉSIREZ RECEVOIR UNE OU PLUSIEURS DE VOS SÉRIES HARLEQUIN PRÉFÉRÉE(S) À VOTRE DOMICILE, NE TARDEZ PAS À CONTACTER LE SERVICE D'ABONNEMENT; EN APPELANT AU (514) 875-4444 (RÉGION DE MONTRÉAL) OU 1-800-667-4444 (EXTÉRIEUR DE MONTRÉAL) OU TÉLÉCOPIEUR (514) 523-4444 OU COURRIER ELECTRONIQUE: AQCOURRIER@ABONNEMENT.QC.CA OU EN ÉCRIVANT À:

> ABONNEMENT QUÉBEC
> 525 RUE LOUIS-PASTEUR
> BOUCHERVILLE, QUÉBEC
> J4B 8E7

MERCI, À L'AVANCE, DE VOTRE COOPÉRATION.

BONNE LECTURE.

HARLEQUIN.

VOTRE PASSEPORT POUR LE MONDE DE L'AMOUR.

<u>COLLECTION HORIZON</u>

Des histoires d'amour romantiques qui vous mènent au bout du monde!

Découvrez la passion et les vives émotions qu'apportent à la Collection Horizon des auteurs de renommée internationale!

Captivantes, voire irrésistibles, ces histoires d'amour vous iront assurément droit au coeur.

Surveillez nos trois nouveaux titres chaque mois!

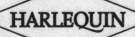

69 **L'ASTROLOGIE EN DIRECT**
TOUT AU LONG
DE L'ANNÉE.

(France métropolitaine uniquement)
Par téléphone 08.92.68.41.01
0,34 € la minute (Serveur SCESI).

Composé et édité
PAR LES ÉDITIONS HARLEQUIN
Achevé d'imprimer en novembre 2003

BUSSIÈRE
GROUPE CPI

à Saint-Amand-Montrond (Cher)
Dépôt légal : décembre 2003
N° d'imprimeur : 36625 — N° d'éditeur : 10233

Imprimé en France